女巫之战

母狼部落

[西]玛伊特·卡兰萨/著

刘缘艺 孟夏韵/译

山东城市出版传媒集团·济南出版社

图书在版编目（ＣＩＰ）数据

女巫之战. 母狼部落／（西）玛伊特·卡兰萨著；
刘缘艺, 孟夏韵译. —济南: 济南出版社, 2018.4
ISBN 978－7－5488－3133－4

Ⅰ.①女… Ⅱ.①玛… ②刘… ③孟… Ⅲ.①长篇小
说—西班牙—现代 Ⅳ.①I551.45

中国版本图书馆 CIP 数据核字（2018）第 066733 号

出 版 人	崔　刚
丛书策划	郭　锐　郑　敏
责任编辑	郑　敏　陈玉凤　丁洪玉
装帧设计	焦萍萍
封面绘画	潘美珠
出版发行	济南出版社
地　　址	山东省济南市二环南路 1 号
邮　　编	250002
电　　话	（0531）86131730
网　　址	www.jnpub.com
经　　销	各地新华书店
印　　刷	山东省东营市新华印刷厂
版　　次	2018 年 4 月第 1 版
印　　次	2018 年 4 月第 1 次印刷
成品尺寸	145mm×210mm　32 开
印　　张	9.75
字　　数	300 千
印　　数	1－7000 册
定　　价	48.00 元

山东省著作权合同登记号：图字 15－2018－9 号

Title of the original edition：El clan de la loba

ⓒ Maite Carranza（text）

Originally published in Spain by grupo edebé, 2008

This translation is published by arrangement with EDEBE – EDICIONES DON BOSCO through Rightol Media in Chengdu.

法律维权 0531－82600329

写在前面的话

起　源

　　本次创作始于一段时间以前，说起来还要感谢我的女儿朱莉娅。在那段时间里，她疯狂地读各种故事书，因此总是梦见公主、飞龙、仙女和女巫。朱莉娅对类似的魔幻故事总是如饥似渴，她一再要求我写一本关于女巫的故事书给她看。最终我答应了她，于是创作了这个关于女巫的故事。女巫作为一种颇具神秘色彩的形象，在我的青年时代一直吸引着我，所以这部作品不仅是写给我女儿的读物，也是我年少时期幻想的再现。

　　本书讲述了一个小女孩的故事，不过她不是一般的女孩，而是一个长着红色头发的女巫，是预言中的天命使者。她注定要去平息一场两个对立派系之间旷日持久的战争，但是一开始她自己对于这一切却一无所知。朱莉娅很喜欢这个故事，可即便如此，它也没有逃脱被遗忘的命运。它被束之高阁，直到十年后的一天，蕾伊娜·杜阿尔特和何塞·路易斯·戈麦斯一起鼓励我，希望这个故事能重见天日，并且让我有了一个新的想法：把它变成一套适合青少年阅读的魔幻三部曲。就这样，我开始了大胆的创作，直到今天，我用了三年时间，完成了整套作品。

我对女巫世界的好奇心是从我学习人类学开始的，当时我对中世纪宗教裁判所的判决程序非常感兴趣，也喜欢研究那些流传至今的巫术活动中的各个环节。那时我就清楚地知道，在所有魔幻传说里形形色色的人物中，只有女巫幸存至今，而且她们也仍然保留着从前的能力，仍然让世人感到敬畏。

为了完成这个女巫的故事，我参考了民间传说，查阅了相关书籍，研究了历史上一些对付巫术的手段。我一直担心自己会落入俗套，也不想一味地效仿撒克逊人和斯堪的纳维亚人奇思妙想的魔幻传说，我只想写出真实的女巫。为此我搜集了大量有关希腊和拉丁传统文化的资料，从希腊神话中汲取了灵感。此外，我将故事展开的地点设在了比利牛斯山，因为在那里流传着很多关于女巫的传说，而且我对那里也非常熟悉。在这些资料的基础上，我构建了一个半真半假的世界，然后开始了一项所有幻想小说家感到最激动的工作，那就是创造。

我创造了一群有血有肉的女巫，构思了一个以血缘、氏族和部落为基础组建起来的女性群体，而所有这些基础元素又都与自然界紧密相连。为了夯实这一切假想，我创造了万物之母的身世之谜，并设定她为欧迪斯和欧玛尔这两个对立氏族共同的母亲；为了给她们的信仰以支撑，我创造了各种预言以及各类关于天命使者降临的说辞。

　　一个女巫的世界就这样被创造了出来，后面的事情就是往里面添加女性居民了。我在作品中描绘了各个年龄段的女巫：有母亲，有女儿，也有外婆。她们都低调地生活着，就在当今世界，就在我们中间。她们看上去就是普普通通的助产士、医生、图书管理员、教师、生物学家、作家、插画师、学生或者家庭主妇，但是她们却暗藏着超凡的能力和智慧。另外，我还注意到如果她们联合起来，完全可以担当历来以男性为主的各种各样的社会角色。这些女巫懂得战斗技巧，组织她们神圣的祭祀活动，有自己的政治立场，渴望得到更大的力量，对爱情全心投入，同时也看重友情。女巫的世界是一个不同寻常的世界，在这个世界里，立法权、行政权、司法权，还有宗教事务、文化事务、媒体事务都完全掌握在女性的手里。当然，在这个世界里，女性也是彼此的竞争对手，甚至在她们之间还展开了战争，而这套三部曲的名字就是由此而来。此外，在这个隐秘的女性世界中，也存在着母女两代人之间的矛盾和冲突，这些冲突围绕着故事主线展开，丰富了故事的脉络，为整个故事增添了色彩。

就这样，我完成了这个女巫的故事，而这个故事也吸引着众多的男性读者。

贡　献

在创作和出版这套三部曲的过程中，我遇到了太多的惊喜，多到我无法一一列举。对于一个作家来说，最大的欣慰就是知道自己的作品被人们所接受。正因如此，在得知三部曲的第一部《母狼部落》广受读者好评之后，我才满怀信心地开始了第二部的创作，第一部作品的成功成为我前进的最大动力。

此后，读者们还会通过电子邮件的形式向我表达他们的鼓励和认可，这些鼓励和认可在我后两部作品的创作过程中一直陪伴着我。

《母狼部落》一书后来登上了著名杂志 CLIJ，并且在 2005 年博洛尼亚国际童书展上作为最佳书目入选了白乌鸦奖目录。该书也被翻译成了各种语言，包括德语、荷兰语、英语、匈牙利语、瑞典语、意大利语、韩语、法语、爱尔兰语等。

第二部《极地荒原》出版以后，再次受到了广大读者的好评，销量也非常可观，而且这部作品也被翻译成了多种语言，甚至还出现了相关的网站。这部作品后来获得了

2006 年的加泰罗尼亚青少年文学奖提名，也收获了许多读者提出的宝贵意见和建议。

今天，我写下了第三部的最后一章的最后一个字，这套三部曲也就正式完成了。我可以肯定地说，在整个第三部的创作过程中，我广泛地采纳了来自读者、网络、文学评论、各学校论坛和专业人士的意见。

这套三部曲得到了许多人的慷慨相助：一个来自特内里费岛的学生为我拟定了一个富有诗意的章节题目，"在火山口的迷雾之中"，我把它用在了最后一部中；一家墨西哥的电台向我推荐了波波卡特佩特火山，他们认为那里的景致非常壮观，很适合作为第三部的场景，我也接受了这一提议。还有许多诸如此类的情况，我虽然不知道这些人的名字，但是我在此感谢他们的热心帮助。和这些热心人一样，许多匿名的创作者为《母狼部落》《极地荒原》和《欧迪的诅咒》贡献过他们的智慧，丰富了这三部作品的情节，也影响着书中人物的命运。与其他人进行互动，应该说是创作一套三部曲的好处之一。在整个创作的过程中，我总是会听到很多的想法，收到很多的建议，得到许多最新的资料，这一切都促使我实时调整完善自己的作品。

正是因为有了这样的创作过程，这三部作品的内容才会如此丰富而曲折，人物才会如此多样而丰满，场景才会如此多彩而壮丽。还有许多人在我的创作过程中和我简单谈论过他们的想法，如果一一说出他们的名字，恐怕要说上很久。但是我会永远铭记那些帮助过我、鼓励过我的人，是他们的帮助和鼓励让我走过了这条崎岖而艰难的道路。

目　录

欧的预言

未来某日，
欧姆后裔、天命使者
终将降临。

秀发似火，
双肩披翼，
肌肤生鳞，
喉咙发豪，
目带杀气。

身骑朝晖，
舞动月华。

一　塞勒涅的失踪

　　小女孩在她的房间里睡着了。那房间位于一幢乡村民宅内，常年弥漫着柴火和沸腾的牛奶焦糖的香气。房间的天花板高高的，墙面用石灰粉刷了上千次。窗户被漆成了绿色，同样是绿色的还有木地板上地毯的菱形花纹、墙上画中的山谷，以及与红色、黄色、橙色和蓝色书籍一同堆在书架上的一些儿童书。而抱枕、床单、拼图游戏的收纳盒与遗落在床下的拖鞋则五彩缤纷。这些童年的色彩与弃置在衣柜深处的布娃娃和几乎占满了整个书桌的新款台式电脑看上去格格不入。

　　也许，小女孩已经不算是个小孩子了。就算是，她也想不到，从那个早晨起，一切都不一样了。

　　刺眼的阳光从百叶窗的缝隙间透了进来。这个叫阿奈德的小女孩，在床上不安地翻来覆去，发出梦呓般的叫喊。一束阳光洒在被子上，顺着小女孩的手，锲而不舍地慢慢爬上了她的脖子、鼻子和脸颊，最后，亲吻着她紧闭的双眼。小女孩醒了。

　　阿奈德惊呼一声，睁开了眼睛。她有些迷茫，有些胸闷，对从外面入侵到房间里的强光感到不适应。半睡半醒间，她还分不清梦境与现实。

刚刚做的噩梦如此真实。她在暴风雨中奔跑，试图在栎树林中寻找一个栖身之处。在轰鸣的雷声中，她听见妈妈塞勒涅大喊："别过来！"但是，阿奈德毫不理会妈妈的警告。周围，成千上万道闪电如雨点般砸向森林，让她头晕目眩。终于，一道闪电击中阿奈德，她倒下了。

阿奈德眨了眨眼，放松地笑了。的确，这一切的罪魁祸首应该是那束未经允许就从百叶窗里淘气地钻进来的阳光吧。

昨晚侵袭山谷的雷阵雨未留下一丝痕迹。强风扫过云朵，整个天空明亮如洗，就像山间清澈的湖水。

为什么阳光如此强烈？已经这么晚了？真奇怪！为什么妈妈还没有喊她起床去上学？

阿奈德跳下床，忍着赤脚踩在基里姆地毯上带来的凉意。如往常一样，她随意地找了一件衣服穿上，随后迅速看了一眼手表。九点了！这么晚！她已经错过了第一节课。妈妈呢？为什么她还没起床？发生了什么吗？她总是八点起床的。

"塞勒涅？"阿奈德低声喊着妈妈的名字。她推开旁边的房门，努力不去回想昨晚那让人心烦的噩梦。

"妈妈？"阿奈德又问了一遍，发现房间里只有她一个人。窗户完全敞开着，北方的寒风毫无保留地吹了进来。

"妈妈！"她生气地呼唤道。正如以往妈妈和她开了个拙劣的玩笑一般，但是，这一次妈妈没有笑嘻嘻地从窗帘后面出现，或者扑向她，直到两人一起滚向乱糟糟的床。

阿奈德深呼吸了一两次，抱怨大风吹走了屋子里妈妈的茉莉花香水的芬芳。她颤抖地关上窗户。窗外可见积雪，虽然已是春花绽放的五月下旬，昨晚仍下雪了。远远望去，乌尔特修道院的黑色钟楼披上了一层银霜，好似蛋糕上白色的奶油。今年是闰年，也许是个不好的预兆。阿奈德按照外婆德梅特尔教的方式，交叉手指以祈求好运。

阿奈德在厨房里重复道："妈妈？"

但是，厨房与昨晚暴风雨和噩梦之前的样子并没什么不同。阿奈德仔细地搜索着，完全没有发现用过的咖啡杯、咬过的饼干，或半夜喝水使用水杯的痕迹。毫无疑问，妈妈没有踏进过厨房。

阿奈德越来越焦急地呼唤："妈妈！妈妈！"

她开始四处寻找，甚至还去了从前的谷仓，那地方在一段时间以前就被当作车库了。阿奈德停了一会儿，靠在摇摇欲坠的木门边，努力适应着屋内的黑暗。家里的旧车还在，车身覆盖着一层灰，钥匙依然插在车上。如果没有交通工具，妈妈不可能走远。乌尔特是一个与世隔绝的小村子，离其他地方都很远，所以需要开车才能进城，才能去火车站、滑雪场、山峰、湖泊，还有城郊的超市……如果她没开车，那么……

阿奈德心生疑虑，又回到老房子里，仔细地检查了一遍。确实，妈妈的东西都还在，她不可能连外套、手包和钥匙都不带，鞋子也不穿就离家出走。

阿奈德越来越不安。所见的种种事实让她愈加焦虑，就像外婆德梅特尔去世的那个清晨她所预感的一般。这太荒谬了！妈妈人间蒸发了，连一个发卡都没带，穿着少得可怜的衣服，还光着脚。

小女孩的心扑通扑通乱跳。她从门口衣架上随手取了一件厚实的羽绒服穿上，检查了一下口袋中的钥匙，关上门，来到了马路边。刺骨的寒风呼啸着穿过村子里狭窄的小巷。

乌尔特村位于比利牛斯山脚的伊斯塔因山谷中，周围环绕着峻峭的山峰和寒冷的湖泊。村里民宅全由石头砌成，有着厚实的墙壁和漆黑的屋顶。广场上矗立着一座朝东的教堂，这样祭坛就能迎接每天清晨的第一缕阳光。山谷高处是一座瞭望塔的废墟。过去，这个瞭望塔日夜有人守卫，他们唯一的任务就是看护火种，一旦发现敌人，就立即开火。如今，那儿只剩下乌鸦和蝙蝠了。乌尔特的瞭望塔是山谷的母亲塔，它发出的信号能被周边六大村庄收到。传说，乌尔特的火阻挡了公元八世纪撒拉森人军队的残酷进攻。

阿奈德裹着羽绒服，穿越了乌尔特古城墙的废墟。北方的寒风吹打着她的脸庞，两滴硕大的泪珠滑下。但她没有屈服，顶着疾风走向森林，一步也不曾停留。

早晨的栎树林看起来可怜兮兮的：折断的树枝、烧成炭的百年树干、落叶焦草……暴风雨带来的创伤也许只能靠时间去平复。阿奈德拄着登山杖，沿着发灰的泥地一步一步探索前行。她害怕找到她正在寻找的东西。但是，即使内心如此害怕、如此矛盾，她依然仔细地寻找着。她打算走遍整个森林，搜索它的每一个角落。

她正在寻找妈妈的尸体。

阿奈德永远不会忘记外婆失踪的那个早上，或者说是去世前的那个晚上。外婆曾是个助产士，一年前的一个暴风雨之夜，她最后一次接生回来时，死在了森林里。每当想到此，阿奈德仍能感受到哭泣时泪水的咸湿。

经过了一夜的暴风雨，那天清晨，四周蒙着一层苍白的迷雾。塞勒涅十分不安，因为德梅特尔并没有睡在床上。而阿奈德感到一种抽象的、不具体的恐惧。塞勒涅决定独自前往森林，不让女儿陪同。回来时，她几乎冻僵了，双眼蒙着一层痛楚，无法组织完整的语言来告知阿奈德外婆的死讯。但是，无须语言，阿奈德就已经明白。早晨刚醒时，阿奈德的喉咙就已预感到了死亡的酸涩。塞勒涅艰难地说出自己在森林里发现母亲尸体的事实。之后，天性健谈的她便沉默了，连阿奈德的问题都不愿意回答。

接下来的几天，家里满是从世界各地前来参加葬礼的亲戚、朋友。此外，还收到了很多信件、电话和电邮，但谁也不敢谈论死因。最后，终于有人说是因为雷击。从雅典飞来的法医也证实了这个说法。入葬前，阿奈德没能亲吻外婆，因为她的尸体已经炭化到无法辨认了。

村子里很长一段时间都在谈论那个暴风雨之夜雷电击中外婆的事。然而，谁也不能解释——阿奈德也不例外——外婆半夜去栎树林的原因。她的车被发现停靠在林荫道排水沟附近的公路上。车的示宽灯处于关闭状态，而转向灯则不知疲惫地闪烁着。

阿奈德突然停住，思绪立马回到现在。在栎树落叶覆盖的阴影间，她的登山杖碰到了某物，一个硬硬的东西。阿奈德的双手开始不受控制地颤抖起来。这时，她想起外婆教过的关于如何战胜恐惧的方法。阿奈德让心绪平静下来，用靴子踢开落叶，然后屏住呼吸：这是一具仍然温热的尸体，但并不属于人类，而是……而是一头狼，更确切地说，一头母狼，因为它胀奶的乳房还清晰可辨。幼狼们不可能走远。可怜的孩子啊！没有母狼的奶水，它们注定要饿死。不过它们也许已经足够成熟，能依靠狼群的帮助生存下去。阿奈德观察着死去的狼，它可真美，灰色的皮毛虽然沾满了肮脏的泥土，但仍散发出珍珠般顺滑的光泽。阿奈德为年轻母狼之死感到可惜，便重新用枝叶和石头把它埋好，以免招来食腐动物。这头母狼本远在山中，为何会冒险下到山谷，来到人类的领地，然后突然死亡了呢？

阿奈德看了一眼手表，中午十二点了。现在最理性的做法应该是回家，查看一切是否照旧。有时，情形会出乎意料地变化，几小时或几分钟前看似可怕的事情也许变得不再可怕。

阿奈德怀着在家里找到妈妈的渺茫希望，决定打道回府。由于回程匆匆，她不小心撞上了刚放学的一群同学。这个时候她最不情愿的便是做出解释或者回答讨厌的问题，也没有精力去应付嘲讽。于是，她掉头就走，溜进通往一座桥的小巷子。正当她回头张望是否已经成功摆脱他们时，没注意到一辆蓝色越野车正在下坡，她只感到腿上受到一记重击，然后就听见刺耳的刹车声和尖叫声。

阿奈德躺在地上动弹不得，完全蒙了。一个穿红色运动服、金发碧眼、操着轻微外国口音的女性游客从车上走下来，跪在她身边查看她是否安好："可怜的孩子。别担心，我马上叫救护车。你叫什么名字？"

阿奈德还没开口，一连串的声音就替她回答了。

"阿奈德·特斯诺乌里斯。"

"无所不知的小矮子。"

"书呆子。"

阿奈德不愿睁开双眼，恨不得找个地缝钻进去。可以听见玛丽安的声音，那个班上最美的女孩，常举办最炫酷的聚会，但从不邀请她。还有埃莱娜的儿子洛克的声音，他是她小时候的玩伴，但现在已经不和她说话了，也不看她，就算看见了也无视她……好想死！

想必班上所有同学如兀鹫般围着她，指指点点，幸灾乐祸，嘲笑着车祸中她这副矮小、可怜、丑陋的样子……

真是羞愧得要死。

班上的女同学一直不停地长个子，早就超出她一大截，还嘲笑她小女孩般的身高。阿奈德觉得自己就像火星人，从未被玛丽安和其他女生邀请参加过生日聚会或夜游城市的活动，也无人分享秘密、交换衣服和音乐光盘。这一切并非出于反感或者嫉妒她的好成绩，而是因为她们根本就无视她。阿奈德最大的问题就是，尽管她已经十四岁半了，但还和十一岁小孩一般高，与九岁小孩一样重。

阿奈德不管去哪儿都是隐形人，课堂上除外。上课时，她自带光环，这也构成了一个小小的悲剧。不幸的是，她总能最快地理解全部知识，并取得最好的成绩。当回答问题或者考试满分时，同学总是嘲笑她是"无所不知的小矮子"。更糟糕的是，阿奈德的高智商还惹恼了某些老师，因此有时她后悔没有及时咬住自己的舌头。如今，她已不在课堂上举手发言了，还试着在考试中犯几个错误来降低分数，但仍于事无补，她依然是那个"无所不知的小矮子"，真让人难过。

阿奈德躺在地上，只希望同学们赶紧离去，别再招惹她，别再用那嘲讽和不带一丝同情的目光看着她。

"走开，孩子们，走开！"外国女人叱责道。

之前的温声细语变得生硬起来，同学们识趣地四散而去。阿奈德躺在路中间，听见他们跑开时鞋底与乌尔特村石板路摩擦的声音。想必他们是跑去传播车祸的消息吧。

"阿奈德，他们已经走了。"美丽的外国女人低声说。

阿奈德睁开双眼，顿时安心了不少。映入眼帘的是一个友好的微笑和一双湖水般湛蓝的眼睛。在经历了一系列不幸后，这是一个小女孩能想到的最甜蜜的待遇了。

"我觉得没什么大碍。"阿奈德揉着受伤的腿，乐观地说。

"等等，别站起来！"外国女人试图阻拦她。

但是阿奈德已经一下子站了起来，同时活动着各个关节。一切都完好无损。

"真是难以置信。"外国女人把阿奈德的裤腿挽上去，查看起来。照理说，经受汽车的撞击后，腿部很有可能出现骨折。

"我真的没事，仅仅只是擦伤。你看！"阿奈德展示着自己的腿，一双细腻雪白的手正轻抚着她的膝盖。

"上车吧，我带你去医院。"外国女人坚持着，牵起她的手，想扶她上车。

"不，不，我不去看医生。"阿奈德连忙拒绝。

外国女人犹豫起来："我不能扔下你，你得拍片子、做检查……"

阿奈德激烈地恳求着："真的不用，我得回家了。"

"那我陪你回家，然后和你妈妈谈谈。"

"那不行！"阿奈德尖叫道，随即跑着下坡，仿佛摔伤已经痊愈。

"等等！"外国女人不知所措地呼唤她。

但是，阿奈德已从左边的第一条小巷子里消失了。此时，她正在打开家的大门。

虽然满怀希望，但家里仍然空空荡荡。

妈妈没有回来。

阿奈德坐在摇椅上。这以前是外婆的专座，她总是长时间坐在上面摇啊摇啊。摇晃间，阿奈德的悲伤与不安也烟消云散。最后，她安静下来，思维也放松了。现在应该冷静而有条理地做事。妈妈肯定在某个地方，如果联系不上，那就去寻找她的踪迹。

在寻求他人帮助之前，阿奈德打印了妈妈电子邮箱里近一个月的收件和发件，记录了手机中最近五十条通话的电话号码，并下载了银行流水，尤其查看最近一周内妈妈是否取过钱，以及最近一个月是否有异常的收款记录。

阿奈德整理了信箱，大多数都是来自出版社或者银行的信件。她还翻阅了记事本里的日程记录和对象姓名。在查看资料时，她发现最频繁出现的电话号码来自哈卡，离乌尔特村最近的一个城市，妈妈常去那儿购物。

阿奈德毫不犹豫地拨通了这个号码，电话线的另一端传来一个男人的声音："我是麦克斯，现在我不在家。有事请留言。"阿奈德挂断了电话。这个麦克斯是谁？为什么妈妈从没提起过他？一个朋友？还是超出友谊的关系？然而，在妈妈的电子邮件和记事本里，没有一丝麦克斯的痕迹。什么疑点都没有，除了一个自称漫画迷的读者越来越频繁的来信，甚至还请求约会见面。

　　署名是"S"。

　　加娅在壁炉边改着试卷。正如这个下午，有时她点燃壁炉并不是出于需求，而仅仅是因为取火时，火苗的温暖轻抚双手能带来简单的愉悦。她后悔接受乌尔特乡村老师的职位。学生太多了，而且每年十个月都是冬天，完全没有时间享受音乐。本以为在这个安静的村里，与世隔绝能带来更多作曲的灵感，然而她错了。而且，不仅只有寒冷冻结了那些有待书写的音符，一件接着一件发生的事也不断打扰着她的创作。

　　她被骗了，被卷到了麻烦中。这时，有人按门铃。加娅感到一阵不安。她知道，最坏的事还没有到来。

　　来者正是塞勒涅的女儿阿奈德，她今天一整天都没来上课。加娅刚好改到她的试卷。这是一份很好的答卷，过于完美了。所以，加娅便以字体过于尖细为借口扣了一分，倒不是因为反感这个女孩……阿奈德其貌不扬，生性腼腆，可并不讨人厌。只是，一百分只会让塞勒涅这个自恋的红发女郎因为女儿的优秀而更加骄傲。

　　"怎么了，阿奈德？"

　　阿奈德口不能言，双眼红肿，看似吓坏了。加娅着急起来，逼着她先擤干鼻涕，再喝口凉水。阿奈德喝水时溅湿了毛衣。其实，这个可怜的女孩并不丑，她还有双迷人的蓝色眼睛，然而瘦小的身体在巨大毛衣的衬托下并不讨喜，羊毛帽下几根稀疏的短发显得愈加难看。加娅不能理解塞勒涅打扮女儿的品位。看到她俩在一起，没有人会说迷人的红发女郎是那个丑女孩的妈妈。终于，阿奈德有了反应："妈妈失踪了。"

加娅急了："什么时候？"

阿奈德有些迷惑，愧疚地回避着加娅的目光："今天早上，当我起床时，她就不在了，所以我没去上学。我等啊等啊，她始终没有回来。"

加娅试图推翻阿奈德的说法："也许她在梅伦德雷斯的办公室里，讨论漫画《萨尔科》最新一卷的交稿事宜呢。"

阿奈德否定了这个可能。妈妈和她的编辑梅伦德雷斯水火不容，但是《萨尔科》这部漫画正开始获得一定的成功。

"她没进城，车还在车库里呢。"

"也许……"

然而，阿奈德十分肯定："我检查了她全部的鞋子和大衣，一件不差。装着钥匙、卡和钱包的手提包还挂在衣架上。"

加娅脸色变得苍白，拿起手机，全然不顾阿奈德在场。拨号时，她感到无比的愤怒。如果塞勒涅出现在面前，加娅会打她个耳光，会揪住她的头发一根一根地拔下来，会踩住她鲜艳夺目的高跟靴。为什么？为什么塞勒涅不听劝告？从一年前德梅特尔去世以来，她就一直在自寻毁灭。

"埃莱娜，我是加娅。阿奈德在我这儿，她说塞勒涅失踪了。"

听到埃莱娜的回复，加娅似乎很吃惊。

"车祸？"

她问阿奈德："埃莱娜说今早你出车祸了。"

阿奈德诅咒着洛克、玛丽安和所有同学。

"没事，车都没怎么碰到我。"

"你听到她说的了吗？那么我们在这里等你。"

加娅挂上电话，直勾勾地盯着阿奈德。这个可怜的女孩一个人接连遭受了这么多不幸……但是，加娅不会承担塞勒涅犯下的错。这是塞勒涅的女儿，不是她的。她看着试卷和炉火，不由得苦笑起来，这时候做的任何决定都会带来无穷的麻烦。

"埃莱娜马上过来，她带你回家。"

阿奈德吃惊地睁大双眼："我们得报警。"

"不行！"加娅尖声否定道。

当看到阿奈德反感的表情时，加娅更正道："你想，如果她有麻烦了……和某人，这将是一大丑闻啊！我们会寻找她的。"

"但是……"

"你母亲头脑不正常，做了很多傻事。你想在街上被人指点吗？"

阿奈德沉默了。加娅虽然是妈妈的朋友，但同时也嫉妒妈妈，嫉妒她红色的卷发、修长的双腿和可爱大方的性格。傻子都知道，加娅，这位假正经的老师，能向恶魔出卖自己的灵魂来换取塞勒涅拥有的一切。

借给阿奈德各种儿童读物的图书管理员埃莱娜，挪着肥硕的身躯气喘吁吁地来了。阿奈德在她面前总是感到难为情，因为完全分不清她什么时候怀着孕，什么时候刚生了孩子，什么时候既没怀孕也没刚生孩子。如果没算错的话，埃莱娜应该有七个孩子了，全是男孩，其中最大的就是洛克。如果要和他共处同一屋檐下，那真是一种折磨。洛克和他担任村里铁匠的父亲简直是一个模子里刻出来的：健壮的身躯、黝黑的皮肤和头发，爱开玩笑。阿奈德和洛克曾一起在森林中玩耍，在水池里游泳，但这只是孩提时代的往事罢了。

现在的洛克如果在路上遇到她，总会把目光转向另一边，就像其他人一样。几乎所有人都这样。

和加娅不同，埃莱娜十分热情，一上来就抱着亲吻阿奈德，差点儿让她喘不过气来："小美女，发生什么啦？"

"她什么也不知道。"加娅打断道。

"她可以给我们一些线索，一些我们不知道的东西……"

但是加娅怒气冲冲地说道："我们早就知道。你、我，还有所有人，早就知道总有一天会发生这样的事。"

"你别急。"

"塞勒涅穿超短裙，留随风飘摇的红色波浪长发，目的是什么呢？高调地在家里和办公室接受采访和摄影，对漫画世界发表饱受争议的观点，批评公众人物，再加上互联网上连篇累牍的报道，她有何企图？还有接连收到的超速罚单和臭名昭著的醉酒劣迹又怎么解释呢？"

埃莱娜连忙打断她："加娅，求你注意点儿。阿奈德还在面前呢。"

加娅很早之前就想爆发了，所以也没克制住最后一句话："她已经迷失自我了。"

阿奈德觉得有义务维护自己的母亲："妈妈是特别的，是与众不同的……我爱她。"

加娅的冒犯激发了阿奈德的勇气，也提醒她要更谨慎行事，于是她决定不将妈妈最近的活动告诉任何人。

加娅叹了口气，虽然无法忍受自恋的塞勒涅，却预料不到这个如旧家具般不起眼的小女孩居然站出来维护她。

"对不起，阿奈德。我不是针对你的妈妈。只是她太不谨慎了，完全是……哗众取宠，自找敌人。你明白吗？"

"你的意思是，她的失踪是接受网络采访造成的吗？"阿奈德用一种嘲讽的语气质问。

加娅后悔没在几分钟前住嘴："不、不，我……别听我瞎说。要知道我很仰慕你的外婆德梅特尔。她可是位得体的淑女。"

埃莱娜握住阿奈德的手："昨天晚上，你听到什么动静了吗？你预感到了……不幸的发生吗？"

也不知哪来的力量，阿奈德斩钉截铁地断定："我妈妈没有死。"

加娅和埃莱娜舒了口气，阿奈德的肯定不容置疑。

"你怎么知道？"

"我就是知道。"

埃莱娜坐在椅子上，思考了一会儿，说："阿奈德，你看这样行不行？我们俩帮你找到妈妈，但是你也得帮助我们。首先，我们有个请求，可能它对你这样一个好奇的女孩来说有点儿困难。"

"什么请求？"

"我们请求你不要提问。"

阿奈德吞了一口口水。她需要一个理由来相信谨慎行事对找到妈妈有帮助："她有麻烦了吗？"

埃莱娜和加娅对视了一眼，点了点头："确实如此。"

"好，我不问问题。还有其他条件吗？"

"千万不要和任何人提起此事，明白吗？"

阿奈德表示同意。她需要认真听取埃莱娜的话，来确认塞勒涅的失踪仍属于逻辑的范围内："那我怎么告诉乌尔特的村民呢？"

"我们就说……就说塞勒涅去旅游了，去柏林。你喜欢柏林吗？"

阿奈德点了点头："然后呢？"

"然后我照顾你。"埃莱娜说。

"我睡在哪里？"

"和……"

"我不和洛克睡同一间房!"阿奈德几乎绝望地喊道。

"为什么不呢?你们是朋友啊。"

阿奈德感到一阵晕眩。对她来说,这世界上最糟糕的事还不是妈妈的失踪,而是被迫和洛克共处一室。真是太羞辱了!

"不,我们不是朋友。"

"那么……你们正好可以言归于好。你觉得呢?"

"太糟了!"

埃莱娜叹了口气,用手捂着肚子。阿奈德注意到了这个细节。在动吗?确实,埃莱娜巨大的肚子不安地颤动着。她应该是再次怀孕了。

加娅为了摆脱恶念,开始僵硬地抚摸着阿奈德的头发。想必是下了好大工夫才做出这一亲近的举动吧。

"好了,我陪你回家拿东西吧。不过先吃点儿东西,你肯定没尝过这个。"

于是,加娅拿出冷鸡腿肉和蔬菜放在火上烤。阿奈德虽然讨厌蔬菜,但还是感激万分,从昨晚起她就没吃任何东西了。

二　格丽塞尔达

阿奈德小口小口地吃着一个炸丸子，心里希望这个丸子能够她嚼上几个小时，因为实在无法将目光从盘子上移开，去直视那八双盯着她的眼睛。

这是件新鲜事。

她成了埃莱娜七个儿子的好奇心和注意力的焦点。

"你们看见阿奈德是如何吃饭的吗？一点儿一点儿地咀嚼，嘴里装满食物时不说话，不打饱嗝，也不把手指上的油擦到衣服上……有教养的女孩就是这样的。"

阿奈德尴尬极了。埃莱娜的丈夫不断评论着她，好像在介绍一种刚被发现的大猩猩品种。

埃莱娜试图转移大家的注意力："好了，放过她吧。洛克，你已经决定好在玛丽安的生日聚会上化装成什么了吗？"

洛克漫不经心地回答："这是个秘密，我不能告诉你。"

阿奈德没收到聚会邀请。一想到此，她不由得着急起来，炸丸子如圆球般堵在嘴里。显然，正是因为她在场，洛克才不想谈聚会上的装扮。埃莱娜是傻瓜吗？难道没发现洛克和阿奈德如水和油一样不相融吗？不分青红皂白地就要把俩人撮合到一起！

阿奈德不管多努力，都没法吞下炸丸子。她依然低垂着目光，拿起杯子喝了一口水。

"阿奈德没擦嘴！"一个小男孩揭发道。

阿奈德透过杯子狠狠地盯着他。告密的是一对双胞胎中的哥哥，他龇着牙，头上肿了个大包。

他的父亲从中调停："好啦，好啦，没什么嘛。她的嘴本来就是干净的。"

"骗人，明明吃炸丸子时弄脏了。"一只眼睛瘀青的双胞胎弟弟攻击道。

这对兄弟应该总是一唱一和。阿奈德不知道应该用餐巾纸擦嘴，向双胞胎泼水，还是直接跑开。埃莱娜解救了她。

"麻烦你们别再针对阿奈德啦！她和你们没什么不同啊。"

"不！她是个女孩。"

"女孩有胸部！"

"但是阿奈德没胸！"

"住嘴！"

阿奈德的脸如西红柿一样红。这群小恶魔叽叽喳喳地说个不停。此时他们肯定在仔细打量着她，观察所有的不同之处，随后毫不留情地嘲笑她。

"今晚我可以出去吗？"洛克请求他的父亲。

"和阿奈德一起？"埃莱娜问。

"和阿奈德一起？"洛克惊叹道，"你怎么想要我和她一起出去？"

阿奈德认为洛克本来想说："怎么可能和她一起走到街上？"

埃莱娜坚持道："她是我们的客人。"

"已经和别人约好了，我和阿奈德一起去，他们肯定会不高兴的……"

阿奈德鼓起所剩无几的勇气："我得回家去打印社会科学课的作业。"

阿奈德冷不丁地冒出这句话，整顿晚餐上她也就只开口了这一次，以便给洛克和自己解围。但是，洛克并不领情。

一到街上，她便开始狂奔，但没有跑回家，而是躲在了一个只有她自己才知道的地方。就在那儿，在她的森林洞穴里，她曾经为外婆的去世而独自哭泣。

德梅特尔在世时，阿奈德常和她一起去栎树林。从小，阿奈德就帮着采集曼德拉草草根、颠茄叶、曼陀罗花、白茛苕梗和其他草药来制作汤剂和软膏。在外祖母身边，阿奈德认识了森林，学会了如何在枝繁叶茂的栎树脚下辨识致幻的毒蘑菇，以及毒参致命的毒叶。

冬至时，在宁静的夜色中，祖孙俩瞭望北方，灵感飞扬；春分时，她们面朝太阳升起的东方，汲取智慧；夏至时，她们在正午远观南方，祈祷梦想；最后，秋分到了，这个时节，太阳躲在西方，人们采摘果实，收获经验，并准备迎接下一个新的周期。

有时，阿奈德懒得完成德梅特尔下达的艰巨任务，便躲在草丛中，任凭外婆怎么呼唤也不出来。就这样，小女孩发现了她的专属洞穴。一天，她在山岩上攀爬，突然一脚踩空，从一道石缝摔进暗道，最后落到了一个宽敞的洞穴里。阿奈德四处探索，完全沉浸在美妙绝伦的钟乳石、地下湖泊和岩洞之中。世界如此之大，这一舒适偏僻的小角落却选择了她，成为她永远的庇护所。从今往后，只要她感到害怕，就能来这儿寻求慰藉。

那天晚上，阿奈德并不害怕穿越漆黑的森林，不畏惧猫头鹰孤独的啼声，也不惧怕从暗道跌入洞穴深处。在洞穴里，她孤身一人，就着一盏油灯，仔细地雕刻着两块黑陨石材质的泪珠，正如外婆去世那天一样。去年夏天，陨石坠落到森林里，其硬度和光泽特别符合阿奈德的需求。她将一颗泪珠挂在脖子上，而将另一颗埋在洞穴入口处。没有人教她这么做，也没有人解释这个仪式的意义。她又重复雕刻着，以寻求安慰。她用这种原始的方式公开地寄托哀伤、表达痛苦，似乎只有这样才能重新振作起来。现在，她的脖子上挂着两颗眼泪，为了曾经爱过她又抛弃她的两个女人。

德梅特尔理智严厉，但刚正不阿。

塞勒涅古怪疯狂，但亲切和蔼。

阿奈德有两位截然不同但彼此互补的亲人。德梅特尔去世后，她便紧紧依靠着塞勒涅。虽然塞勒涅轻佻的言行举止和穿着打扮完全不像其他的母亲，有时还让人羞愧，但是阿奈德还是爱她。

现在塞勒涅失踪了，阿奈德就孤零零一个人了。为了不让害怕与苦恼占据自己的内心，她总是一再坚持说妈妈随时都会回来。

阿奈德蜷缩在洞穴的入口处，埋葬了最后一滴眼泪。此时此刻，她虽然情愿独自沉浸在回忆中，然而一丝轻微的声响和一阵怪异的微风都让她顿时在黑暗中警觉起来。她站起身，拍打了几下沾在牛仔裤上的泥土和枯叶，然后在洞穴里转了三圈。可以确信，森林暗处，有一双眼睛在看着她。

回村子的途中，她暗暗加快了步伐。背后有什么让她感到不安，也许是疲惫和悲伤造成的错觉吧。可是，空气中确实弥漫着怪异的气氛，上弦月明亮的光彩也渐渐暗去。

没有了妈妈，她的世界变得越来越狭小，越来越阴暗，仿佛有人把整个乌尔特山谷封锁在浑浊的玻璃球里一般。

"阿奈德！阿奈德！"

阿奈德背着书包，抬起头来。埃莱娜早就来到校门口等她："你的姨婆格丽塞尔达刚到了。"

阿奈德听到消息，吃惊不已，不知道该如何反应："我的姨婆？哪个姨婆？"

"你外婆的妹妹。好了，你肯定记得她，她去年来这儿参加过葬礼的。"

阿奈德确实清楚地记得她，虽然她和外婆没有半分相似。印象中，她的面部特征已模糊不清，但身上淡淡的薰衣草香气仍历久弥新。格丽塞尔达手掌的温柔爱抚曾深深地抚慰了阿奈德不安的心，然而她本人并不十分安静。小个子，胖身材，活泼好动，脑子里同时想着许多事情，最后总是搞砸一两件：一堆盘子、一个杯子、一只笼子、一条可怜的狗。当见面拥抱时，阿奈德惊讶地发现，格丽塞尔达初来乍到，就已经把厨房弄得一团糟。

"厨房本来就很脏很乱了。要知道，厨房可是家的灵魂，所以需要打扫和整理。"

谁把她叫来了？她怎么进来的？她怎么会有如此奇怪的想法，一来就清空橱柜和冰箱，翻动外婆的陶罐，品尝妈妈所有的调料，摆齐砂锅，整理房梁上挂着的秸秆？阿奈德百思不解。

幸运的是，格丽塞尔达只待在厨房，还没来得及进入书房、客厅或者卧室。阿奈德早就习惯了妈妈的古怪行径，所以也没生气。而且，格丽塞尔达解救了她。现在，她又可以睡在自己的床上，忘却与埃莱娜共进晚餐、与洛克同睡折叠床的噩梦了。只有这样想，她才能稍微接受这位不速之客……可是，格丽塞尔达的到来意味着什么？她出现在家中意味着什么？

"你有我妈妈的消息吗？"

"孩子，我们很快就会有她的消息，很快。"

说话间，格丽塞尔达又用手掌抚摸着阿奈德的额头，这如药膏般消除了女孩的不安。

母爱十足的埃莱娜不一会儿又回到了厨房，手里端着一锅用猪肉、土豆、鹰嘴豆和卷心菜炖成的美味菜肴。阿奈德本来不是很爱吃砂锅炖菜，但饥肠辘辘时也顾不上打听是谁烹饪了这道精致的菜品，或者原料出自何处。她家的冰箱里从来就没有出现过卷心菜，因为妈妈不爱吃。

三人风卷残云地消灭了食物。格丽塞尔达和埃莱娜越过阿奈德的头顶交谈着什么难懂的内容，但小女孩还是推测出三件事实：

埃莱娜第八次怀孕了，但又是个儿子；

格丽塞尔达完全不懂照顾小孩，但决定留在阿奈德家照顾她，同时调查塞勒涅的下落；

格丽塞尔达摔碎了厨房里的所有陶罐，包括阿奈德的生长药水。

真是恼火。

"四年来我一直喝这个药水！十岁时，卡伦说我的生长有些迟缓……"

格丽塞尔达惊讶极了："你有十四岁？"

格丽塞尔达如此真实的惊讶让阿奈德愈加生气，本来车祸就够让她恼火了。

"你看我现在的样子！"

当有外人在场不方便明说时，成年人之间会用一种暗语交流，真是神奇。小时候，阿奈德就能领会或者破解妈妈与外婆之间相互传达的信号。现在，这两位女人大概在说："塞勒涅给我们留下了好大个烂摊子。"阿奈德不太明白具体含义是什么。不过，当前她更担忧的是自己的药："现在我吃什么药呢？只有妈妈才知道卡伦的药方，而卡伦如今在坦桑尼亚的一家医院工作。"

话音未落，阿奈德奇怪于自己为什么会知道卡伦搬去坦桑尼亚了。她就这样一下子有了预感，正如她知道妈妈还活着，或者一年前，突然半夜三点钟醒来，预见外婆的去世一样。

"你别担心，我们会解决的。格丽塞尔达会按相同的方子给你熬药，而且我明明在这里看到过药方。"

虽然在大房子内，"这里"的范围十分宽泛，但埃莱娜的母性光辉和务实精神还是让阿奈德宽慰了不少，而且小女孩亲眼证实格丽塞尔达还没有毁掉自己的特制香波。她的发质很糟糕，如果不使用头发增强剂和富含维生素的香波，就会一把一把地脱发。

为什么塞勒涅高挑纤细、秀发如云？阿奈德一点儿也不像妈妈，她仿佛是妈妈拙劣的复制品一般。尽管如此，小女孩还是十分想念妈妈。只要看到妈妈自信健谈、亲切外向的样子，她就备受鼓舞。某一天，小女孩希望能成为她。失去药水其实也没什么，只不过一切不顺交织在一起，最让小女孩烦恼的其实是妈妈的失踪。

格丽塞尔达牵住阿奈德的手，意味深长地看着她："现在我希望你从头给我解释一切，妈妈失踪当晚你所记得的一切。"

这一句"一切"如此有说服力，以至于阿奈德之前从记忆中抹去的悲伤回忆又一股脑地浮现在脑海之中。

回忆一点儿一点儿顺从地排成一列，从瞬时记忆的深处喷涌而出。格丽塞尔达拾起这些回忆，逐一仔细研究。

"妈妈倒了一杯我最爱的石榴汁，然后我俩坐在门厅，玩识别星星的游戏。我们经常这样玩，但那天晚上却有些出乎意料。当我绝望地寻找着仙女座和仙后座时，妈妈突然建议我去她在西西里岛的朋友瓦莱里娅家过暑假，说瓦莱里娅在陶尔米纳城的埃特纳火山脚下有座海景别墅，其女儿和我年龄相仿。不一会儿，妈妈拿出一张机票。简直难以置信：妈妈没有事先告诉我，就把一切准备好了，所以也没收到预期的反应。我没有高兴地跳起来，没有亲吻她，也没有马上去试去年的比基尼。我只是问她怎么会认为我就愿意一个人出国，和一个陌生家庭共度假期。妈妈有些焦躁不安，好像被我忤逆了一般，还变得斜视了。当她着急时，总会斜视。不过，她不愿流露出希望我离家的意愿，所以故意装作毫不在乎。瓦莱里娅打电话祝贺漫画《萨尔科》的出版时，刚巧提到这个话题。之后妈妈突然灵机一动，以为买好机票对我来说是个大惊喜。她说，如果我不愿意去，可以立刻取消机票，但是这样就太可惜了，因为瓦莱里娅的女儿克洛蒂娅性格外向，还有很多朋友，而且我应该去看看世界，与年轻人和同龄人为伍。然而，我毫无兴趣，斩钉截铁地拒绝了。不是因为我缺乏好奇心，或者西西里岛不吸引人。相反，我很愿意去参观锡拉库扎剧院，游览巴勒莫，参与黑手党的追捕行动，登上埃特纳火山，或在地中海跳水。但是，连疯子或酒鬼也不愿成为克洛蒂娅及其意大利朋友的笑柄。克洛蒂娅越优秀，情况就越糟糕。妈妈难道意识不到问题的根源在此吗？如果她说克洛蒂娅是个可怜虫，有麻风病，因手指和耳朵溃烂而无法出门，也许我就接受她的提议了。

"然而，她以为我故意跟她作对，反过来骂我是一个不负责任、不通世事的蠢材，还狠狠地威胁我……说如果她不在了，如果她不得不离开或者发生了什么……我应该有人陪着。为了达到目的，她居然编造如此拙劣的借口，真让我火冒三丈。事实上，妈妈只是想摆脱我，好和某人独处。此人对她来说应该非常重要，也许她所有的香水、化妆品、紧身连衣裙和晚上进城都是为了他。我怀疑妈妈有个男朋友，但她不想让他认识我。也许我对妈妈来说并不重要，或者我让她感到丢脸。因此，我坚持己见，毫不退让，发誓永远不去陶尔米纳城。随后，我还做了件惹怒她的事：我站起身，一句话也没说就走了。妈妈追到房间里来，要求面对面交流，或者说逼我听她解释，以便软化我的态度，同时研究我的弱点，攻击我的短处。但是，正因如此，我不愿给她机会，而是钻进被子里，关灯装睡。

"之后我就再也没见到她了。

"后半夜，我被一道光唤醒了。光线如此强烈，以至于我一睁眼，还以为天亮了，自己正和那个得麻风病的意大利女孩在陶尔米纳的海滩晒日光浴，附近的埃特纳火山即将喷发。天色很可怕，滚滚雷声在墙壁间轰鸣，连乌鸦似乎都吓坏了，不停地在窗边盘旋。奇怪的是，现在回想起来，它们体型很大，外表极度畸形，仿佛想要躲进屋里。其中一只透过玻璃盯着我，聪明的眼神能说话，它命令我打开窗户……一瞬间，我差点儿就照做了。

"尽管外面是疯狂的暴风雨，我还是合上双眼，试图再睡一会儿。

"我没去妈妈的房间，这样她就不会误以为我退让了或是接受了她的提议。我依然很生气，并且想向她表达我的愤怒，所以一直待在自己的房里，而不是和往常一样，钻进她的被子里。然而，妈妈也没叫我一起去菜园子里跳舞。以前下倾盆大雨时我们常这样做，直到精疲力竭，双双滚到泥里，最后愤怒的外婆总尖叫着责骂我们。

"第二天，房间里窗户大开，妈妈已不在床上。我以为她在浴室或者厨房里，但并非如此，哪儿也找不着她。什么东西也没少，她的鞋子、书籍、牙刷和发卡都还在，只有她失踪了。没有打斗或暴力的痕迹，地上没有血迹，枕头上也未发现一根头发。一切都原封不动，仿佛妈妈在睡梦中蒸发了一般，或者从窗户飞走了，但随时都有可能回到床上睡觉。

"我什么东西都没碰，一切维持原样。早晨，我仔细搜查了森林，担心在那儿发现妈妈被雷击中后的尸体。

　　"我只找到一头死狼。突然间，我知道妈妈还活着，尽管我不知道自己是如何知道的。"

欧迪的预言

从所有女巫中，
她脱颖为王，
并经受诱惑。

为获其恩惠，
女巫相争，
赐其权杖，
欧迪斯的摧毁权杖，
欧玛尔的暗夜权杖。

天命使者之心
终将选择真理。
真理必胜。
真理永存。

三　塞勒涅

塞勒涅倚靠着稻草床，缓慢而有节奏地呼吸着。她一动不动，昏昏沉沉，因为已经三天滴水未进了，所以不想做无谓的挣扎。

绿头苍蝇围着粪桶打转，其中几只停在塞勒涅的额头和脸颊上，她也不驱赶一下，依然眯着眼。她的嘴唇毫无血色，脉搏缓慢，面颊冰凉。虽然她身处一个不足五平方米的黑暗囚室里，但灵魂却越飘越远。她控制住自己的身体，这样就不会感到饥渴、寒冷或恶心，就连嗅觉都已习惯那股让人作呕的浓浓尿臊味。

如果没人打扰囚室的清静，那么塞勒涅也许还能继续对周遭环境无动于衷。但当听到逐渐靠近的脚步声时，她知道不能再麻醉自己的感官了。墙面渗着潮湿，虱子和臭虫四处乱窜，蟑螂爬上破烂狭小的床架，老鼠颤抖地嗅着她此时的苦恼。塞勒涅一放松警惕，就恶心得皱起了鼻子：她清晰地闻到了血腥气和汗臭，四周弥漫着恐怖的气氛，黄色草垫上溅着棕褐色的脏点。此时，所有的克制和自控都烟消云散，塞勒涅期望房门打开时，可以看见一个温暖、光明、干净的世界。被囚禁的她感到自己的耐力已达到极限，恨不得付出一切代价逃出监牢。

房门不用钥匙就打开了。塞勒涅努力挺直身体，抚平单薄睡衣上的褶子，再用手理顺垂落在裸露肩膀上的厚实红发，试图找回自己的尊严。

"哇！"来访的女人盯着她，嘀咕道，"你比我想象中要美啊。"

塞勒涅的表情如大理石一样冷漠，面庞像面具一般严肃，丝毫不为囚禁者的美言所动。

"你的坚强也让人钦佩，居然没有乞求水、食物和外套，没和任何人联系，也没有哭泣，连哼都没哼一声。"

塞勒涅高傲地看着她："你以为呢？"

"坦率地说，我以为你会使用魔法。"

塞勒涅笑了："我留着处理更重要的事情。"

来访的女人坐在塞勒涅对面，直勾勾地盯着她。和颇具异域风情的红发塞勒涅相比，这个女人同样高挑，也许还更加年轻。毫无疑问，她具有一种经典之美：鹅蛋脸、杏仁眼、乌黑的秀发，肌肤似雪，晶莹剔透。她的肤色如此迷人，那一刻塞勒涅可以透过皮肤看到她随着心跳搏动的蓝色静脉以及渴望滋润的血液。

陌生女人的双眼如炽热的炭火一般，割着她的肉，烧着她的大脑。塞勒涅目光坚定，虽然滴水未进，身体虚弱，但是还硬撑着没昏过去。

还没等到塞勒涅眨眼或者示弱，陌生女人便不耐烦地放弃了这个游戏："你很强大。你是第一个能抵挡我目光的欧玛尔。"

塞勒涅嘴角露出一丝讥讽的微笑："你就是萨尔玛吧。"

"你猜得很对。"

塞勒涅用恰如其分的语言合理地表达愤怒："我们之间没有一个美好的开端，你欺骗了我。"

萨尔玛掩饰住自己的惊讶："你的意思是我是个骗子？"

塞勒涅毫不退让："你承诺等到夏天的。"

萨尔玛笑了一声，她的笑声沉闷而苍老，激起无数回声："两个月和永恒相比，完全不值一提。"

"两个月也很重要。这本不是我的计划，一切都太仓促了，我还来不及清除我们联系过的痕迹，策划一场合理的失踪，告别工作，锁上家门，注销银行账户……"

"那又如何呢？谁也不是无可替代的，几个月后，人们就以为你失踪了。所有人都会忘记你，包括你的编辑。"

塞勒涅并不赞同："我的伙伴们不会放弃的。她们会寻找我，给你们制造麻烦，会搜集线索，干涉我的道路……你们就等着瞧吧。"

萨尔玛认为塞勒涅说的也许有几分道理："你更情愿伪造自己的死亡吧……"

塞勒涅肯定道："本来就是如此约定的。"

萨尔玛耸了耸肩："这是伯爵夫人下达的命令。我本来按照自己的方式行事，但她下令将日期提前了。"

塞勒涅沉默了一阵，然后恢复平静："我得回去解决一切，现在还不会因我离去造成不必要的混乱。"

然而，萨尔玛并不打算接受这一提议："不可能，伯爵夫人想见你。"

塞勒涅颤抖起来，一阵轻微的颤抖顺着她的后颈蔓延至冰凉的指尖："她回来了？"

"没有。"

"然后呢？"塞勒涅恐惧地问道，内心预感到了答案。

"你得去她身边。你将和我一起前往暗黑世界。"

塞勒涅脸色变得惨白，紧紧抓住床架，连压扁了一只蟑螂也没在意："前往暗黑世界？"

"你害怕了吗？"萨尔玛戏谑道。

塞勒涅不为自己的胆怯而害臊，因为她有足够多的理由感到害怕："没有一个欧玛尔从那里活着回来过。"

萨尔玛再次闷声大笑："你不是一个普通的欧玛尔啊。"

塞勒涅飞速思考着，她知道不能让萨尔玛或者伯爵夫人久等："我会去的……但有一个条件。首先我得回家清除我的踪迹。"

萨尔玛笑了："这我可以做。"

"你？"塞勒涅惊叫道。

"会很有趣的。"萨尔玛好像一个淘气的小女孩，突然说道，"我可以欺骗她们。"

"不，萨尔玛，你不可以，而且已经过去三天了。"

"没关系。"

塞勒涅生气了："我说了，你别靠近我家，不然你会后悔的。"

萨尔玛突然沉默下来。一片寂静过后，塞勒涅镇静了不少。

"你隐瞒了什么？"

塞勒涅摇头表示否认。

萨尔玛露出不悦的表情："再在这里待上一个星期，你就会长点儿记性。"

塞勒涅感到绝望了。萨尔玛正要转身离去，连一点儿水、一张毯子也没留给塞勒涅。不！塞勒涅知道内心一旦存有希望，就不可能放弃它，于是请求道："等等。"

萨尔玛停住脚步，侧耳倾听。

"有个叫麦克斯的男人为我着迷，他住在城里，应该还在等我。"

"那你呢？"

塞勒涅回答之前，咬了咬双唇："我可以忘记他。"

"还有别人吗?"

"一个女孩。"

"一个女孩?"

"我的养女。"

"一个女儿?"

塞勒涅突然面色一变:"不是我的。德梅特尔逼我抚养她,相比之下,她更像是德梅特尔的女儿。"

"一个欧玛尔?"

"不,一个丑陋笨拙的小家伙,没有能力,也没有特殊的天赋……"

"那这有什么重要的呢?"

塞勒涅怀念松软的床铺,渴望一杯清水、一次热水澡、一个温暖的环境和一缕明亮的阳光。塞勒涅盯着狡猾的萨尔玛,知道不能骗她。

"……对她来说,我就是她的母亲,所以……"

"所以?"

"我对她有感情了。"塞勒涅低垂着头,承认道。

四　阿奈德的觉醒

格丽塞尔达到达的那天下午，阿奈德收到了一封电报。虽然语言不是很符合塞勒涅的习惯，但仍深深地伤害了小女孩的心。内容如下：

阿奈德：

别寻找我。麦克斯开车来接我了，我们将远离一切，开始全新的生活。三个人一起太艰难，我会寄钱给埃莱娜，你也会忘记我的。

塞勒涅

阿奈德读了一遍又一遍，直到厌倦。那么，麦克斯确实存在，是妈妈在城里的情人。而且，妈妈情愿和他在一起。阿奈德好想再次拨打麦克斯的电话，高声请求他归还自己的妈妈，但这太可笑了。妈妈爱他，估计现在两人应该走得很远很远了。

格丽塞尔达也戴上眼镜，读了电报。她感到难以置信，便向阿奈德提出了一连串关于麦克斯、塞勒涅和他们之间疯狂行径的问题，但阿奈德没有回答。此刻，她只想一个人独自哭泣。

几小时后，埃莱娜也来了，她将一个装有现金的信封交给格丽塞尔达。信封内还有一张打印出来的简短便条，便条由塞勒涅亲自签名，请求埃莱娜照顾阿奈德，并承诺以后每月邮寄生活费。

"她是从哪里弄到这笔钱的？"阿奈德大声说，"她所有的存折和信用卡都在包里。我亲自记录了每笔流水，并没有发现任何提款记录。"

埃莱娜和格丽塞尔达吃惊地看着阿奈德："你说塞勒涅什么也没带走？"

阿奈德坚信自己在暴风雨次日的亲眼所见："所有东西都在这里，她的衣服、鞋子、手包……"

阿奈德一边说，一边惊讶地发现衣架上已不见手包和大衣的踪影。

"我明明看见它们挂在这里的！"阿奈德辩解道。

埃莱娜和格丽塞尔达交换了一个眼神："那你说的鞋子呢？"

"你们来看，一切都原封不动，甚至她的行李箱……"

然而，当阿奈德登上楼梯，打开衣柜时，脸色变得苍白。衣柜已经半空了，放行李箱的地方空空如也，床头柜上的图书、墨镜和发卡也不翼而飞，只剩下破旧的雨靴和没有鞋底的鹿皮鞋。阿奈德小心翼翼地走到浴室，简直不能相信眼前的一切：牙刷、洗发水和妈妈每天早上擦澡用的龙舌兰纤维手套已不在原处。

但是最奇怪的还不仅仅如此。当阿奈德向格丽塞尔达和埃莱娜展示妈妈的电子邮箱状态，以证明妈妈没有与任何人告别，也没有向编辑通知她的离去时，她吃惊地发现存档邮件与自己之前阅读的不同。在失踪前发送的好几封邮件中，塞勒涅与出版社辞行，并取消了一些约定：一次会议、一场动漫大会和一个展厅的开幕式。阿奈德把这些邮件与三天前自己打印出来的内容相比较，没有任何相符之处。署名为"S"的狂热仰慕者的邮件也不见踪影。

阿奈德把自己打印的邮件给埃莱娜和格丽塞尔达看，但她们仿佛并没有很重视这件事。格丽塞尔达反而抱怨电话通话记录消失不见了。阿奈德有些失望，最好还是闭嘴吧。

显然，塞勒涅失踪后，有人回来删去了所有线索。

阿奈德顿时不寒而栗。

他怎么进到家里来的？

他怎么知道哪些是妈妈的个人物品？

他如何删去电话的通话记录？

他如何发送日期显示为过去的电子邮件？

只有一种解释：塞勒涅亲自为之。

阿奈德非常非常难过，爬到床上颤抖起来。

阿奈德没有发烧，但比得肺炎时更加难受，最终因抽搐住院了。她全身从发根到脚指甲都感到疼痛，骨头根根作响，腹中内脏翻江倒海，脚后跟好似刀扎，肌肉犹如针刺，皮肤紧绷得几欲裂开。她完全不可能闭眼、坐下、读书或者思考……

最近两周，阿奈德痛苦得快要死去，也没去上课，尽管此时上不上课并不重要。医生说她只是因为妈妈的事担心过度，所以需要休息，不要担心学业。阿奈德感到十分羞愧，所有人都在议论塞勒涅和一个叫麦克斯的男人私奔的事。就算阿奈德不愿承认，所有人都认为塞勒涅被激情冲昏头脑，这是她的风格。之后她夜间偷偷回来，带走个人物品，重写电子邮件，删除通话记录，发送电报，邮寄现金。她安排妥当了一切，却不敢出来面对自己的女儿。忘了她吧。在她的懦弱和欺骗面前，阿奈德情愿憎恨她，把她从生命中剔除，就像发炎的阑尾一般；情愿当面斥责她的自私和极度不负责任。但是，阿奈德知道自己需要一个妈妈，就算这个妈妈自私、疯狂、野心勃勃、不负责任……

在被迫休养的这几天里，最让阿奈德不安的便是她的脑袋了，或者说是脑袋里的什么东西，因为里面好像飞进了一群蜜蜂或新建了一个锯木厂般嗡嗡作响，十分恼人。那声音连绵不绝，在特定的时刻和具体的位置还会变得异常尖锐。一天下午，阿奈德本想在自己的庇护所寻求安宁，但她竟无法穿越整个枥树林，还未到达洞穴就不得不半途折返。森林里的各种嘈杂声使得脑海中的轰鸣声愈加激烈，让阿奈德难以忍受，几乎快要发疯。

阿奈德常常想念妈妈，感到难受时，还想念卡伦，希望卡伦——她的医生，也是妈妈的好朋友——从坦桑尼亚回来给她看病。这样她就可以躺在充满冰糖香气的小床上，享受听诊器挠痒痒。小时候，阿奈德总以为卡伦的听诊器具有魔力，只要触碰她的前胸或者后背，着凉的支气管或肺部就能痊愈。

阿奈德幻想着询问卡伦该如何做。在一个不眠之夜，一阵低语送来了回答："阿奈德，小美女，不要与疼痛和噪声做斗争。这是你的身体，是你自己，不要抗拒。感受疼痛，深深呼吸，倾听内心的声音，接受它们，让它们成为你身体的一部分。"

卡伦的声音与建议如灵丹妙药一样奏效。阿奈德的身体立刻舒展开来，尤其晚上时，脑海中的回响也减轻不少。

每当发烧小睡过后的清晨，阿奈德总是睁着眼睛醒来，心脏跳动不安，仿佛房间的墙壁里有人说话。窗帘后隐隐可见长袍翩翩的苗条贵妇，而一位身披铠甲的古代战士站立在基里姆地毯上。

她的幻觉每晚都会出现，而且总是发生在相同的地方。骑士和贵妇胆大而好奇，毫无忌惮地观察着她，仿佛随时会开口说话。也许，这算得上是她最近经历的最有趣的事情了。

与此同时，迷人可爱的格丽塞尔达非但丝毫帮不上忙，反而还给她制造了不少麻烦。阿奈德试图向格丽塞尔达解释自己疾病的奇怪症状，然而在医生也无法给出明确诊断和具体疗法后，这个女人慌张害怕起来，声称她不懂照顾小孩，她还强迫阿奈德服用一种令人作呕的液体。每天大部分时间里，格丽塞尔达都在打电话，或在书房和塞勒涅的卧室内翻找着。最近，她还为两人困难的经济情况忧心忡忡，因为她发现德梅特尔去世后，塞勒涅将老房子抵押，并把贷款挥霍一空：不但购买新车，添置房产，还四处旅游，大肆购物。如今，贷款和未付账单将两人逼得喘不过气来，格丽塞尔达完全不知道从哪里能弄到钱。而妈妈的编辑梅伦德雷斯是个铁公鸡，如果妈妈不亲自签署发票，他是不会预付一分钱的。

但是阿奈德才十四岁，并不十分担心这些事，而且她不信任格丽塞尔达。格丽塞尔达温暖的双手虽然可以抚慰忧愁，但阿奈德再也不会向她寻求具体问题的实际解决办法，例如烹饪鸡蛋饼（用醋煎饼）和猪排（半生不熟），或清洗毛衣（格丽塞尔达将漂白剂误认为洗衣液）。

阿奈德不明白为什么人们总认为是成年人在照顾小孩子，因为她家的情况就完全相反。格丽塞尔达不知羞耻地享用小女孩准备的午餐和晚餐。幸好她随遇而安，不论是培根鸡蛋面，还是番茄意面或青酱意面，都欣然接受。格丽塞尔达缺乏品味，在成年人中实属异类。阿奈德认为她家的女人们没有任何相似之处，她们风格各异，凑在一起都可以组成一个动物园了。

也许是吃多了意面，休养过度或者神经过敏，塞勒涅失踪十五天后——格丽塞尔达到来的十三天后——阿奈德发现已经穿不下旧衣服了：裤子的拉链拉不上，衬衫的扣子也扣不起来，更惊讶的是，她发现她需要戴胸罩了。阿奈德简直不敢相信自己的胸部第一次开始发育，而塞勒涅却不在这里一起庆祝！

阿奈德不想把此事告诉格丽塞尔达，因为她不太谨慎，而且也不会照顾小孩。她肯定会四处声张阿奈德需要一件胸罩，要不然就称自己不懂女孩之事。因此，阿奈德决定黎明时分，当脑海中的噪声稍微消停一点儿的时候，一个人出发。阿奈德取出柜子里信封中的钱，离家前往百货店。爱德华多可千万别在店里啊！如果他今天当班，那可真羞死人了。在村里的乐队中，爱德华多站在阿奈德旁边：她拉手风琴，他吹长号。他从来没正眼瞧过她，好像她并不存在。但她却常常偷瞄自己的左边，欣赏他黝黑前额上滚落的汗珠和吹号时脖子上鼓胀的血管。爱德华多较为年长，常在健身房锻炼肌肉，长得"帅呆了"，至少班上的女生这么说。这些女生还嫉妒她能在爱德华多旁边演奏。总之，阿奈德宁死也不愿向爱德华多购买胸罩。

然而，爱德华多就在店里。

阿奈德透过橱窗清楚地看见他，于是焦急地转身，想要逃走。惊慌失措间，迎面撞上一位女士，阿奈德摔倒在地。

"哦，对不起。"阿奈德傻傻地道歉，其实只有她摔倒了。

"抱歉，是我的错。"一位操着轻微外国口音的女士回答。

四目相对，两人都惊讶得说不出话来。

"看来相撞是我们的命运……"外国女人感叹道。她就是在塞勒涅失踪的那天早上，开蓝色越野车，在桥边的坡路上不小心撞倒阿奈德的那位。

两人不约而同地笑了起来。

"你上次的摔伤恢复了吗?"

"完全恢复了，谢谢！"

"今天你可躲不了了。我撞了你，所以欠你一个补偿。想吃巧克力配奶油面包吗？"

阿奈德犹豫起来。她怎么知道我喜欢吃巧克力搭配奶油呢？每次过节时，阿奈德都和妈妈、朋友或者独自在巧克力店庆祝。现在她已有两个星期没吃巧克力了，馋得都要流口水了。也许买（或不买）第一件胸罩这样重要的事值得好好庆祝，妈妈如果在，可能也会请她吃巧克力吧。

"我知道附近有一家咖啡馆。"阿奈德说。

美丽的外国女人笑了，优雅自然地伸出胳膊。阿奈德同样自然地挽住女人的胳膊，指引她走进巷子里。

阿奈德侧眼偷看那外国女人。只见她面容雪白，有着一头灰金色的头发，蓝色的眼睛深邃如海，笑容和蔼可亲。真是位迷人的美女。毫无疑问，她是个外国人，但听口音猜不出来自哪里。每年滑雪季结束后的初春，外国人就开始来到村里，或住旅馆或露营。有些人在初融雪水汇成的湍急河流中玩漂流；也有些人趁天气好在山中远足，他们炫目的户外夹克将山谷装点得五彩缤纷；当石缝中的积雪融化时，最灵活的勇士前来攀岩，预告着夏季的来临；还有人只是在山谷中散心，享受美妙的湖光山色，呼吸山中新鲜的空气。这个有教养的外国女人看起来属于最后一类人。

"你妈妈在等你吗？"

阿奈德喉中打结，她妈妈没在等她。没有妈妈，没有外婆，只有一个不中用的姨婆帮倒忙。

"那天我没有自我介绍，我叫克莉丝汀·奥拉夫。"

"我是阿奈德。"

"我记得。阿奈德这个美丽的名字很配你，我不可能忘记的。你知道自己很美吗？"

并不是这样。阿奈德知道自己并不美，但当奥拉夫夫人如此真诚地赞美时，她就相信自己既美丽又招人喜欢。

因此，虽然向埃莱娜做过保证，阿奈德还是给奥拉夫夫人讲述了妈妈失踪和自己突然生病的遭遇，还有——为什么不呢？——格丽塞尔达的到来和购买胸罩的受挫，因为她需要一个人对她愉快地注视，认真地聆听和持续地微笑。奥拉夫夫人介绍自己却含糊多了，仅仅提到自己途经村子，在宾馆暂住几天，想要去湖边踏青。谈到此，她的脸明亮起来。

"你想陪我去吗？"

当然想！阿奈德连眼睛也没眨一下，就接受了提议。整个下午茶期间，她完全没有感到脑海中的响声和关节的持续疼痛，也暂时忘却了塞勒涅离去的痛楚。奥拉夫夫人和巧克力配奶油可颂面包是她迄今为止尝过的最有效的良药了。

奥拉夫夫人突然站起身，悄声示意马上回来。阿奈德以为她要去卫生间，于是趁机吞下第二个可颂面包，又问服务员罗莎要了一勺奶油。

也不知道奥拉夫夫人出去了一分钟还是一小时，总之，她利用这段时间在爱德华多的百货店里买了一个用纸包装好的礼物送给了阿奈德。回来时，她脸上洋溢着神秘的微笑。

奥拉夫夫人购买了阿奈德所见过的最好看的胸罩，真是难以置信。石榴红的底色上印着蓝绿几何图案，显得既喜庆又颇具民族风。会合身吗？

阿奈德激动地起身走进卫生间里试试大小。是她的尺码，穿在身上就像第二层皮肤一样合身。阿奈德不认识牌子，但可以肯定，这在她的朋友们中是独一无二的。阿奈德穿上毛衣，再次跑向餐桌，想要感谢伟大的奥拉夫夫人，却吃惊地发现桌上只剩一盒糖果。

"送给你的。"服务员罗莎说。

阿奈德已经吃饱了，于是收好糖果。而罗莎正收拾着盛放巧克力的杯子，解释说外国女人已经买单，在付了一笔慷慨的小费、留下糖果后，悄悄地离去了。

埃莱娜觉得很不舒服。她坐在厨房里，在格丽塞尔达旁边一边剥青豆，一边盯着炖锅的火候。但是不管怎么改变坐姿，肚子里的宝宝一直不停地用小脚丫踢她的肚子，一阵一阵地沉沉撞击着，最后一下几乎让她喘不过气来。

"所以这是真的？"

格丽塞尔达将一颗糖果送进嘴里，试图用美食诱惑埃莱娜。她肯定道："确实是真的。金星和木星相合正符合天文学家多普勒关于天命使者的预言。"

"那七星一线呢？"

"马上就要来临了。也许就两三个月吧。"

埃莱娜拒绝了格丽塞尔达的糖果，继续剥着青豆。"你把这盒糖果拿走吧，对我来说过于美味了。"埃莱娜沉思了一阵，补充道，"一切似乎都吻合起来。天体相连和月球陨石指明了何时何地。"

"这里，现在。"

"我简直不敢相信。我们之前怀疑塞勒涅是天命使者，可是如果不是听你这么说，还不敢确定呢。"

"很早之前，自德梅特尔去世那场战役后，欧迪斯就知道了。"格丽塞尔达断定。

"该死的鸟妖……该死的欧迪斯女巫们，她们差点儿把阿奈德也带走了。"

格丽塞尔达摇着头，断然否定："阿奈德还没被启动，是不可能看见鸟妖的。"

"不可能吗？她对乌鸦的描述正符合鸟妖的特征：身形扭曲而庞大，聪明的眼睛仿佛在说话……还试图改变她的意志。"埃莱娜反驳道。

"但是……如果是鸟妖，那阿奈德肯定会落得和塞勒涅同样的下场。没有任何人可以抵抗住鸟妖的诱惑，更别说是一个小女孩了。"格丽塞尔达倔强如驴，不依不饶地争辩着。

"那麦克斯呢？"

"完全不值得去寻找他，也许他并不存在。"

埃莱娜变得焦急起来。肚子里的宝宝也意识到了，所以又开始踢妈妈的肚子，一脚，两脚……有太多太多的怪事，格丽塞尔达肯定也隐瞒了很多内情。

"所以，你是说阿奈德说得有道理，塞勒涅消失的衣服、电报、钱，所有的一切都是让我们相信她自愿出走的障眼法。"

"……从一开始我就知道。"

"那么……你为什么让阿奈德以为她的妈妈为了一个男人抛弃了她？"

"不然我们应该怎么跟她解释？"格丽塞尔达又吃了一颗糖果，反问道。

"真相。"埃莱娜说，"她有权利知道真相。"

"这个得由女巫聚会时决定。"

"很好，但是在那之前我们得保护她。她只有十四岁，给她下个保护盾牌吧。"埃莱娜说道。

"我？"格丽塞尔达焦急地从桌边站起来，显得并不情愿。她从大理石桌上拿起汤勺，双手忙个不停，连五分钟也无法安安静静地坐着。

"阿奈德睡着时不会发现的。你还记得咒语吗?"埃莱娜坚持道。

埃莱娜一边回忆,一边伤心地意识到自己从未施过这个咒语,因为不巧的是,她生的都是儿子,也许永远也不会有这个机会了。保护盾牌的作用就是保护少女,抵御欧迪斯的诅咒,防止女孩在变成女人的这一脆弱过程中,失血过多而死。阿奈德本应该学会保护自己,可是她却对此一无所知。

格丽塞尔达有些着急,她同样意识到自己从未向一位少女施以保护盾牌。她夸张地挥舞着大汤勺,说道:"但是阿奈德看起来只有十岁,没有必要施盾。"

"没有必要?她妈妈刚被绑架,她正处于一个欧玛尔生命中最脆弱的时刻。你却说没有必要?那还有什么有必要?"埃莱娜绝望地尖叫道。

格丽塞尔达真是糟糕透顶,埃莱娜认为。谁想出指派格丽塞尔达来照顾阿奈德的馊主意?肯定是加娅,这样她就可以摆脱小女孩,顺便报复塞勒涅了。

但是格丽塞尔达生气地摇着勺子:"我的任务就是找到塞勒涅,这是我来的原因,也是我正在做的事情。"

"那阿奈德呢?"埃莱娜质问。

"她自己能应付。我可不是保姆啊。"

确实,格丽塞尔达完全不懂照顾小孩,也不会做饭。

埃莱娜改变话题,询问格丽塞尔达:"已经两个星期了,你什么也没说。针对电报和寄钱的信封,你调查出什么来了吗?嗯?"

"什么也没有。"格丽塞尔达毫不掩饰自己的困境。

这一句"什么也没有"并不是谎话,但却隐藏了一个事实。这一句"什么也没有"耐人寻味,意味着她对塞勒涅的怀疑,但格丽塞尔达在完全确定之前，是不会说出自己的疑虑的，所以她什么也没有调查出来，这正是最让人不安之处。

"你也不管管阿奈德。"

"我怎么不管她？我和她住在一起啊。"

"我的意思是你没有看着她，没有照顾她，你连她脑子里在想什么都不知道。"

"傻事，她老想着傻事。每晚我都用手抹去她脑子里的傻事。"格丽塞尔达激烈地辩解道。

"这就是全部？"

"我在寻找她的妈妈，她最需要的就是妈妈。我和你不一样，你有孩子，你为什么不留下照顾她呢？"

埃莱娜感到一阵晕眩。她们共处同一屋檐下的那两天都够她受的。真是太复杂了。

"在下一届女巫聚会上，我们得决定如何安置阿奈德。"埃莱娜一下子解决了问题。

格丽塞尔达惊讶地看着她，指了指她的肚子："你可以飞吗？"

"当然啦，还有什么办法呢。我越来越重，也不能传递信息，但巫术依然不变。"

格丽塞尔达尝了口汤，不小心烫了舌头："我不担心阿奈德的安全。她足不出户，处处谨慎小心。"

埃莱娜觉得有责任提醒格丽塞尔达，因为她并不了解阿奈德。

"她很聪明。"

"我已经意识到了。"

"她两年前读完了儿童图书馆里的全部图书。塞勒涅还从城里买书给她。"

"一个爱读书的孩子。"

"她完美地掌握了五种语言。"

"是啊。"

"任何乐器放在面前，她都能演奏。"

格丽塞尔达不知道说什么好："你的意思是？"

"我总是不明白为什么塞勒涅不在相应的年龄启动她。"

埃莱娜观察着格丽塞尔达，格丽塞尔达慢慢反应过来，屏住呼吸，倚靠在炖锅上，锅子摇摇欲坠。埃莱娜尖叫起来，但为时已晚。

"小心！"

格丽塞尔达抓住炖锅，但一不小心失去重心，朝窗边倒去，把窗帘给拉了下来。最后，炖锅重重地摔在地上：鸡块、肥肉、胡萝卜、洋葱和土豆散落在厨房里。

埃莱娜深呼吸一下、两下，肚子里的小调皮随着妈妈也不安分地踢踏起来。内有躁动的小球星，外有马虎的格丽塞尔达，她能忍受得了临产前的最后这两个月吗？巨响过后，厨房里满是从四面八方前来看热闹的小孩，他们还以为炸弹爆炸了。

"炸弹呢？"

"发生了什么？"

"我们吃什么？"

"出去！所有人都出去！"埃莱娜尖叫道，几乎都要哭了。

相反，格丽塞尔达仿佛飘离于一切之外，在这场灾难面前，如瞎了般视而不见。她在慢慢地整理思路："你是说塞勒涅因为我们未知的某种理由而不启动阿奈德？什么理由呢？也许阿奈德不是欧玛尔？也许她只是个普通人？"

埃莱娜弯腰拾着肥肉块，泪中浮现出了笑容，因为在如此糟糕的一天中，至少还有一件顺心事：马虎的格丽塞尔达终于明白，塞勒涅隐瞒了她们未知的许多事实，阿奈德就是其中之一。

五　母狼部落

阿奈德突然惊醒，睁开双眼。她可以肯定，刚刚听见一声狼嚎。

她再也睡不着了。某种东西驱使她起床，一种不安，或者是阳光，夜晚不应该如此明亮。

事实上，阿奈德打开窗户，望见一轮满月高悬山间，庄严而皎洁。她站在窗边欣赏着月光，天气有些闷热难耐。在月光的爱抚下，小女孩放松下来。然而，夜晚，尤其是春日的夜晚，与万里无云的晴空并不相符。空气看起来十分浑浊。自从塞勒涅失踪以来，照耀白日的阳光和点缀夜晚的月光就不似以往一般强烈。没有妈妈，整个世界显得肮脏不堪。

"我们去晒月光浴吧，你觉得怎样？"夏夜里，塞勒涅有时会这样邀请她。母女俩躺在草地上，在微弱的光线中昏昏欲睡。每当远山中传来狼嚎时，两人总相视一笑。狼群朝着她们的好朋友——月亮——嚎叫，靠声音相互传递信息。伴随着充满爱意、激情、思念与忧伤的嚎声，她们翩翩起舞。

这个夜晚的一切都让小女孩想起了自己的妈妈。她在哪里？为何她什么也不说？真的好想好想她。

狼嚎又一次响起，连绵悠长。阿奈德听着听着，脖子上起了一层鸡皮疙瘩。不一会儿，她的喉咙深处自然而然地发出一声嚎叫。阿奈德用狼的语言，向她和塞勒涅的朋友们诉说自己的不幸。然后，她突然僵在原地，下意识地用手捂住嘴巴，就像有人不自觉地开了个玩笑，把自己也惊呆了一般。然而，她没有时间思考。母狼传来回话，更让阿奈德吃惊的是，她居然能听懂："她们把她带走了，她就在她们手中。她们很强大，但也有弱点。"

阿奈德拖着颤抖的双腿，离开窗边。太荒谬了！真是太荒谬了！但她的确会说狼的语言，而且也听得懂母狼的回复。她怎么知道是一头母狼？反正就是知道。不，这不太符合常理。人与狼不能对话，也不能相互理解，可是虽然母狼的信息十分隐晦，但她确实听懂了啊。"她们"是谁？谁带走了妈妈？妈妈没和麦克斯私奔吗？

她偷偷在镜子里看了看自己，还好，胳膊上没长毛，她没变成一头小狼。一切都太奇怪了……真傻，只是幻觉罢了，可是她需要向某人倾诉，以证明自己并没有疯。阿奈德毫不犹豫地走向格丽塞尔达的卧室。

床上没有睡过的痕迹，房间内空空如也，窗户大开。阿奈德吓得目瞪口呆。闹钟上显示深夜两点，家中却不见格丽塞尔达的踪影。她跑哪儿去了呢？也和塞勒涅一样消失了吗？或者雷电击中了她，正如德梅特尔所遭遇的那样？雷雨的概率看似不大，此时天空布满了暗淡的星辰，一轮月亮摇摇晃晃地挂在山间。

阿奈德不安地观察着格丽塞尔达房间里的所有物品，看能不能找到一些蛛丝马迹。床头柜上的书边放着一罐无盖的面霜，它的气味吸引了阿奈德，因为闻起来有妈妈的味道，这正是妈妈以前使用的面霜。阿奈德用食指蘸了点膏体，茉莉花香草的香气让她陷入了对妈妈的深深思念中。她不假思索地按照妈妈晚上的习惯，将面霜抹在脸上和手上，然后闻了一次又一次，内心渐渐充盈着一股暖意。

随后，一阵酥麻感沿着双腿向上蔓延，浓浓的困意袭来，阿奈德感到四肢疲惫无力，几乎就要昏倒。她任凭身体倒在格丽塞尔达的床上，床头柜上的那本书也顺势落下，翻开了随机的一页。也许并不是巧合，因为那张纸皱巴巴的，所以书总是从那页打开。

月光照亮纸面，阿奈德受到好奇心驱使，开始阅读起来。让人惊讶的是，她突然无缘无故地用一种奇怪的语言朗读出来，声音低沉，发音准确。虽然不去理会每个词的含义，她还是读懂了。

阿奈德越读越明确地意识到自己曾经朗诵过这些语句。当时有人陪在身边，她熟知每段语句的韵律和节奏。

她浑身发烫，血液在疲惫的四肢的全部血管中滚滚流淌。皮肤的每个毛孔都可以感知血流的涌动，全身舒展而有活力。一阵薄雾蒙住双眼，阿奈德昏昏沉沉，身体轻飘飘犹如空气，渐渐融入暗夜，随风飘荡。

在这个月圆之夜，位于山峰东侧，有一条小溪穿过的森林空地变得异常热闹。四个女人在唱完赞歌之后，围成圆圈翩翩起舞。随后，年纪稍长的女人将在分割圆圈的五个点上放置蜡烛并点燃，构成五星强盾。

身材微胖、毫无美感的格丽塞尔达解开长发绾成的发髻，抬头仰望月亮，闪闪发光的双眸将面庞衬托得美了几分。其他三位女司仪模仿主祭的动作，也将头发散开，目光朝向月亮。她们手牵着手，齐声嚎叫，使用的是狼的语言——她们部落的语言。

她们在呼唤塞勒涅，失踪的塞勒涅。

几分钟过后，她们收到回复。有人在回应召唤，但并不是塞勒涅。那嚎叫声悦耳但不清晰。女人们面面相觑，母狼部落在山谷里并没有别的成员。然而，她们没有机会交流意见。不一会儿，她们又清楚地听见一头母狼的回答："她们把她带走了，她就在她们手中。她们很强大，但也有弱点。"

埃莱娜、加娅、格丽塞尔达和卡伦筋疲力尽地倒在地上，内心有些气馁。面对塞勒涅被绑架，她们任何人都不能表现出害怕或疑惑，尤其是格丽塞尔达。她们知道通过传心术足以将信息传到塞勒涅耳中，并收到回复，除非塞勒涅本人拒绝召唤。埃莱娜向格丽塞尔达抛出一个问题："我们该拿塞勒涅怎么办？"

埃莱娜凭直觉不止一次觉察出格丽塞尔达有意拖延，向大家隐瞒自己的猜测。

"我正查着线索呢，但还需要更多时间。"

格丽塞尔达知道难以打消同伴的疑虑。

没人说话，大家沉浸在自己的思绪中，也间接默许了她请求的时间。

格丽塞尔达趁机解决另一个问题："与此同时，谁负责照顾与教育阿奈德呢？"

虽然格丽塞尔达是小女孩最近的亲人，但她毫无承担这一光荣使命的意愿。

"教育？"卡伦问道，"也就是说你们想启动她？"

格丽塞尔达擦了擦额头上的汗珠。她站在圆圈正中，此时烛光开始微微颤动，五星强盾的力量渐渐减弱。

"埃莱娜和我曾经谈过这个话题，阿奈德已经十四岁了。"

远道而来的卡伦想法很明确："作为她的医生，我可以确定，她虽然是塞勒涅的女儿，但却没有继承半分女巫的直觉与天赋。"

加娅生气地打断她："不管你怎么暗示，塞勒涅都不会是天命使者。"

卡伦狠狠地瞪了她一眼："我没有暗示，而是断定塞勒涅就是预言中的天命使者。"

格丽塞尔达将会议引回正题："我们没有怀疑预言，也没有考虑塞勒涅是不是天命使者。我们在讨论阿奈德和她的未来。"

"还有她的现在。"埃莱娜补充道，"求你们快点儿吧，我施的睡眠咒三点之后就会失效，如果我丈夫发现我不在，那可有大麻烦了。"

卡伦显得十分困惑："他不知道？"

"他怎么会知道！"

"如果我有丈夫，肯定会对他坦白。"

"是吗？你对多少个男朋友坦白了？"卡伦有些尴尬，埃莱娜仍不依不饶，"试试吧，跟他说，看你和男朋友还能处多久，大概也就是我吃奶油布丁的时间吧。"

格丽塞尔达趁着卡伦慌乱之际向她发问："你作为医生的诊断是阿奈德没有能力……"

"对。"卡伦肯定道，"不过我可以负责照顾她。我知道塞勒涅肯定也会这样对待我的女儿。"

加娅和格丽塞尔达舒了一口气，卡伦自愿承担照顾阿奈德的责任，那么这差事就不会轮到她们了。

"那我们现在已经达成一致。解散！"加娅为聚会画下最后的句点。

但是埃莱娜提出了异议："我不同意卡伦，我们得启动阿奈德，这个女孩隐藏着巨大的潜力。"

"她的能力与智商无关。"卡伦恼怒地反驳道，"别忘了我是医生。"

"她的医生，她的老师……关于阿奈德的专家！这招真妙啊，加娅！你把卡伦从坦桑尼亚叫回来，好报复塞勒涅吧。真符合你的一贯作风。"埃莱娜怪声怪调，显然对加娅十分不满。

"我没叫她过来。"加娅辩解道。

"不是你吗？"卡伦看着埃莱娜，吃惊地询问。

"我？"埃莱娜手扶巨大的肚子，尖声吼道，"你知道我怀孕时不能够召唤吧。"

卡伦需要有人对她这趟急匆匆的旅行做出解释。

"那么，谁叫我回来的？当时，我感到一阵强烈的召唤，所以就回来了。"

谁也没有回答，卡伦感到十分困惑。埃莱娜看着格丽塞尔达："格丽塞尔达，你怎么看？"

格丽塞尔达犹豫起来。她一点儿也不了解阿奈德，但否定启动阿奈德的可能性无疑是对过世姐姐的一种背叛。

"特斯诺乌里斯家族的所有女人在儿童时期就接受启动仪式。没有人不符合条件，除非……"

格丽塞尔达看着埃莱娜，心里一直怀有对阿奈德身世的疑问，也许她并不是塞勒涅的女儿，只有这样才能解释她缺乏天赋。

加娅踢了地面一脚："我就知道，你这是为自己的家族撇清关系。德梅特尔过世，塞勒涅失踪，轮到格丽塞尔达指挥我们了，你们的最终目的就是让那个小女孩领导我们。"

格丽塞尔达受够了加娅的无端指责，忍不住针锋相对："你不要逼我念出顺从咒。"

加娅如母狮般咄咄逼人："你不知道如何念顺从咒，因为特斯诺乌里斯家族的女人都爱虚张声势。塞勒涅不是天命使者，阿奈德没什么用处，也不会有什么用处。我对此再清楚不过了，就如对我自己的双手双脚般了解。"

加娅刚说完这番话，就惊讶地发现周围一片寂静，其他三个女人都在目瞪口呆地仰望天空。加娅顺着她们的视线望去，看见头顶上，阿奈德的身影悬浮在栎树枝间，想要在圆圈的正中间寻找一块合适的空地缓缓着陆。加娅咽了口唾沫，这是她一生中所见过最完美的飞行技法了，真是让人羡慕不已。

阿奈德双脚着地，睁开眼睛，看了看四个女人，惊叹道："我怎么……怎么到这儿了？"

格丽塞尔达觉得她不像在撒谎。

加娅是唯一一个回答的："我不相信！我不相信你们说的每句话！这肯定是格丽塞尔达策划的一场好戏。"

阿奈德不明白加娅为什么如此生气，此时她只感到头昏眼花、不知所措。格丽塞尔达握住了她的手："阿奈德，孩子，你之前这样做过吗？"

阿奈德回忆起自己朦胧的梦境。她在梦中飞过，但她怎么就出现在森林的空地上了？

"做过什么？"

"就是你刚才做的事情，飞到这里。"

"飞？你是说……"

卡伦抚摸着她的脸颊："你肯定塞勒涅或德梅特尔没教过你飞行？"

阿奈德摇了摇头，惊慌失措的她完全听不懂四个女人在说什么，什么也不懂。

埃莱娜满意地笑了，她赢了打赌："你们看见了吗？"

加娅拒绝承认："不可能，我花了六年时间……不可能！"

卡伦也不敢相信："她从哪里拿的油膏？"

阿奈德想了想，关于这点她还是清楚地记得："我涂了格丽塞尔达的面霜。罐子就放在床头柜上。"

"那咒语呢？"格丽塞尔达不假思索地问。

"什么咒语？"

"你高声念了几个词语，对吧？"

"我读了一本落在我手上的书。"

加娅气得直跳脚："哈密瓜还能长脚呢！说实话，塞勒涅在你上学前班时就启动了你的巫术吧。"

好像被打了一记耳光般，阿奈德感到难以置信，说话也结巴起来："巫……巫术？"

"你别装傻，你与我、她们、你外婆和妈妈一样都是女巫。"

此时，阿奈德脑海中零碎的拼图终于连成一体，并具有了意义，但即便如此，"巫术"一词听起来还是十分严重。格丽塞尔达搀扶着她，她面色惨白，紧紧抓住格丽塞尔达的胳膊，以防摔倒。笼罩在蓝色双眸中的恐惧如此真切，完全不像是装出来的："一个……女巫？"

没人否定。阿奈德问自己的老师："你说我是一个……女巫？"

加娅点头承认，但阿奈德却一遍又一遍地摇着头："这不是真的……一定是个玩笑……"小女孩喃喃自语。

四双眼睛盯着她，既没有否认也没有肯定。阿奈德的目光扫过每一个人，最后看了看四周，感受到女人们围成圆圈产生的魔力，然后……她不得不接受事实。

这不是玩笑。

她是一个女巫。

然后，她昏倒在格丽塞尔达的怀抱里。

欧玛的预言

你们听我说：当那天来临时，天命使者将终结姐妹之间的斗争。

仙女梳理银发来迎接。
月亮梨花带雨献泪珠。
父子水晶宫前共起舞。
七方之神列队齐祝福。

随后，战争爆发
残忍而血腥。
女巫之战。

她将赢得胜利，
她将收获权杖，
她将遭受痛苦，
她将付出鲜血，
她将磨炼意志。

六　欧姆和欧德的传说

远古时代，女巫之母欧靠魔法结束武士相争的乱世，赢来和平，并统治各个部落。土地肥沃，物产丰富，土、火、水、气四大元素和谐相融。

欧，公正无私，备受尊崇。

欧，博学多识，掌握治疗病患、预测未来的秘密。

欧，通亡灵，懂兽语，识百草。

欧与自然和人类和谐相处，受万物生灵爱戴。

欧有两个美丽的女儿：欧姆和欧德。两个女儿均继承了母亲的智慧。

欧姆想跟母亲学习草药和根茎的治愈魔力，在努力救死扶伤的过程中，认识了死亡，也形成了怜悯众生的情怀。

欧德想跟母亲学习通灵之术，在聆听有罪亡灵的哀号后，明白了死亡与永世不得超生的恐怖。

欧姆热爱生命，因为不惧死亡。

欧德畏惧生命，因为渴望永生。

欧姆生了个女儿，名叫欧米。欧德不想经受分娩之苦，于是趁欧姆熟睡的夜晚将其女儿偷走。

欧德把小女孩带到欧面前，让母亲承认欧米是她的女儿，并把欧米更名为欧迪。

欧不希望自己的女儿们反目成仇，只得痛心接受，因为欧姆比她的妹妹更宽容，而欧德也承诺会像对待亲生女儿般抚养与照顾欧迪。

欧姆失去爱女，难过了一段时间，但是不久后，第二个女儿欧玛诞生，欧姆便原谅了欧德的罪孽。

欧迪和欧玛一起玩耍，一起学习各自母亲教授的内容，还相互交换所学知识。因为欧迪，欧玛在占卜术上得到启蒙，还学会了与灵魂交谈。因为欧玛，欧迪与汤药为友，掌握了植物、根茎和石头的力量。

一天，欧玛发现亡灵告诉欧德，如果杀死新生女婴或者即将成长为女人的少女，再喝了她们的血，就能长生不老。欧玛十分害怕，连忙告诉她的母亲欧姆。

欧姆不相信妹妹会做这样的事，于是偷偷监视妹妹。就这样，欧姆发现欧德打算杀掉她即将成人的女儿欧玛，再喝其血以达到永生。

这是欧德从亡灵那里获取的秘密。

怒火中烧的欧姆诅咒妹妹欧德，诅咒过继给她的女儿，诅咒她居住的大地。然后她带着小欧玛不辞而别，以免母亲欧难过。她们逃得远远的，最后躲进一个洞穴里。

欧姆和女儿隐居山洞后，原来肥沃的土壤开始变得贫瘠。白雪覆盖大地，庄稼冻死，树叶凋零，饥饿与寒冷侵袭欧德的家园。

疲惫不堪的欧本想将权力传给某个女儿，然而二女失和已久，所以谁也没有获得权杖。

与此同时，本应维护和平的各部落武士们开始渴望战争。他们知道女巫之母已经年迈，法力越来越弱，并将饥饿、寒冷和摧残生灵的寒冬归咎于她。

武士们暗中集会，决定开创男人的天下。最终，男人取代女人的智慧与魔法，权力属于兵器与武力。

欧德因年迈的母亲拒绝将统治权交给她而心怀怨恨。她与武士结盟，策划了一场推翻欧的政变。

欧被废黜了，但是男人们凭借武力，扶植一位叫石氏的巫师上台，而非欧德。石氏为人阴险，穷兵黩武。他利用了欧德，强占了女巫之母的知识与智慧。

篡位计划落空，恼羞成怒的欧德要求石氏迎娶她的女儿欧迪，并把以后生下的所有儿女都交给她。这就是石氏的代价。

欧哭啊哭啊，泪水融化积雪，大地万物复苏。

就在这个时候，欧姆与成长为女人的欧玛离开洞穴。就在这个时候，太阳暖照，植物回青，动物繁衍，硕果累累，一切又变得欣欣向荣。

在欧德的许可下，石氏将复兴与诞生的庆典变成欧德主持的战争和死亡的葬礼。除了作为储君的长子，欧迪生的儿子一出生就被杀害，鲜血供欧德享用。而欧迪的众多女儿们，欧迪斯，生来就被灌输对死亡的恐惧，以及对男人与表姊妹欧玛尔的憎恨。

欧德传授她们长生不老的秘密，强迫她们宣誓效忠，完成掠夺欧玛未成年女儿的任务，以供她饮用鲜血并从中吸取法力。

欧姆看见周遭如此多的憎恨与悲伤，决定再一次用严冬、寒冷和饥饿惩罚妹妹的统治。

欧最终在遗憾和悲伤中去世。临死前，她诅咒自己的女儿欧德，并将权杖扔进大地深处，这样谁也不能得到它。她还写了一封血书，预言一位红发女巫将终结姐妹之间的战争。

在见证众多儿子的死亡与多次生育摧残身体之后，欧迪郁郁而终。她也用自己的鲜血写下最后的诗句，警示天命使者的背叛，因为她就遭受过自己女儿欧迪斯的背叛之苦。

欧姆离世前，女儿和外孙女膝下环绕，她用红发女巫将为她们和她们的子孙报仇的预言鼓励她们不放弃生的希望。

一拨又一拨的女巫渴望得到欧藏在大地深处的权杖，但没有任何人能找到它。

欧去世后，女人被驱逐出理事会、典礼、宗庙和其他公共场所，甚至病人的床榻。武士将女人囚禁在家中，剥夺她们享受音乐与舞蹈、学习书本知识和了解大自然的权利；禁止她们靠近武器，违者被处以死刑；还宣称女人不洁，强迫她们遮盖自己的身体和头部。当女人违反男人的命令时，男人当众侮辱并惩罚她们，同时颁布法令，迫害学习法术以及与石氏作对的女巫。

欧迪的女儿欧迪斯同样也遭受自己父亲和兄弟的藐视、排挤与迫害，所以她们毒死父亲石氏，然后怂恿兄弟与野心勃勃的武士决斗。

就这样，一场又一场的战争，一次又一次的背叛，一轮又一轮的迫害接连爆发，层出不穷。

欧玛和她的众多女儿欧玛尔继续暗中默默施展治疗之术，缓解病人的疼痛。她们隐居在森林里、洞穴中、河边山脚下和道路的交会处——得天独厚的好地方。欧玛尔制作治疗身体疼痛的药水与方剂，还用她们的内心能量与有益咒语来缓解灵魂受到的折磨。她们早已习惯逃亡生活，白天躲藏起来，晚上则在森林空地上聚会，载歌载舞地举行被明令禁止的女巫仪式。她们受到主宰女性周期、滋养播种、影响潮汐的月亮的庇护。她们发誓互相帮助，靠传心术和古老的语言来躲避欧迪斯的嫉妒和男人的猜疑。

欧玛的女儿建立了欧玛尔氏族，而她的外孙女则在地球上的动物中选择自己的部落，以学习它们的图腾、智慧、品德、语言和精神。欧姆众多的曾外孙女们建立了母鸡部落、母兔部落、母熊部落、母狼部落、母鹰部落、母鲸部落、母蛇部落、母海豹部落、母鼠部落等等。各家族紧密相连，分布在世界的各个角落。不管谁走到哪儿，总会受到热情接待，因为她们富有爱心和智慧。有些人成为音乐家、诗人、助产士、草药师或医生。所有女人都聪慧、性感。她们的智慧由母亲传给女儿，为了自保她们不得不对丈夫或情人隐瞒真实身份。

在那个充满迫害和处决的黑暗时代，许多女巫被烧死。幸存者们渴望不远的将来，一位红发的天命使者如期而至，消灭欧迪斯，结束女巫之战，就像欧预言的那样。

天象显示，那一天即将到来。

七　坦诚相见

阿奈德简直不能相信："妈妈是天命使者？"

格丽塞尔达一边骄傲地微笑着，一边细细品尝阿奈德带回的那盒夹心巧克力糖："真是美味极了。星象已经证实了，彗星预示着她的到来，随后陨石落在这里的山谷中，星体相合也即将发生。还有，她的红发和法力独一无二。"

"我早就知道妈妈与众不同，非常与众不同……"

"我是天命使者的姨妈，你是她的女儿。这对她的家族和部落来说都是极大的荣耀。"

阿奈德重复刚刚学到的内容："我是阿奈德，塞勒涅的女儿，德梅特尔的外孙女。我来自西徐亚民族母狼部落的特斯诺乌里斯家族。"

她声音洪亮，好让自己相信这个事实。一切都太突然了，所以一天二十四个小时中，她就有二十三个小时在难以置信中度过。

"如果你妈妈能看到你……"格丽塞尔达感动地喃喃自语，双眼瞬间蒙上一层悲伤。

阿奈德立刻捕捉到了她的情绪："那么……妈妈没和麦克斯私奔?"

"也许麦克斯不存在。"

"不,他确实存在,我有他的电话。"

"你认识他?"

"不,塞勒涅没和我提过他。"

阿奈德和格丽塞尔达面面相觑,不敢高声表达出她们的怀疑。阿奈德思索着塞勒涅对她隐瞒麦克斯的原因。麦克斯呢?他知道她的存在吗?

"塞勒涅现在在哪里?到底发生了什么?"

格丽塞尔达倒吸一口气,阿奈德十分聪明,欺骗她很难,但可以隐瞒部分想法,并且迷惑她。格丽塞尔达永远也不会告诉她自己的悲伤来源于对塞勒涅背叛的恐惧:"我们不知道她在哪里,欧迪斯绑架了她。"

阿奈德早就知道,她胆怯地问道:"她们会杀了她吗?"

"她们是不会杀她的。"

阿奈德体会到话中的意味,虽然只是一知半解,但还是恐惧万分:"你是说她们杀死了外婆?"

格丽塞尔达流下两行眼泪。的确,德梅特尔,特斯诺乌里斯家族的女酋长,用血与肉誓死保护塞勒涅,防止她落入欧迪斯手中。格丽塞尔达知道姐姐如磐石一般坚强,为了战胜这位伟大的女酋长,欧迪斯肯定也损失惨重,因此她们并不恋战,休养生息准备来年再战。

"所以她们一段时间内不敢靠近。你外婆法力高强,她的保护咒效力持久。"

阿奈德的大脑转个不停:"如果是这样,外婆死后,妈妈有危险，那她为什么不逃走？为什么不躲起来？"

格丽塞尔达开始冒汗，阿奈德慢慢接近那个没有答案的问题，不行，得干扰她。

"塞勒涅非常勇敢，以为自己可以战胜她们，所以没有退缩。"

"但是……"

格丽塞尔达差点儿就要放出个安静咒。她无法忍受小女孩的接连追问，也不知道如何回答，而阿奈德正危险地朝那个重要的问题靠近。

阿奈德又开始刨根问底，真是难缠的小女孩！

"但这不是勇敢……妈妈变了，她故意引人注意，在网络和电台中抛头露面，接受采访……经常喝酒，还酒后驾驶……大家都说她完全失控了。"

格丽塞尔达松了口气："你说对了，塞勒涅变得有点儿……疯狂。"

阿奈德回忆起妈妈的疯狂行径，有些事温馨愉悦，还有一些事让人不知所措，心生不安："外婆的死对妈妈影响很大，我现在特别能理解。也许我也有可能变得疯狂。"

格丽塞尔达吃惊不已，阿奈德知道这意味着什么吗？

"你在暗示什么？"

阿奈德很聪明地总结道："当你知道自己的妈妈为保护你而死时，你怎么能带着这份内疚无动于衷地生活下去？"

格丽塞尔达恨不得高兴地亲吻她。这个小女孩真是个天使。在没有任何人帮助的情况下，她凭自己就找到了其他资深女巫在半个多月中苦苦找寻的答案。

塞勒涅是因内疚而疯狂，当然啦！肩负欧玛尔命运的重大责任，面对自己母亲的死亡，她肯定迷茫害怕，所以就算其他伙伴提醒，她还是表现得疯疯癫癫，不负责任。

格丽塞尔达记得在女酋长热闹的葬礼上，塞勒涅将红发绾在独特的帽子下，行为还算谨慎。说还算谨慎是因为她素来冲动，喜欢感情用事。当时，说她可能是天命使者仅仅只是流言蜚语。几乎谁也不认识她，也没听说过她。塞勒涅只是伟大女巫、母狼部落女酋长德梅特尔的女儿。然而，现在所有征兆都指向她：许多年前，彗星昭示她的到来；德梅特尔去世的那一年，月球陨石滑落；现在，金星与木星相合后，七星一线即将发生，根据预言，这意味着天命使者统治的开端。预言逐渐成真。

阿奈德打断了格丽塞尔达的思绪："你知道最糟的是什么吗？"

格丽塞尔达不知道。

"是塞勒涅找到外婆的尸体的。"

格丽塞尔达用手捂住嘴巴，极力抑制住尖叫的冲动。塞勒涅没跟她说过。肯定十分可怕！欧迪斯受害者的尸体一般都扭曲变形，令人触目惊心。小时候，她和姐姐德梅特尔在一天晚上违反大人规定，手牵着手偷偷溜进一个墓地，想见莱达最后一面。当时的画面她永生难忘。莱达曾是她们最好的朋友，还没有成长为女人就落在欧迪斯的手中。由于法力未被启动，小女孩没有能力自卫，最后失血而死。两姐妹夜里偷跑出来，就是想亲亲莱达。对此妈妈明令禁止，但是她们没有理会，还是钻进了放置尸体的墓室中。她们要是没这样做就好了！

莱达变成了一个魔鬼。

莱达变成了一个怪物。

莱达，曾经美丽的莱达，变成了她们噩梦中最可怕的怪物。

她永远也忘不了莱达。

格丽塞尔达同情塞勒涅。当发现欧迪斯的受害者时，欧玛尔的法医们远道而来，负责寻找一个合理的解释，将死亡归咎于摔倒、车祸、火灾或窒息，以避免司法部门的怀疑和警方的调查。

"她们不让我见外婆最后一面。"阿奈德低声说道。

可怜的小女孩知道了太多东西，一时间无法全部消化。

"我好想念她们。"她声音越来越低，眼眶闪着泪花。

格丽塞尔达也想念她们，她们是她的家人。她忍不住抱住阿奈德，而阿奈德则像个小动物般躲在格丽塞尔达怀中。格丽塞尔达轻抚小女孩的前额，想要抚慰她的恐惧和忧伤。

"妈妈在受苦吗？"

"她很坚强，法术也很高，知道如何保护自己。"

"我想去找妈妈。"

"在那之前你得学习很多东西。"

"我会学习的，我会参加启动仪式，成为欧玛尔女巫，然后把妈妈从欧迪斯手中解救出来。你会帮助我吗？"

"当然！"

"我们现在开始吧？"

"从明天开始，现在睡觉。睡吧，孩子，睡着了好休息。"

阿奈德蜷缩在格丽塞尔达的怀抱中，还出乎意料地搂住她的脖子，亲了亲她的脸颊："格丽塞尔达，我爱你。"

格丽塞尔达的皮肤上感到一阵奇妙的酥痒。她有多久没被人如此亲吻？她有多久没有听到有人在耳边说出"我爱你"？

格丽塞尔达回想起在那遥远的青年时代她初识的爱情，有些忧郁。她摇晃着阿奈德——自己姐姐的外孙女。也许改变意见是明智之举。虽然她不懂照顾小孩，不会做饭，没有耐心，爱帮倒忙，但她不会放弃阿奈德，不会将阿奈德的教育交到其他女巫手中。

她决定亲自照顾阿奈德。

至少这是她能为特斯诺乌里斯家族所做的贡献吧。

"观察而非观看，聆听而非偏听。学会用直觉阅读大自然和生命。"自从格丽塞尔达决定教授巫术的基本知识以来，这便是阿奈德每日每夜学习的内容。在掌握这两个原则之前，她既不能念咒，也不能用白桦木魔杖施法。

阿奈德可喜欢自己的魔杖了，它给她带来了无比的安全感。她喜欢挥舞魔杖，在空中绘出各种图案，就像每年冬至日时篝火旁星星点点、照亮夜空的烟花棒。

阿奈德和格丽塞尔达去河边割白桦木树枝，在选取最合适的一枝并调试它的性能之前，格丽塞尔达向她展示向老桦树请求许可的方法。阿奈德清清楚楚地听见桦树同意合作的回答，但格丽塞尔达却听不见。格丽塞尔达聋了吗？她不敢告诉格丽塞尔达，因为当小女孩聆听到树枝上甲虫的抱怨时，格丽塞尔达依然充耳不闻。

她继续聆听，确实能听见很多东西，太多了。一开始脑海中出现的可怕噪声逐渐变成了她完全能够听懂的听觉符号、简单语言和动物语言，比如狗、猫、麻雀和蚂蚁之间的交谈。方圆五米内汇集的声音简直难以想象。然而，她决定将这些新发现暂时保密，以免又超前学习课业，就像学校里发生的那样。她学习速度太快，得好好管住自己的舌头。在这方面，小女孩已积累了足够多的计谋，知道如何完美地装傻。

阿奈德也观察到了许多之前忽视的东西。她看见云朵形状、风吹方向、小鸟飞翔、床单褶皱传递的信息，学会用直觉去阅读目之所及，而非抑制它，还在格丽塞尔达的帮助下，诠释某些梦境和预感。

格丽塞尔达对阿奈德的进步感到十分欣慰。一天，小女孩通过杯中茶渣准确预测出几分钟之后发生的一个意外惊喜：快递员送来包裹，格丽塞尔达激动而紧张地打开纸盒，里面钻出一只怯生生的小猫。包裹来自好朋友利奥诺娜，她送给阿奈德的生日礼物便是这只小猫，它的妈妈是格丽塞尔达几年前送给利奥诺娜的母猫阿曼达。

阿奈德抚摸着小猫，轻声轻语地与它说话，然后从喵喵声中听懂了它的回答："我要妈妈。"

阿奈德心都碎了。她和小猫有很多共同之处：都被迫与妈妈分离，不得不依靠格丽塞尔达。作为家庭新成员的保护者，阿奈德做的第一件事便是给它取名。

"它就叫阿波罗。"

"阿波罗？"

"它是不是和太阳神阿波罗一样漂亮？"

格丽塞尔达同意她照顾阿波罗，顺便减轻自己的负担。小女孩就够她头疼的了，更别说这个哼哼唧唧、每三个小时就要喝一次奶的小猫了。

现在阿奈德拥有了自己的小猫和魔杖，学会了聆听、观察、阅读和诠释，但格丽塞尔达还是不教她使用咒语。

"技巧只是方式，但如果你没有内涵，那永远也不能达成目标。这个内涵就是你的任务了，意味着爱护你的灵魂，实现内心平和、自尊自爱。"

格丽塞尔达一再重复这段话。

"你是说我现在还不够平和？"

"这只有你自己知道，你还得自爱，并找到自己的平衡点。"

"可是加娅连一点也没做到啊。"

"所以加娅只是个平庸的女巫。她唯一的优点就是音乐了，只有靠吹笛谱曲才能找到平时缺乏的东西。"

阿奈德不想等待，内心深处升起一种难以满足的好奇心。她渴望加快速度，更进一步。

但是格丽塞尔达却异常平静，每天温温吞吞地邀请她坐在窗边，一边吃着糖果、喝着茶，一边麻木地观赏日落。太阳光越来越昏暗，显得既肮脏又悲惨。阿奈德怀疑格丽塞尔达日渐衰老健忘。某些晚上，她还在家中梦游，有时不知自己身在何处。

阿奈德急切地渴望学习，看到格丽塞尔达这样子，不由得心里焦躁起来。她最不想看到格丽塞尔达也失去理智！

小女孩决定撇开格丽塞尔达。她感到力量喷涌而出，赋予双手和双眼异常的敏锐度。她探索着妈妈和外婆书房里的黑暗角落，找啊找啊，终于找到了自己想要的东西。

阿奈德再也不需要格丽塞尔达了，因为她已经拥有用古老文字书写的魔法咒语书。德梅特尔曾教过她这门语言，而她人生中的第一个咒语——帮助她前往女巫聚会的飞行咒——也是用这种语言念出来的。

阿奈德背着格丽塞尔达，偷偷将书一本一本地运到她的专属洞穴中。在阿波罗的陪伴下，她一个人独自学习咒语。

八 伯爵夫人

塞勒涅被囚禁在暗黑世界。

在暗黑世界中，没有时间，没有对比，可以永无止境地生活在遗忘中。

真实世界的森林、湖泊、洞穴和曲折隐蔽之处如镜像般投射到暗黑世界。一切与真实本体一模一样，之前如此，之后亦如此。

河水流淌的微波、栎树淘气的摇摆和山峰顺序的改变足以让人意乱神迷，在这个不存在时间的奇怪世界中，回忆逐渐变得模糊不清。

塞勒涅昏昏沉沉地漫游在树林间，好像没有听见讨厌鬼小矮怪们的嘲笑声。她对它们的谎言欺骗无动于衷，也对森林仙女的歌声充耳不闻。这些美丽的仙女们永无止境地梳理着自己的头发，现在她们已经不能用甜美的声音和一遍又一遍不知疲倦地讲述爱情传说来迷惑她。塞勒涅已经不再在湖边如痴如醉地欣赏自己的倒影了。

直到伯爵夫人接见她，塞勒涅才知道她在暗黑世界待了多久。她只知道那是个适于遗忘与疯狂的地方，差一点儿就屈从在它的美妙中了。

一条条走廊将地下深处隔开，形成陡峭的天然岩洞，钟乳石和石笋高悬林立。当萨尔玛陪着塞勒涅穿过地下走廊时，她才敢说话，解放小矮怪和仙女们一直试图麻痹的感官。她通过了伯爵夫人的考验，抵抗住了困顿和虚无。还有什么在等着她呢？

伯爵夫人在暗处坐着等待，塞勒涅一进走廊就感受到了伯爵夫人无边的法力。事实上，萨尔玛只敢远远地问候："伯爵夫人，塞勒涅来了。"

威严的声音不容许任何延误，是惯于发号施令的声音："塞勒涅，你靠近点儿。"伯爵夫人命令道。

塞勒涅照做了。一种寒冷的触感在皮肤上滑过，寻找微小缝隙深入她的意识。塞勒涅惊恐万分地发现有什么东西顺着吸入的空气，蜿蜒钻进她的身体。那种恶心的感觉就好像一只巨大的蟑螂钻进嘴里，活生生地穿过喉咙，深入体内，用节肢挠着五脏六腑一般。这一次，塞勒涅终于使用咒语来压抑内心的恶心和恐惧。她封锁住自己的感官，然后立起一道保护墙，冷静地抵抗着所遭受的严密搜查。当伯爵夫人将触手从塞勒涅的鼻孔里抽出时，折磨终于结束了。

"天命使者塞勒涅，欢迎你。"

伯爵夫人的声音冷冰冰的，不带任何人性的温暖。她的脸呢？塞勒涅很好奇。可惜伯爵夫人隐藏在黑暗中，不以真身示人。

虽然塞勒涅明显处于劣势，但她仍然把头高高昂起。

"伯爵夫人，我来了。任何一个来到这儿的欧玛尔都没能活着回去。"

萨尔玛空洞地笑着，指了指塞勒涅，故意让她出丑："她害怕过来，害怕认识您。"

塞勒涅觉察到伯爵夫人正好奇地打量着她的头发和皮肤上的毛

孔，现在又像狗一样嗅着她的身体。塞勒涅丝毫没有胆怯："萨尔玛说得对，谁不知道您'嗜血夫人'的外号？"

伯爵夫人叹了口气："那是很久以前的事了。"

"四百年。"塞勒涅低声说，"根据记载，在您匈牙利风格的城堡里，您曾砍了六百多个女孩的头。"

"六百二十个，都是我的女仆。她们的鲜血供我活到今天。"

塞勒涅皱了皱眉："从那时起，您就再也没回过真实世界？"

"我在等你。"

塞勒涅有些不安："等我？"

"我一直在养精蓄锐，研究星象和预言，所以我们总比欧玛尔抢先一步。自从发现彗星以来，我们一直在紧密关注各种征兆。"

"这是很久以前的事啊！"塞勒涅不满地反驳，脸色开始变得惨白。

"对，差不多十五年前。当年，你拒绝欧玛尔，随后逃跑。你也是那个时候发现自己是天命使者的吗？"

塞勒涅眯起眼睛，回想起暴露后的黑暗时光。

"我发现这就是我的命运。之前我还以为预言只是流言蜚语罢了。"

"塞勒涅，我们不能选择命运，是命运选择我们，我们只能接受。"

塞勒涅沉默不语，伯爵夫人的话有几分道理。

"所以您知道我和一位……欧迪斯的关系？他向您汇报的吗？"

"我们听到一些谣言，但还不能确定，直到陨石出现。"

"月球陨石。"塞勒涅补充道，"我以为没人会在意。"

"欧玛尔也许不在意，但我们知道七星相合前的陨石坠落指明了天命使者出现的确切位置，正是乌尔特的山谷中。其实不难推测，你的家族、法力、头发，尤其是你的经历，都指向你。"

塞勒涅忍住泪水："一年前，德梅特尔去世时。"

"你怎么这么多愁善感？"萨尔玛嘲讽道。

塞勒涅在阴影中挺直身体："她是我妈妈！你们杀了她！"

萨尔玛开心地笑了："你会逐渐失去欧玛尔的感情，直至遗忘，就像年龄或者皱纹一样。"

伯爵夫人依然一言不发，沉默地观察着塞勒涅："塞勒涅，我不是很理解，你和德梅特尔一直吵个不停。你叛逃之后，她从未原谅你。"

塞勒涅承认："但她始终是我的妈妈，我依然尊敬她。"

萨尔玛没忍住，说道："真蠢！"

伯爵夫人斥责道："住嘴，萨尔玛，住嘴，听天命使者说。也许因为缺乏感情，我们不能长生不老，也许为了生存，我们也应该学习这最后一课。我们欧迪斯还剩多少人？所剩无几了，而且处处都是敌人。天命使者将指引我们的道路，也许我们应该消除偏见……感情……这将是我们新的挑战，对吗？"

塞勒涅目不转睛地盯着伯爵夫人："我不知道您的道路是什么，也不觉得它和我的道路有什么交集。您如此锲而不舍地找我，然后考验我。先是侮辱我，剥夺我的自由；然后，让我承受暗黑世界的疯狂。我通过考验，来到这里，但真的不知道您给我开什么条件或者想求我什么。"

伯爵夫人严厉的声音传来："萨尔玛，你对她做了什么？"

萨尔玛退后一步："我先把她关在与外界隔绝的陋室里，她成功地通过考验；然后就是暗黑世界，她也没疯。"

"愚蠢！"

萨尔玛用手指了指塞勒涅："把她带来之前，我不得不这么做。

她谁也不是，不过是一个载体罢了。我们应该把她当囚犯关起来，不然，她最后反倒会统治我们。"

"那你有什么看法？消灭她？"伯爵夫人怒斥道。

萨尔玛接受怀疑："为什么不呢？这也是一条路啊。行星并未完全连成一线，预言也还没有实现。如果我们提前把她……"

"要知道木星与金星已在天空中相合……"

塞勒涅打破沉默，朝萨尔玛走近一步，同情地看着她："你不能拿我怎么样，你根本就威胁不到我。"

"不能吗？"

塞勒涅的目光充满不屑："你问伯爵夫人。你们都在我手中。没有我，就算不是完全不可能，那她也不太可能回归。只有我才能让她恢复法力……也只有我才能解救你和其他欧迪斯。"

气急败坏的萨尔玛快速地念出一串咒语，但塞勒涅合上双眼，愤怒地张开手掌，将咒语推了出去。萨尔玛的魔法弹到长廊的墙壁上，摧毁了一根柱子。她惊呆了。

"你的法术非常高强。谁教你对抗欧迪斯的？"伯爵夫人问。

"德梅特尔。还有……"

塞勒涅难以开口，但为什么要否认呢："一位欧迪斯……"

伯爵夫人突然打断她："你到底想要什么？"

塞勒涅高傲地说："我不知道，不是我找您的……我还不知道自己想要什么。"

"你跟我说。"

塞勒涅双腿直抖。不管再怎么用模棱两可的借口拖延时间，她必须解释清楚自己接受那次旅行的原因。然而，她还是难以迈出最后一步："如果德梅特尔听见，会以我为耻的。"

"但她已经死了。"

"她教育我节俭与牺牲的品德，但是我……有更大的野心，所以我从她身边逃走了。"

"我们知道，我们知道你不安于现状，知道你已经和欧玛尔决裂，见到她们也不打招呼……"

"但我又回到了德梅特尔的身边。"

"夹着尾巴回去。"伯爵夫人强调，"怀着未完成的梦想。塞勒涅，你的梦想是什么？名望？永恒的爱情？权力？金钱？冒险？"

塞勒涅想到这些年从手中溜走的梦想，不由得叹了一口气："我曾有很多梦想……"

塞勒涅动摇了，内心的千言万语差点儿就要喷涌而出，却又羞于启齿。

伯爵夫人看出她的挣扎，决定帮她一把："我怀疑你想变得非常非常富有。"

"我可没说。"

"我观察过你的戒指，也知道你的弱点：债务。"

塞勒涅把手放在胸前，抚摸着自己的金戒指。从小她就渴望拥有钻戒，这样每当手指舞动时，钻石闪闪发光，亮若星辰。为什么要否认呢？

"我想有足够多的钱，再也不用为物质操心，永永远远忘记赚钱的辛苦，从养家糊口的压力中解放出来。"

"你完全可以拥有更多的钱……"

塞勒涅不想听："美貌我已经有了，男人们都爱慕我。"

"但总有一天你会不再美丽。"

"我现在还不担心。我只是不想工作，不想为了几分钱打拼，不想为餐厅、车或鞋子的开销精打细算。"

"只是这样吗？你想要钱？"

"有钱就可以旅游，参观地球上最美丽的地方，品尝星级餐厅中最精致的菜肴，拥有庄园、宫殿和豪车，穿最高档的服装，参加各种派对，结交名流……你还可以给我什么？"

伯爵夫人缓慢地强调着给塞勒涅开出的每个条件："永生的美貌，永恒的青春，永远的生命……我能让你长生不老。"

塞勒涅不动声色。要是装作不懂这些条件的分量，那就太荒谬了。

"我一直想着生与死。事实上，母亲去世之后我就总是想着这个问题。"

"所以呢？"

塞勒涅咬住双唇："我不知道自己为了达到永生是否能付出相应的代价。"

萨尔玛满脸不屑："她拒绝鲜血。"

塞勒涅面露愠色："我拒绝杀生。"

"你要想长生不老，双手就得染血。"

角落里的伯爵夫人似有怒意，萨尔玛只好住嘴。

"好了，萨尔玛。预言没有记载天命使者获得权杖后我们应走的道路，你明明知道，我不用再提醒你了吧。"

"权杖并不存在！"萨尔玛激烈地否认。

塞勒涅睁大双眼："权杖？你是说欧的权杖？"

伯爵夫人说道："欧将权杖扔进大地深处，这样谁也不能得到它。她还写了一封血书，预言一位红发女巫将终结姐妹之间的战争。"

萨尔玛和塞勒涅面面相觑。

塞勒涅叹了口气："谁拥有了权杖，就可以决定欧迪斯和欧玛尔的命运，并将继承女巫之母欧的统治。"

伯爵夫人清了清嗓子："对，这就是……权杖。"

"它在哪里？你们得到它了吗？"塞勒涅问。

"根据特雷博拉预言的记载，权杖将离开大地深处来到天命使者身边。"伯爵夫人说，"它会找你的。"

塞勒涅向前迈了一步，欣赏着自己的双手，脑海中浮现出十指戴满成千上万颗钻石，在黑暗中闪闪发光的画面。

"你会拒绝它吗？"伯爵夫人问，"当权杖来找你时，你会拒绝它吗？"

塞勒涅呼吸着洞穴中稀薄的空气。她需要充实自己的肺部，吐出心中的不确定感。塞勒涅知道现在应该做出决定，不能再迟迟不选择自己的道路了。

塞勒涅拿定主意，决定接受伯爵夫人的诱惑。有了权杖，她将成为女王，在镶嵌着蓝宝石的黄金宝座上统治天下，她修长的手指如蝴蝶般翻动，精雕细琢的钻戒熠熠生辉。

一阵清凉的快感亲吻她的后颈，这个主意让她如此愉悦，以至于平素冷若冰霜、宛如面具的脸庞上浮现出一丝笑容。

"那时，如果权杖真的存在，并且我能如预言所说拿起它……"塞勒涅挑衅地盯着隐藏在阴影中的伯爵夫人，"我会接受。"

罗塞布什之书

爱情的秘密鲜有人知。

她将感受
永恒的渴望，
无尽的饥饿，
但她并不知道
爱情，
熔化，　融解，
滋养，　满足，
栖息在天命使者内心深处
邪恶的巨大力量。

九 怀疑

埃莱娜任凭梦境自由发展，想象阿奈德是自己的女儿，并将继承自己的法力。她用古语念了一句咒语。

阿奈德将之翻译为："缠住她的腰部，压迫她的肚子，隐藏她的胸部。"

阿奈德突然觉察到一股热感如丝带般压迫着她的躯干，但不一会儿就越来越微弱，最后消失，在肚脐处的皮肤上留下一道轻微的红印。

埃莱娜着急地查看小女孩的身体："你有没有感到被压迫得喘不过气来？"

阿奈德否认："没有，压迫感消失了。"

"我之前也这样。"格丽塞尔达突然大叫。之前她一直一言不发，谨慎地侧眼旁观。

格丽塞尔达如释重负，近来她记忆力和敏锐度衰退，时常感到疲倦与健忘。事实上，她一直试图给阿奈德下一个保护盾牌，可却徒劳无功。她决定询问医生卡伦的专业意见："你想试试吗？"

可是卡伦同样也百思不得其解："一切都运行正确，但好像阿奈德自己拒绝了盾牌。如果不是知道她没有能力做到，我还真会说是她自己推开盾牌的。"

"我？"阿奈德惊叹道，显得有些不耐烦。

她不喜欢这些失败的女人们抓着她试衣服，更不喜欢她们拿她当小白鼠，试验少年时代学会但如今记忆模糊的古老咒语。卡伦仔细检查阿奈德的身体，首先是衣服、头发，然后目光停在小女孩脖子上泪珠形的挂坠上。

"也许是因为这个护身符，你从哪里得到的？"

阿奈德拿起挂坠，饱含深情地吻了吻："为了纪念外婆，我自己雕刻的。"

卡伦看起来兴致益然："但是……这块石头。你们看！谁给你的？"

大家凑上前来。阿奈德做出解释，话语中流露出无比的自豪："这是一颗陨石。我在森林里发现的，附近是……"

她顿了顿，本来想说洞穴附近，但谁也不能知道这个地方，连妈妈也不例外。她及时更正："在小溪附近。你们喜欢吗？"

"你怎么知道这是一颗陨石？"加娅不信任地问道。

"外婆跟我说的。"阿奈德谦虚地回答。加娅毕竟是老师，所以小女孩尽量不去忤逆她。

"如果德梅特尔这么说，那肯定是真的了。好了，你摘下项链吧。我们再试一遍咒语。"埃莱娜一锤定音，"加娅，这一遍你来。"

埃莱娜为维护内部团结，不想激怒加娅，但是不幸的是，加娅也没有成功。咒语就像抛向墙面的球一样，从阿奈德的身体上反弹了回来。

"会不会有更强大的咒语保护她？也许是一枚辐射着保护力量的

戒指。"加娅说。

卡伦用手掌仔细探查阿奈德周边的磁场。

"不可能。"卡伦回答，但仍未放开小女孩，"等等，我现在注意到……你长高长胖了很多。"

"九厘米，五公斤……"阿奈德证实了这个猜测。

"你为什么没告诉我？"

阿奈德耸了耸肩："我长了两个尺码，格丽塞尔达还生气了。"

格丽塞尔达点头肯定。每当阿奈德惊慌失措地给她看穿不下的衣服时，她总要不满地念叨几句：真是个败家子！

"但愿塞勒涅能看见你。她之前那么担心，但我早就知道你随时有可能突然长个儿。"

阿奈德沉默不语。

"你不高兴？"卡伦奇怪地问。

"我很高兴，但感觉有点儿怪，经常磕磕绊绊的。"阿奈德指了指自己笨拙的双腿和手臂，"我也不理解为什么一停药反倒就开始长个儿。"

阿奈德话语中带着一丝指责的口气。四年来她一直喝着那奇怪的药水，心中满怀着获得奇迹的盲目信念，然而一旦停止服用，就生病，然后……长高了。她当然感到被骗啦。

格丽塞尔达吃惊地捂住嘴巴。

但是卡伦的回答更让大家大吃一惊："什么药？"

"妈妈给我的糖浆药水，被格丽塞尔达扔到了垃圾箱里，而你也不在这里帮我配药。"阿奈德解释。

"你是指滋润头发的药水？"卡伦没有认错的意思。

格丽塞尔达差点儿从椅子上摔下来，她与埃莱娜交换了一个复杂的眼神，心中最坏的猜想得到证实。

幸运的是，心不在焉的阿奈德没有注意到格丽塞尔达和埃莱娜示意卡伦住嘴的手势。

阿奈德没在意卡伦和格丽塞尔达的窘迫，反而在琢磨着另一件事。她本来就打算在聚会时提出这个问题，于是对四位女巫展现出最美丽的笑容："我有一个特殊的请求。"

四个女人看着她。格丽塞尔达连忙吃了颗糖果压惊：她葫芦里卖的什么药？

"我请求你们提前启动我。格丽塞尔达已经教了很多东西，可我还想加快学习进程。"

"为什么？怎么这么着急？"卡伦有些奇怪。

"我想找到妈妈。"

"你想怎么找她？"卡伦亲切地追问。

阿奈德想了想："我知道她还活着，我可以感觉到。"

"直觉不完全可靠，有时候会迷惑你。你有证据吗？"埃莱娜问。

"现在格丽塞尔达已经教我聆听，我可以……听见她。"

连格丽塞尔达都有些出乎意料："你没跟我说过。"

不仅如此，阿奈德还对她隐瞒了许多别的事情。如果格丽塞尔达知道她学会了很多咒语，能听懂和模仿动物语言，肯定会吓昏过去。

埃莱娜看了看四周："直到现在，你们有人听见过塞勒涅的呼声吗？"

所有人都否认。埃莱娜用表情鼓励大家："也不错，这超出了我们力所能及的范围。"

加娅的态度异常谨慎："假设我们授予你提前启动的荣誉，你提升了传心能力，到达妈妈身边，那时你会怎么做？"

阿奈德毫不犹豫地回答："帮助她逃跑。"

"从欧迪斯那儿？"

"当然啦。"

加娅咂了咂嘴："用什么武器？"

阿奈德有些恼火，但没有退缩，而是从口袋中掏出白桦木魔杖。为什么她们把她当作傻小孩？她们难道意识不到她能出乎意料地超前学习吗？

阿奈德骄傲地摇晃着白桦木魔杖，一下，两下，划出S形，将一只苍蝇定在空中。然后，沿反方向滑动魔杖，可怜的苍蝇又战战兢兢地继续飞翔。阿奈德可以清楚地听见它的抱怨："该死的女巫们。"

加娅斜眼盯着她，而卡伦和埃莱娜看了看脸色惨白的格丽塞尔达。

"你怎么学会的？"格丽塞尔达假意询问。她是阿奈德的监护人，决不允许自己的学生未经同意就擅自学习咒语。

"我自己学会的。我还可以学习很多别的东西。"

格丽塞尔达吞吞吐吐："在合适的时间。"

"没有时间啦！"阿奈德反驳道。

"时间不是你应该考虑的事。"加娅提醒道。

"是吗？那你们就大错特错了。只有我才能到达妈妈身边，只有我才能帮她。"

"你？"

阿奈德冲动地和盘托出："我读过预言，也找到了罗塞布什之书。我懂古文，罗塞布什认为只有真爱才能将天命使者从欧迪斯手中解救出来。谁爱妈妈？谁能像外婆那样用生命换取妈妈？"

阿奈德挑衅地将目光扫过四个女人。她们虽然看着她，但都惊讶得说不出话来。

阿奈德指了指自己："只有我真正爱她！你们根本不爱她，根本没在帮忙，甚至都没去找她。你们以为我没发现吗？"

埃莱娜从中调停："够了，阿奈德。这不包括在你的请求之内。"

格丽塞尔达费了好大劲才恢复她权威响亮的声音。阿奈德完全超出她的想象。

"去吧……去散个步，好好冷静一下。"

阿奈德带上阿波罗，气呼呼地离开了家。

她不知道现在应该去森林散步，还是应该躲在洞穴之中。但最后，她哪儿也没去，因为在路上遇到了个大惊喜。奥拉夫夫人开着拉风的四驱越野车，停在小女孩身边，按了按喇叭，打开副驾驶的车门，笑容可掬地邀请她上车。

阿奈德松了口气。现在她正需要一个朋友，一个聆听和鼓励她的朋友。

直觉告诉阿奈德，也许现在那四个女人正在决定她的命运，最好去偷听她们的对话，但是这个想法只持续了一瞬间。

格丽塞尔达双手颤抖着倒了一杯热茶，缓慢地搅拌着方糖，然后喝了一大口，仔细观察杯中的茶渣。其实占卜结果并不难猜到，未来一定充满艰难险阻，她们的麻烦事才刚刚开始。

其他三个女人和格丽塞尔达怀着同样的心情，没人说话。阿奈德将很多棘手的问题摆在了台面上，让她们处于一种两难的境地。

阿奈德指责她们拖延寻找塞勒涅。

所有人都知道这是事实。

负责调查的格丽塞尔达曾一次又一次隐瞒结论。然而，一个微妙的时刻到了，她们不能允许阿奈德，一个未被启动的小女孩，如此目无尊长，违背她们的命令。

格丽塞尔达将一颗糖果扔进嘴里。埃莱娜也吃了一颗，决定打破沉默：“那好，格丽塞尔达……关于塞勒涅，你有什么话跟我们说？你调查出什么了？”

格丽塞尔达将茶杯放在桌上。越来越多的证据证明塞勒涅并非无辜，格丽塞尔达不能继续包庇无可包庇的人。她坐不住，于是站起来，垂头丧气地低声说：“我希望我是错的，我不愿相信自己得出的结论，但我怀疑塞勒涅并没有被绑架。”

所有人都屏住呼吸，格丽塞尔达严肃地继续说道：“塞勒涅在欧迪斯所谓的围攻中并没有自卫。没有打斗和抵抗的痕迹，也没有留下任何线索供我们追踪，而是立即切断任何传心通道。她并未在家附近施下保护咒，就像德梅特尔做的那样。她还摧毁了之前与欧迪斯来往的证据，而部落对此有所了解。之后，她自己或者另一个人曾回到家中，试图将失踪伪装成私奔。”

大家依然沉默，期待下文。而格丽塞尔达不敢继续说下去，她紧张得难以复加，扯断了旧毛衣上的一根羊毛线。

“我几乎可以肯定塞勒涅为鸟妖打开窗户，然后自愿和它们一起飞走了。”

只有卡伦对此番话大吃一惊：“塞勒涅是叛徒？”

大家一阵沉默，放飞想象力去寻找证据，有很多证据，太多了。加娅第一个跳出来列举罪状：“你们不记得当德梅特尔在世时，塞勒涅是多么谨慎顺从？而德梅特尔去世后，她又多么轻浮无理？很明显，之前她没有屈从于欧迪斯是因为德梅特尔阻止。母狼部落女酋长的保护咒十分强大，持续到去世的一年后，但效力逐渐减弱。塞勒涅多次无视与挑衅它，每当喝酒，每当卷入麻烦……还记得那些争论吗？还记得她的夸夸其谈吗？当我们好意提醒时，那不屑一顾的笑声……她嘲笑我们。现在她已经和欧迪斯达成一致，只等合适的时机与她们一起逃走。"

格丽塞尔达羞愧地低下头，关于塞勒涅的债务、毫无节制的购物和房贷，她无话可说。也许加娅说得对，但也许没有必要如此残忍地揭露一切。

而卡伦，塞勒涅的好朋友，拒绝接受事实："太荒谬了。塞勒涅的确不够谨慎，过度热情，还有些自私，但她一直都是欧玛尔女巫，是部落酋长的女儿，女巫聚会的司仪，以及另一位欧玛尔的母亲。"

埃莱娜谈到了塞勒涅可疑行为中最棘手的一个方面："她抑制阿奈德能力的发展。"

"你是想说她没在合适的时期启动阿奈德。"卡伦更正道。

"不。"格丽塞尔达心如刀割，"塞勒涅给阿奈德准备的药是强大的抑制剂。直到今天，我还以为是你出于某种原因提供了这种药。"

"你是说塞勒涅给阿奈德服药是为了抑制她的能力？"卡伦快速思考，马上就反应过来，"所以她才生长迟缓！"

埃莱娜点头道："自从她停止服药后，就成了一个真正的定时炸弹。"

"她一直都是。"加娅强调，忍不住将阿奈德和她母亲联系起来。

格丽塞尔达趁机说出了她的担忧："力量一下子喷涌而出，她自己还不能控制，需要帮助和克制。同样，她的身体每个月都长大一个尺码。"

卡伦虽然接受事实，但仍然不理解个中缘由。

"但是为什么呢？为什么塞勒涅要抑制自己女儿的能力？"

答案很明显，埃莱娜只需接受浮现在所有在场者脑海中的建议："为了避免与她对决。"

卡伦叹了口气："所以塞勒涅保护她，将阿奈德封闭起来。"

加娅意味深长地说："或者为了防着自己的女儿。"

埃莱娜整理好最近几天形成的杂乱想法："大家注意听，塞勒涅一直知道自己是天命使者。她的母亲，母狼部落的女酋长也知道，所以才一直守口如瓶，暗地里有意识地培养塞勒涅，为其欧玛尔救赎者的使命做准备。但是塞勒涅天性脆弱，爱动感情，拒绝不了欧迪斯的诱惑。你们知道欧迪斯们能提供许多好处，如永恒极乐、长生不老、无限的财富和法力等。你们也了解塞勒涅，她和她母亲不同，任性善变，不够理智。她和德梅特尔一直避免谈及生命中的一段黑历史，她曾失踪过一段时间……我敢肯定她和欧迪斯针对权杖达成了协议，在很久很久之前就背叛了我们。也许格丽塞尔达对塞勒涅的过去更了解。"

　　格丽塞尔达不得不说几句："德梅特尔从来不提塞勒涅失踪的那段时间，但是我知道姐姐隐藏了一些事情，一些极不愉快的事情，为此她也饱受折磨。我无法为你们提供更多细节，姐姐很骄傲，不愿在我肩上哭泣。"

　　卡伦替大家说出了心中的话："这事很严重。"

　　"非常严重。"埃莱娜附和道，"我们应该向各个部落提议，她们正密切关注我们的报告。"

　　"氏族里的其他部落完全没有动静。"

　　"现在你这么说……"

　　"还真让人担忧。"

　　"应该是一种安全措施吧。"

　　"或者说预防性隔离。"

　　格丽塞尔达心想，幸好姐姐已经去世，不用再面临如此痛心的抉择。

　　"那根据我们掌握的证据，可以认定塞勒涅有背叛的嫌疑吗？"所有人都同意，格丽塞尔达的目光扫过在场的每一个人，"我们有人为她辩护吗？"大家都沉默了，"那么，我们也确认塞勒涅就是天命使者……"

"我不确认。"加娅连忙表示反对。

格丽塞尔达更正道："除加娅外，所有人都认为天命使者塞勒涅选择放弃欧玛尔的生死轮回，投入欧迪斯长生不老的怀抱中。根据预言，天命使者将遭受诱惑，一些女巫甚至会死在她手中。"

格丽塞尔达看了看大家。所有人大气都不敢出。

"警示我们的欧迪预言正在实现。塞勒涅已被诱惑……如果继续发展……将变成古往今来最强大的欧迪斯，并消灭所有的欧玛尔。"格丽塞尔达的话像一记重锤砸在大家的脑袋上，"我们来得及挽救她的软弱吗？"

加娅抢着说话："不，来不及了。塞勒涅对我们来说是一个大威胁，她了解大家的弱点，所以我们不能冒这个险。在她摧毁我们之前，我们得先发制人。"

格丽塞尔达如鲠在喉，连甜蜜的巧克力也无法缓解口中越来越强烈的苦涩："阿奈德提到了罗塞布什之书。我记不清内容，但罗塞布什确实认为只有深爱天命使者的人才能让她回归自己的部落。谁比阿奈德更合适？"

卡伦惊恐万分："她只是个小女孩，没有资源和力量，法力也不够。如果塞勒涅真是一个……欧迪斯，她将摧毁自己的女儿。"

卡伦突然开始抽泣起来，无法忍受脑海中朋友谋杀女儿的画面，这不符合她的原则，但是……

埃莱娜反对道："但是阿奈德并不孤独，因为在这之前，我们中的一个人会阻止它发生。格丽塞尔达，你怎么看？"

埃莱娜还想给塞勒涅一个机会，但对格丽塞尔达来说却是一块烫手山芋。

"阿奈德敏锐坚强，但情绪上十分脆弱。她的力量来源于对妈妈的爱。如果她得知塞勒涅是欧迪斯，接下来会发生的事……"

埃莱娜明白格丽塞尔达的意思："阿奈德会理解这次行动的。我们不得不骗她，只有这样才能保护她的纯真。"

加娅在伤口上撒了一把盐："不需要欺骗任何人，或冒任何风险。我们可以直接消灭塞勒涅。"

格丽塞尔达不同意："如果塞勒涅真是欧迪斯，没有被女儿的爱感化，反而攻击阿奈德……那我们是应该……应该……"

她没有勇气说出那个词。

"消灭她。"卡伦悲痛地帮她说完。

"这是我们的义务。"埃莱娜也表示赞同。

"在她变得过于强大之前。"卡伦总结道。

虽然格丽塞尔达害怕接下来要讨论的话题，但她不得不主动提起："谁负责这项任务？谁陪伴阿奈德并在最坏的情况下消灭塞勒涅？"

所有目光都落在她身上。

格丽塞尔达深知自己逃避不了这个责任。为了姐姐德梅特尔的在天之灵和特斯诺乌里斯家族的荣耀，她只能同意。

格丽塞尔达接受了任务，虽然最终的成功与失败不取决于她。

关键在小女孩身上。

阿奈德。

十　第一次施咒

"一切都好？"阿奈德再次上车时，奥拉夫夫人问道。

"很糟糕。"阿奈德使劲关上车门，嘴里嘟囔了一句，"他完全不知道我的存在，妈妈从未提起过我。"

"你不高兴？"

阿奈德情绪失控："当然不高兴啊！妈妈对我隐瞒那个叫麦克斯的愚蠢男友，然后向麦克斯隐瞒她有女儿的事实。"

"麦克斯怎么愚蠢了？"

阿奈德用手捂住自己的脸："他说我们……一点儿也不像。"

"你生气了？"

"当然啦！"

奥拉夫夫人亲切地笑着："谁也不理解你。"

"你怎么知道？"

"我曾有过和你一样的年龄。"

阿奈德叹了口气，如果妈妈还在，肯定也会给她同样的回答吧。

妈妈是个大骗子。

她真像自己回忆中的那样吗？或者一切都是谎言？

　　阿奈德总想相信自己有一位如大姐姐一般年轻有趣、亲切可爱的妈妈，但存在另外一个妈妈，她与外婆高声争论，未留下任何字条就消失好几天，强迫性地购物，常常自恋地看着镜中的自己，有……一位秘密情人，还向他隐瞒有女儿的事实。

　　妈妈究竟是谁？

　　越野车飞驰在离开哈卡的主干道上。

　　阿奈德不愿去想妈妈或麦克斯。一天，她突然产生了拜访和认识麦克斯的念头，看看塞勒涅是不是真的和他私奔，还是只是谎话而已。就这样，她打了一通电话，约好见一面。奥拉夫夫人陪她来到约定的酒吧，然后在车里等了半小时。麦克斯希望得知塞勒涅的消息，但却一点儿也不喜欢这个从天而降的女儿。阿奈德收到电报的那天，他恰巧也收到一封，塞勒涅说她去远方了，很远很远，不要找她。

　　阿奈德十分紧张。

　　在这个奇怪会面的仅仅几小时之前，她对抗了自己的姨婆和妈妈的朋友，她们的漫不经心让她火冒三丈。

　　"她们毫无寻找塞勒涅的打算。"

　　"有可能。"

　　"她们不在意你妈妈，是死是活都无所谓……这是自然，阿奈德，谁也比不上你爱她。"

　　"我就是这样跟她们说的！"

　　"你跟她们说了？"

　　"她们很冷漠，好像一点儿也不在乎妈妈，没人和麦克斯联系，向他询问妈妈的消息。这再简单不过了，对吧？"

　　"小心！"奥拉夫夫人惊呼。

奥拉夫夫人突然加速，冲过一个障碍物。阿奈德撞向前面的挡风玻璃。她一路上急急忙忙、怒气冲冲，结果忘系安全带了。

她愣怔怔地摸着额头，头上起了好大一个包。奥拉夫夫人紧紧握住方向盘，连忙道歉："对不起，路上刚跳出只兔子，我只得轧过去。"

不知是因为撞击，还是为了兔子，或者是出于难过，阿奈德哇的一声哭了。奥拉夫夫人连忙打转向灯，把车停在路边。

"好啦，好啦，没事。"奥拉夫夫人将她抱在胸前，柔软的双手抚摸着她的太阳穴。

"你只是为了这个肿包而哭？"奥拉夫夫人不断按摩阿奈德头上疼痛的地方。

"不是。"阿奈德回答。

"当然啦，你妈妈，麦克斯，还有那个派对，一切都夹杂在一起。"

"什么派对？"

"玛丽安的派对，你跟我提过的，那个从不邀请你的女孩。"

阿奈德显得有些意外。她虽然没想这事，但玛丽安的派对就在那儿，飘浮在空中，像嗡嗡直响的蚊子般时不时来骚扰她一下。

"我不奇怪，她很漂亮。"阿奈德啜泣道。

"你是说你不漂亮？好好在镜子里看看自己，你可爱极了。你蓝色的眼睛肯定让全班女同学羡慕。"

"怎么可能！"阿奈德坦白道，"她们连看都不看我一眼，完全无视我的存在。"

奥拉夫夫人咂了咂舌："她们关注你的时候到了，你不觉得吗？"

"什么？"

"那个女孩，玛丽安，也许很漂亮，但你更聪明。"

"更聪明有什么用?"

"好好想想就有答案了。"

奥拉夫夫人总能让阿奈德感觉良好,从而克服内心的某些情结。在她身边,所有的事情都显得那么容易。

"一条手链和一个汉堡包能让你高兴点儿吗?"

阿奈德用手背擦了擦汗,欢喜得颤抖起来。奥拉夫夫人怎么知道妈妈常常背地里带她去吃汉堡包,还送她首饰店的手链?也许自己曾经和奥拉夫夫人说过。

对着汽车后视镜整理头发时,阿奈德惊呆了:头上的肿包已经消失了,而且……她还真是挺漂亮的。

汉堡包好吃极了,手链的大小也正合适,自从奥拉夫夫人夸奖她的眼睛和智商后,阿奈德又恢复了自信。

她又记起玛丽安生日的棘手问题,幸运的是,从另一个角度。

玛丽安的生日派对正好在夏至日举行,是乌尔特最著名的派对。这几个星期,学校里就没谈过别的话题,因为玛丽安为了制造氛围,总是一个一个单独邀请,当她靠近他们,在耳边低语时,哇,受邀的男生和女生都激动得呼吸加速。当然,没有获得玛丽安青睐的倒霉鬼们则难受到最后一刻,越来越渴望迷人的玛丽安走向他们,微倾身体,递出幸福的钥匙。

最近四年里,阿奈德总天真地相信自己会被邀请。她苦苦等待,但偏偏事与愿违。

她将继续忍受玛丽安的无视?

阿奈德与奥拉夫夫人告别,用一个吻感谢她的支持。小女孩宁可与她做伴,也不愿回到马虎的格丽塞尔达身边。格丽塞尔达肯定没准备好晚餐,也不记得十四岁的孩子一天中常常每三四个小时就会感到饥饿。

格丽塞尔达坐在客厅的大扶手椅上等阿奈德，眼神涣散地吃着糖果，也不问阿奈德去哪儿了。不，不值得跟格丽塞尔达谈起麦克斯，她肯定也无所谓。

"阿奈德，请坐。"小女孩一声不吭地坐下，格丽塞尔达严肃的语气下隐藏着比批评教育更重要的东西，"阿奈德，在女巫聚会上，我们接受你寻找和解救母亲的请求。"格丽塞尔达郑重地告知阿奈德。

"不是开玩笑吧？"阿奈德艰难地问道。

"如果罗塞布什没错，那么只有你才能到达塞勒涅身边，给予她所需的力量来战胜欧迪斯。"

如此简单？如此容易？阿奈德整晚没睡，在床上翻来覆去，脑海中浮现出一千种寻找妈妈和一千种对抗欧迪斯的荒诞方式。她的所思所想带着一丝奇幻怪异的色彩，就像妈妈笔下粗线条的漫画人物。

她试图认真思考这件严肃的事情，但是其他问题让她暂时忘记了身上肩负的沉重责任。

如果一个欧玛尔女巫可以抵达地狱，把妈妈从欧迪斯的强大魔爪中解救出来……那为什么她得忍受玛丽安的轻视呢？为什么她不能和其他同学一样参加派对呢？

阿奈德下定决心实现这个梦想。

归根结底，她是个女巫。

而且也不丑。

还很聪明。

下课后，她悄悄来到秘密洞穴，找啊找啊，终于在外婆和妈妈的书中找到一条诱惑咒语，能像魔戒一样实现自己的心愿。

诱惑咒和迷魂汤不同，不是汤剂，不改变血液组成，也不加快心率和呼吸，而是一种通过接触和靠近增加个人魅力的咒语。只要轻轻一挥魔杖，念出正确的咒语，玛丽安的双眼就不再视而不见。

第二天早上的课堂上，阿奈德尽可能靠近玛丽安。萝贝尔塔因为一盒口香糖同意换座，这样阿奈德就能坐在目标人物的课桌后面。趁没人注意，阿奈德快速从书包里抽出白桦木魔杖并藏在社会科学课的教科书下。等到克尔瓦兰的课上，当糊涂的老师侃侃而谈时——他毫不在意是否有人听课——阿奈德微闭着嘴唇，念出咒语，并将魔杖朝前面的玛丽安点了一下，稍稍碰到了她的头发。

太棒了！玛丽安歪着脑袋，看似有了反应。不一会儿，她抬起一只手，心不在焉地挠了挠。

阿奈德屏住呼吸，玛丽安已被诱惑咒击中，现在正感到微微发痒，所以才用手去挠。在一股动力的驱使下，玛丽安将转过头来发现她，记起她的名字，对她微笑，然后邀请她参加派对。

一切都会如预测的那样发生。

阿奈德等待了漫长的一分钟、两分钟、三分钟，然后……玛丽安确实转过身来，发现了她，但并没有微笑，她在嘲笑，开心地嘲笑，好像在看一部喜剧或听一个特别搞笑的笑话。玛丽安一边当着阿奈德的面肆无忌惮地嘲笑她，一边说道："好啊，好啊，无所不知的小矮子胸部发育了，还长了好多痘。"

阿奈德尴尬得要死，死还不足以表达她此刻的心情。玛丽安的玩笑连瞭望塔处都能听见——阿奈德这么认为——班上的马屁精、塔楼上的乌鸦和河中漂流的游客齐声附和。全世界都见证了玛丽安对她的羞辱！

然而，第一个笑出声来的是洛克，埃莱娜的儿子，玛丽安的现任男友。阿奈德也听到了笑声，并把这个仇记在心里。

阿奈德对洛克忍无可忍，也没向克尔瓦兰老师请假——反正他也不会知道——就跑出教室，钻进洗手间大哭起来。

哭啊哭啊，阿奈德看着镜中的自己，发现鼻子上确实长了一颗小痘。正是这个时候，她决定展开报复。她的名声和荣誉已经一败涂地，不能再糟了。

阿奈德拿定主意，高昂着头离开洗手间。下课铃刚响，所有人都出来活动活动手脚，谈天说地或者吃个三明治。当然，玛丽安和洛克习惯与一帮朋友在广场的露台上品尝三明治和可口可乐。阿奈德将魔杖藏在上衣的袖子中，昂首挺胸地朝他们径直走去。

如果玛丽安一如既往地忽视她，也许阿奈德还会改变主意，但她的咒语把玛丽安的注意力吸引到她身上，如磁铁般抵挡不住。玛丽安一发现阿奈德，便转过头，死死盯着她，语气充满火药味："你们看谁来啦，小个子阿奈德。我们帮你点瓶奶还是婴儿米粉？"

阿奈德靠近玛丽安："你不是说我有痘痘吗？"

"哦，是啊，当然啦……你已经是青少年啦。"

话音刚落，阿奈德愤怒地在袖子中悄悄挥动魔杖，摸了摸鼻子上的痘痘，然后轻轻摸了一下玛丽安的脸。

"但是我的痘痘可完全比不上你的。玛丽安，你有多少颗痘痘？十二颗？二十四颗？三十六颗？"

随着阿奈德不断地列举一个个数字，玛丽安的脸蛋和脖子逐渐失去光泽，长满了一颗颗脓包。

周围响起一阵尖叫声，阿奈德一不做二不休："哈！你的男朋友也不甘示弱呢。"她摸了一下洛克的脸，一瞬间洛克脸上也布满了粉刺。

玛丽安看不见自己，但能感受到别人对自己脸的反应。当看到洛克那副模样时，她不由得尖叫了一声："好恶心！"

玛丽安很快意识到自己的模样肯定也好不到哪儿去，因为身边的同学都皱着鼻子，挪开椅子。她难以置信地摸了摸脸，满是可怕的凸起。她双手捂脸，躲避众人目光，尖声控诉道："女巫！比女巫还坏！"

阿奈德这才意识到自己干了什么。

糟糕的是，她不知道如何解除咒语。

于是，她转身跑开了。

格丽塞尔达不能相信埃莱娜带来的消息。阿奈德不仅违背禁令，未经允许就操练咒语，而且更糟的是，她公开施咒报复，还被指控为女巫。

格丽塞尔达气得差点儿杀了她。

"你疯了吗？"格丽塞尔达对她吼道。

阿奈德克制地忍受格丽塞尔达暴风雨般的盛怒，尽管内心深处已经疲惫不堪，真是一场灾难。

"你意识到你正把大家置于危险境地了吗？首先是你自己的安危。"埃莱娜比格丽塞尔达冷静许多，但依然十分担心，"欧玛尔不应该使用报复咒。"

"报复咒已被明令禁止。谁教你念这种咒语的？"格丽塞尔达质问道，她已经从最初的惊吓中恢复过来了。

阿奈德不知道，咒语就这样浮现在脑海中，还奏效了。

"我只是想让玛丽安邀请我参加她的派对。"阿奈德为自己辩护。

"什么？通过满脸长痘的方式？"

"不，首先我念了一句诱惑咒，好让玛丽安注意到我，但是她过于关注我，以至于当着大家的面侮辱我。"

格丽塞尔达和埃莱娜不约而同地用手捂住脑袋："哦，不!"

阿奈德意识到从一开始就犯下了错误："我哪里错了?"

"全部。"

"你没有头脑。"

"谁会想到用咒语去赢得他人的情感?"

"任何女巫都不得用药水和咒语去换取友谊或爱情。"

"这是欧迪斯才有的行为。"

"谁教你的?"

阿奈德越来越害怕，最后蜷缩成一团，开始啜泣起来。埃莱娜和格丽塞尔达的指责如暴风雨般纷纷落下，阿奈德痛苦万分，从没见过她们如此生气。她做的一切都是错的，糟透了。她不是好女孩，也不是好女巫。

阿奈德哭成了一个泪人。身体的发育给她带来了极强的食欲和止不住的哭泣冲动。

埃莱娜和格丽塞尔达不再说话，安静地坐在小女孩身边。格丽塞尔达把手放在她的额头上，而埃莱娜则抚摸着她的头发。阿奈德内心的绝望逐渐得以平息，最后停止啜泣。

阿奈德吸了吸鼻涕，揉了揉眼睛，擦干脸颊上的泪水，准备继续听取长辈的教诲。

埃莱娜和格丽塞尔达尽量用一种和蔼亲切又语重心长的语气进行说教。

"你所有的能力和魔法应该服务于公共利益，而不是个人利益。记住了吗?"

"一个欧玛尔女巫永远不能为了个人利益而施展咒语。"

"你犯了两个大错。"

"三个。"

"许多错误。"

"但是错误教人成长。"

"我们欧玛尔女巫也是凡夫俗子，与普通人类共同居住，我们不能用魔法去获得爱情、友谊、尊重、权力或金钱……"

"如果一个欧玛尔使用魔法满足个人私欲或展开报复，将被驱逐出部落与氏族，并被剥夺法力。"

"你明白了吗？"

"阿奈德，我们的力量必须得有个制约。"

"我们做饭、工作、购物……你想如果我们不费吹灰之力就能做到……"

阿奈德不断地点头，嘴里重复着"是""是""是"。最后，她终于忍不住戏剧性地呜咽一声，问出了一直折磨她的问题："你们在说我是坏人？"

埃莱娜和格丽塞尔达吃惊地对视了一眼。她俩都没有教育年轻女巫的经验。阿奈德的所做所为，她的过于自信与乱用法术也许会发生在任何女孩子身上。

格丽塞尔达避重就轻地回答："好了，去睡觉吧，明天又是新的一天。"

埃莱娜提醒道："明天你在学校里什么都别提。我不得不让洛克、玛丽安和他们的朋友喝下遗忘药水。最近二十四小时内发生的事已经从他们头脑中删除，包括音乐考试的备考内容，真是抱歉。"

阿奈德激动起来："遗忘药水？太棒了！这样就可以……"

"不！"埃莱娜和格丽塞尔达异口同声地喊道。

阿奈德退后几步，立刻闭嘴。

格丽塞尔达补充道："在下一届女巫聚会上，你得为自己的违规道歉，也许还会受到惩罚。"

阿奈德闷不作声，她可不愿意向加娅道歉，但又不得不这么做。

她与格丽塞尔达和埃莱娜道了"晚安"，垂头丧气地回到自己房间。她刚一离开，两个女人就忧心忡忡地你看看我，我看看你，无须明说此时内心的想法。

"她还没准备好。"

"未来某天她会准备好吗？"

"如果我们错了呢？"

"也许德梅特尔和塞勒涅不启动阿奈德是有重要原因的。"

"如果阿奈德很危险？"

格丽塞尔达和埃莱娜的脑海中飞速交流着一个又一个问题。

在阿奈德面前，她们不敢高声谈论她。她们开始怀疑小女孩没有完全坦白自己所拥有的法力。

十一　顺从的幽灵

阿奈德情绪低落地钻进了被子里。早上她兴高采烈地起床，以为自己是世界上最强大的人，能得到自己想要的任何东西，现在则刚好相反，她成了地球上最可怜、最自私、最无耻的女孩。

阿奈德在床上翻来覆去，无法合眼。为了帮助睡眠，她拍了拍羽毛枕头，从床的左侧翻身半躺在床的右侧，又把整个人埋进被子里。不一会儿，她浑身发热，便掀开被子，露出一条胳膊，随后一只脚，再另一只脚，又浑身发冷。最后，她不耐烦地开灯跳下了床。

她已经不再沮丧，取而代之的是生气，生全世界的气。生活真是毫无意义，一切都不顺心，越过越糟。也就是说，一个星期前比一个月前更惨，以此类推。

床边的土耳其基里姆地毯上坐着一位骑士的幻影，他头戴头盔、身披铠甲，正朝一边躲闪，以免被冲动的阿奈德踩到。

窗帘后的贵妇看到骑士吓了一跳，脸上浮现出一丝嘲笑。

阿奈德见怪不怪，这两个幻影构成了她想象力的一部分，是她获得法力以来自己创造出来的东西，所以她既不害怕也没有不舒服。

某些晚上，他们悄悄出现，占据各自喜欢的地方。骑士躺在艳丽的棉布地毯上，而贵妇则半躲在窗帘后面。随着清晨第一缕阳光出现，他们便消失不见。

然而这天晚上，阿奈德想找人打架，或与自己，或与他人。

她首先跟自己过不去。她看着镜中的自己，吐出舌头。一点儿也不好看！不！好！看！简直是个怪物'，一半是瘦弱的小孩，一半是满脸痘痘的青年。她一点儿也不想长大。她之前只是小矮子，而现在变成了什么？现在变成了一个怪物，一个能将飞翔的苍蝇定在空中、与狼交谈、把美丽的脸蛋布满丑陋痘痘的女巫。她忘记了妈妈，不但没有思考一个最佳方案去解救她，反而钻研如何被邀请参加生日派对。

她心胸狭隘，因为她无法原谅妈妈从未跟男友提起她。

她报复心强，因为妈妈隐瞒与麦克斯的恋情让她痛心不已。

的确，她因为长辈们的训斥而难过，也特别害怕自告奋勇揽下的任务。她向前迈进了一步，但不知道朝何处继续。她自愿寻找妈妈，会勇敢地将妈妈从欧迪斯手中解救出来，她已经夸下海口，但是……

她怎么知道妈妈在哪儿？

如果找到妈妈了要怎么做？

如果妈妈不愿意被人找到怎么办？

如果咒语不灵或者只会施展欧玛尔禁止的咒语呢？

所以她才转而幻想如何受邀参加玛丽安的派对。

完全是逃避现实。

她怎么这么肤浅？

她怎么这么想参加一个肤浅的派对，与肤浅的人为伍？而妈妈沦为囚犯，没准正遭受着折磨。她，只有全心全意爱着妈妈的她，才能将妈妈从困境中解救出来。

唯一可能的解释就是，她是一个肤浅的女孩，没有感情，怕得要死。当然啦，她还很丑。

"胆小鬼！"阿奈德在镜子面前侮辱自己。

同一面镜子中反射出贵妇的身影，在背后捂着鼻子笑个不停。阿奈德忍无可忍。

"你笑什么？"阿奈德突然发问。

她本以为贵妇什么也不会说，而是继续呵呵直笑。毫无疑问，贵妇在嘲笑她。阿奈德如此凄惨可怜，连自己噩梦中的幻象都当面讥笑她，就像玛丽安、洛克和他们的那帮朋友一样。但是贵妇吓了一跳，指了指骑士，愉快地说："我在笑他，他是个胆小鬼！"

骑士脸涨得通红，但没有回答。阿奈德惊慌失措："啊，是吗？为什么他是胆小鬼？"

"你在问我吗？"贵妇试探地问。

"是啊，问你呢。"

贵妇稍提裙摆，敬了个礼，很乐意地向她解释："你看他，把自己的军队抛弃在峡道中，自己转身跑了。"

阿奈德没料到会是如此有理有据的指控，说话的人到底是谁？

"什么军队？"

"保卫山谷、抵抗曼苏尔侵略的阿塔乌尔弗伯爵的军队。"

阿奈德越来越惊讶。她曾在乌尔特学校里学过山谷的一段黑暗历史。凶残的曼苏尔连杀带烧地进入山谷腹地，将途中大小村落夷为平地。这都要怪前来保卫山谷的基督徒军队，他们被撒拉逊的铮铮铁骑和尖利弯刀吓得屁滚尿流，逃之夭夭。

阿奈德自己的幻象不会在捉弄她吧？

她转身面向骑士，他看起来愁眉苦脸，但始终一言不发。

"这位贵妇说的话是真的吗？"

骑士谨慎地抬起头，看着阿奈德："你在和我说话？"

"是啊。"

"哦，美丽的女孩，感谢你给予我自我辩解的荣耀。你不知道我是多么渴望说话，结束这一千零十七年的沉默。无聊，真是无聊至极。"

"贵妇说的话是事实吗？"

骑士内疚地点了点头："令人遗憾的是，她说的是事实。身为子爵的父亲让年纪轻轻、毫无经验的我带兵打仗。一听到撒拉逊军队的喊杀声，我血管里的血液都冻住了，于是撒腿就跑，直到死之前什么都记不得了。"

阿奈德听得目瞪口呆："他们杀了你？"

"美丽的女孩，事实上，胆怯没有把我从死亡中解脱出来。一支流箭带我离开人世，而父亲的诅咒使我永远飘荡在这片战败的土地上。"

阿奈德难以置信地指着他："所以你是一个……幽灵。"

"一个流浪的灵魂，我美丽的交谈对象。慷慨的你可以帮助任何人。"

阿奈德不相信："我？"

"我可以说一句吗？"是贵妇不耐烦的声音，骑士抢了她的风头，她有些嫉妒。

阿奈德同意她发言。

"我甜蜜的女孩，你可以看见我们，可以听见我们，也可以请求我们。自然，你必须相应地给我们一些东西。"

阿奈德的脑子转得飞快："我可以请求你们什么？还有我必须给你们什么？"

贵妇笑了："你可以请求我们不可能实现的愿望，人类无法想象的愿望，只有死人才能实现的愿望。"

阿奈德不理解："你们是巫师和女巫？"

贵妇否认道："只是我们穿行在幽灵的世界，了解禁止活人进入的每一个角落。没有我们不知道的秘密……我们无所不知，包括你们隐藏的财富与秘密、犯过的罪、说过的谎和爱过的人。我们可以在活人耳边低语，让他们以为受到内心声音的指引；可以让他们良心不安、悔恨交加；还可以掀起惊涛骇浪。"

阿奈德有些明白了："如果我向你们提出请求，你们实现了，那作为交换我必须给你们什么？"

骑士抢先说道："自由！"

"什么自由？"阿奈德惊讶地问，"你们难道没有自由吗？"

贵妇啧了一声："我们被判游荡世间，我们渴望安息，永恒地安息，我们已经为犯下的过错付出了代价。"

阿奈德简直不能相信自己在和两个孤魂野鬼对话，尤其是如此美丽乐观的贵妇："你犯了什么错？"

"背叛，背叛了我的爱人。我承诺等他，可当他征战归来后，发现我已和男爵结婚。当然，他杀了我，还诅咒我，所以我就在这儿了。"

阿奈德感到愤怒："他不但杀了你，还给你判罪。"

贵妇补充道："他也因为杀人而成了游魂。"

"他活该。"阿奈德真诚地感叹道。

在这件事上，她觉得贵妇有理。真不要脸，为了一句承诺就杀人。

贵妇叹了口气："唉，美丽的女孩，如此停滞不前地背负着五年、十年、百年、千年，实在太累了。懦夫骑士和我——叛徒贵妇，都渴望安息……"

阿奈德终于相信这两个幽灵既不是她的幻象，也不属于任何噩梦。站在她面前的是两个可怜的鬼魂，能满足她的心愿来换取惩罚的解脱。

她还等什么？

他们都说了无所不知。

太棒了！她正好需要打听信息。

她饶有兴趣地说："如果你们能帮助我，我愿意和你们达成协议。"

她的目的已经达到，完全在预料之内，两人认真听取了她的话。

"怎么样？"

"我们愿意聆听和满足你的心愿。"

"你们知道欧迪斯女巫吗？"

"当然。"

"我们可以和欧迪斯女巫交流。"

"你就是一个欧迪斯女巫。"

阿奈德愤怒地打断贵妇："你怎么能说我是一个欧迪斯？"

"对不起，美丽的女孩，我以为……"

"我是欧玛尔女巫，德梅特尔的外孙女，塞勒涅的女儿，来自西徐亚民族的母狼部落。"

惹怒了小女孩，骑士和贵妇有些后悔。

"如你所说，美丽的小女孩，塞勒涅之女。"

"德梅特尔之孙。"

"很抱歉把你误认为欧迪斯。"

"我们接受你的欧玛尔身份，塞勒涅之女。"

"德梅特尔之孙。"骑士像朗诵祷词一般又重复了一遍。

"闭嘴，不要拍马屁了。"阿奈德生气地打断他们。他们的过分顺从好像是在开玩笑。

小女孩惊讶地发现，在她生硬的命令过后，两个幽灵立刻闭嘴，完全没有继续发言的打算。而且她还记起如果没有被询问，他们不能和她说话。只是一次如此，还是总需要她的允许才能说话？他们是顺从的幽灵，但并不十分聪明，居然把她误认为一个欧迪斯！

"你们把我误认为欧迪斯是因为我很丑吗？"

"你在问我们吗，美丽的女孩？"

"是，回答我。"

骑士抢先说："看来你不认识欧迪斯女巫，我可以向你保证她们非常美丽，连太阳在她们身边都要失色不少。"

阿奈德感到有些意外："那她们不是老得满脸皱纹，鼻上生瘤，下巴长毛？"

贵妇像疯子一般哈哈大笑："我死了，我又笑死了一遍！"

阿奈德有些生气。也许那是儿童故事中的描述，但是……她又没有别的参考来源。现在想起来，格丽塞尔达和女巫聚会的其他人从来没有跟她描述过欧迪斯的外貌。

骑士自告奋勇地解释道："美丽的女孩，请听我说，这纯属大众的幻想。欧迪斯女巫是地球上最强大、最有野心和最自恋的生物。她们崇尚青春、不死和美貌。"

阿奈德觉得自己像个傻瓜，骑士的话很有道理。哪会有愚蠢的高级生物愿意拖着衰老丑陋的肉体长生不老？

如果从这个角度看，幽灵们把她当作欧迪斯其实是恭维她。虽然……可不能那么轻信他人。

"对不起，我还很年轻，从来没见过一个欧迪斯女巫。"

贵妇捂住鼻子微笑。阿奈德一点儿也不喜欢这个动作："你笑什么？我不管说什么你都觉得好笑啊？"

"不是的，美丽的女孩，但我觉得你明明认识某个欧迪斯。"

阿奈德脸色变得惨白："谁？"

贵妇这次却摇头否认："对不起，这条信息可能会把我们置于危险境地。欧迪斯不希望我们谈论她们，就连在欧迪斯之间谈论都不行。"

阿奈德据此推断，幽灵们是欧迪斯的仆从，她得仔细防着他们："那就不能达成交易。"

阿奈德发现不管自己的立场如何坚定，两个顺从的幽灵就是不回答，不讨价还价，也不提供任何东西作为交换。

阿奈德决定退让一步，事实上她想知道的是另一件事情："好吧，我们不谈欧迪斯了，我问你们另一个问题。"

两个幽灵满怀希望地微笑着，迫切想要帮助她，当然，也是帮助自己。

"我的妈妈塞勒涅在哪里？"

骑士和贵妇又对视一眼，显得十分悲伤："美丽的女孩，你知道她和欧迪斯在一起吗？"

"当然知道，但是在哪里呢？"

骑士清了清嗓子："美丽的女孩，我们得谨慎行事。冒失的言行会让我们受惩罚。"

"给我一个提示。"

两个幽灵交换了一个同意的表情，尽管看起来有些害怕："你承诺解放我们？"

阿奈德毫不犹豫："我向你们承诺。"

"你保证不向别人提起这个信息的来源？"

"我保证。"

骑士用有些沙哑的声音低声说道："在那个地方，水流放缓，活人失足，洞穴连接两个世界。塞勒涅会和你说话，却不准你见她。"

阿奈德自己推测了一番："你们是指黑湖吗？是那儿吗？"

但让她诧异的是，骑士和贵妇装作满脸惊讶的样子："我们不知道你在说什么，美丽的女孩。"

"怎么不知道？你们刚才跟我说……"

"我们？"贵妇惊叫道，"你糊涂了，美丽的女孩。我们什么也没说！"

阿奈德心里一阵烦躁："好吧，你们为什么要否认刚才说过的话？"

"可是我们没说啊。"

"这只是你的意见。"

"或许是你的梦境。"

"可是我明明听见你们说了。"

"我们很抱歉，美丽的女孩。"

"塞勒涅之女。"

"德梅特尔之孙。"

阿奈德简直火冒三丈。

阿奈德不想再追问他们。显然他们后悔说出了那些话，或者撒谎是幽灵的天性。明天她就去黑湖那儿一探究竟。

小女孩躺在床上打算睡觉，突然脑袋里又钻进了一个傻问题，那种让人从无解的严肃问题中分神而难以入眠的傻问题。

早餐会有油条吗？

特雷博拉的预言

那凹凸浮现的金色箴言啊，
献子那还未曾出世的双手，
欧之母使其悲伤地流亡在人世间。

始其所愿，
终其决定。
你将隐藏在大地的深处，
直到天际闪耀，星云开启天路。
只有那时，大地将从她的脏腑之中将你吐出，
你会恭顺地来到她白色的掌心，
将它染红。

不可分割的血与火，
汇集在万物之母的权杖内。
血与火献给权杖的所有者，血与火献给权杖的继承人。

欧的权杖统治欧的子孙后代。

十二　通向塞勒涅的道路

　　阿奈德用脚蹭了蹭猫，戴上帽子，背好书包。她在书包里放了一些面包和奶酪、几个橙子、一把坚果和一小瓶水。前往黑湖的旅途要几个小时，但她不知道要在那儿待多久才能和妈妈联系上。

　　外婆德梅特尔曾教过她要处处小心，只有冒失鬼才会在大山里迷路。谨慎是挑战者们最好的顾问，谁要是不明白这点或者不愿听取忠告最终可能付出生命的代价。当登山者扛着庞大的背包，眼神迷惘地出现在乌尔特村时，外婆总是要摇头。他们都是天不怕地不怕的傻瓜，满脑子幻想着征服峰顶，最后变成瞎子、聋子、疯子。他们患有对山峰特别执着的疯病，执着中失去了指头、双手、双脚和生命。外婆讲过许多登山者被冻死或被狼吞了的故事。如果外婆还活着，肯定要逼她再添加些装备：一堆火柴、一根绳子、一个弹簧钩、一个指南针、一顶帽子、一个信号弹和一件毛衣。阿奈德前途茫茫，不可预料。

　　"啊呀！"她一出门就害怕地喊了一声。

　　一团毛球跳到她的肩上，用指甲牢牢地抓住了她的书包。是阿波罗，淘气的小猫，它一刻也离不开阿奈德，刚从门厅的衣架上跳到她的身上。

"阿波罗，你这个坏家伙。"阿奈德责备道，"你不可以跟来。下去。"

然而阿波罗装作没听见。

"喵喵，喵，喵喵。"阿奈德用标准的猫语和它沟通。

阿波罗竖起小耳朵，不敢相信主人用猫的语言批评了它，于是连忙为自己的行为道歉："喵，喵。"

阿奈德接受了道歉，微笑着摸了摸它的后颈。她不像小猫那样吃惊；有时，她还得忍住不去模仿叽叽的麻雀、咩咩的绵羊、咯咯的母鸡和哼哼的驴子。不说远了，就在昨天清晨，她还对恩格拉西娅小姐的公鸡回应了两句清晰的喔喔声，叫它闭嘴，别再扰民。随后，格丽塞尔达居然抱怨说一大早被鸡吵醒，她不知道是阿奈德干的。阿奈德不敢告诉格丽塞尔达自己能听懂动物的语言并与动物交流。她发现部落里的其他女巫都没有类似的技能，连简单的狗叫都无法破解，但狼嚎除外。

糟糕的是，正是因为能听懂阿波罗的抱怨，阿奈德最终被打动了。小家伙不愿自己在家，怕被格丽塞尔达责备。她叹了口气，把小猫放进书包里，喵喵地补充道："你现在可以跟着我是因为你很小，一点儿也不重，等你长胖以后可就不行了。"

就这样，小女孩开始了她的旅途。现在她能解读周围世界的信号，意识到很多偶然的事其实并不是巧合。阿波罗的出现是个好征兆，而且有它的陪伴也不赖，这样她路上就没那么孤单了。

不幸的是，她不相信任何人，于是决定向格丽塞尔达撒谎，说自己参加学校组织的春游去了；而在学校里，她又欺骗加娅说格丽塞尔达需要她在家。

她凭直觉认为格丽塞尔达的行为有些怪异。种种征兆表明格丽塞尔达并没有帮她联系妈妈，反而可能从中作梗。她也不完全信任埃莱娜和卡伦。至于加娅，她甚至开始怀疑这人对部落和氏族的忠心。

　　一瞬间，仅仅是一瞬间，一个疑问闪现在脑海。

　　加娅有可能是欧迪斯吗？

　　阿奈德穿过一座桥，慢慢爬上蜿蜒在大山东侧、通往隘口的小道。她沿着陡峭的斜坡攀登而上，逐渐将山谷留在脚下。山里的光线愈加微弱，薄雾绵绵，真是奇怪。

　　自从妈妈消失、格丽塞尔达到来之后，阿奈德慢慢觉察到周围的风景发生了变化。有时，空气变得稀薄陈腐，气氛凝重怪异；有时，早晨的阳光有些浑浊，灰蒙蒙的，缺乏色彩对比，从森林、洞穴或村里不能通透地瞭望远方。而现在她可以肯定，山谷被囚禁在一个不现实的幻象中，眼前看到的绝非自然现象。

　　阿奈德继续前行，心中的不安感越来越强烈。她正在靠近一个危险的地方，她不敢朝后看。快到山间隘口了，有一条当地人骑驴穿行的小道。阿波罗开始在书包中喵喵直叫。它害怕了，阿奈德也是。她站在高处，再也无法继续，某种东西阻止她迈开腿，双脚如注铅般沉重，牢牢粘在地上抬不起来。她感觉呼吸不畅，视线越来越模糊，恨不得马上转身，倒在地上像石头一样滚下山。她差点儿就顺从了自己的第一反应，但妈妈的形象将她留在了原地。

　　为了继续前行，她需要一份自身缺乏的力量。她的全部意志都已用来克服昏倒的念头，现在可不能屈服于自己的虚弱。她急需一个推力，一个战胜困难的坚定信念。

　　蜜蜂解决了这个问题。

事实上，蜜蜂在阿奈德的脑边盘旋，随后嗡嗡地飞向前方，毫不犹豫地穿越障碍。阿奈德完全明白蜜蜂传达的信息。它在告诉伙伴们已抵达蜂巢，没有危险。

这正是阿奈德需要的，告诉自己之前的害怕毫无根据，只有靠勇气才能到达目的地。

就这样，她捏紧拳头，咬紧牙关，抬起一只脚和一条腿，迈了一步，然后又迈了一步。她的步伐越来越坚定，越来越有力。她边走边想着妈妈，想着妈妈的头发、笑容和双手，这让她充满了活力与力量。很快，小碎步变成了灵敏的大跨步，最后是快速的奔跑。

阿奈德跑啊跑啊，感到屏障在破裂。她首先觉察到一个坚硬寒冷的物体，和冰冻的湖水一样坚硬。她与这个物体相撞，听到了嘎吱的响声，仿佛撞在玻璃上，但她没有退缩，高昂着头，像斗牛一样冲过去，周围有什么东西裂了。她没有害怕，鼓足勇气继续向前冲，但是最后这一下，左腿感到一阵强烈的刺痛，她跳起来，摔到地上，痛得有些不知所措。

她成功了！不管她穿过的是什么墙，现在她能感到清新的风吹拂着脸庞，开花的石楠馥郁芬芳，暖洋洋的阳光不再是灰蒙蒙的。绊住脚步的屏障随着她身体的冲击而坍塌了。是魔咒吗？她几乎可以肯定，这是自己的部落为了保护她而设下的咒语。现在她打破了保护咒。

一切都是为了找到妈妈。她努力笑了笑，打起精神。阿波罗从书包里探出头，对她亲切地喵喵叫。阿奈德温柔地抚摸着小猫，她并不是孤身一人。现在只有一个疑问，她摧毁了整面墙，还是只破了一个窟窿？

她站起来试了试，但是又痛得摔倒在地。腿！她的腿好像被铁丝网撕掉一块肉一般。

她小心地卷起裤腿，却惊讶地发现什么伤口也没有。皮肤完好无损，没出血，也没有想象中的划痕。只是心理作用？她第二次试着站起来，但是疼痛的腿完全支撑不住。她咬了咬嘴唇来分散强烈的痛感。她需要做点儿什么，得冷静下来。她感到绝望，如果不赶快想个法子，她会疼昏过去。

外婆以前曾说，清醒是在最危险的时刻发生的天赐恩惠。身体向大脑发送警戒指示，启动所有的神经连接，视觉、嗅觉、听觉和触觉变得异常敏锐。

阿奈德也应该如此，再说每当真有需要时，她总有股奇怪的力量去启动自己的感官。这时，她闻到栎树下落叶中埋着蘑菇的气味，于是靠手臂爬过去，将蘑菇挖出来。很好，嗅觉和视觉没有背叛自己。她按照外婆教过的方法挑选能缓解疼痛和恢复意识的蘑菇。

疗效取决于服用的量，所以阿奈德舔了舔蘑菇尖尖的头，麻醉剂通过唾液迅速到达整个身体，带来一种舒服的痒感。她又小心地舔了一下，一边不断按摩着腿，一边低声念出一段从外婆那里听来的祷词。受伤的腿对药物和按摩有了反应。几分钟过后，疼痛完全消失了。

阿奈德把蘑菇放在书包里，并叮嘱阿波罗不要服用，然后继续上路。

她朝身后看了一眼，好像也不是不能原路返回。她又看了看表，到黑湖还有一小时路程。继续前进还安全吗？她是不是和那些疯狂的登山者一样，尽管北风大作，征兆不祥，但仍然无动于衷地继续上山，最后困死山中？

她听到了内心的声音，决定顺从自己的直觉。刚才打破的屏障并不是大山发出的信号，而是巫术和魔法的迹象。她离妈妈越来越近，继续前进才是唯一的出路。

当她到达黑湖时，太阳已高悬在天空。这趟旅程比预想的还要艰难费时。她感到精疲力竭、饥肠辘辘，却心满意足。她坐在灯芯草丛中的一块石头上，观察着湖的全景。

黑湖阴森森的，充满淤泥和水草的湖水颜色很暗。在这个通往湖泊的山谷拐角处，河水流势放缓，分散成一千条蜿蜒的支流，占领了每一个角落。周边的松软土地形成沼泽，吞没了一个又一个失足的冒失鬼。阿奈德不想成为他们中的一员，在烂泥中格外小心，不敢冒险。

她抓住阿波罗，从包里取出三明治和小瓶水。她需要恢复体力，好应对肩负的任务。

她细嚼慢咽，品尝着每一口的滋味。风吹动灯芯草，飒飒作响，她有些犯困。在远处陡峭的山坡上，回响着追捕猎物的老鹰的鸣叫，阿奈德不知不觉中回应着老鹰。

哎呀！怪事越来越多。

她是要变成一个怪人了吗？

随着巫术学习的深入，她意识到的确如此。

她曾是一个奇怪的小孩，现在正在变成一个奇怪的姑娘，当然还将是一个奇怪的女巫。

她决定不再多想，已经吃了东西，也休息好了，是时候联系妈妈了。怎么联系呢？在她把吃完三明治剩下的包装纸揉成一团扔进包里时，她发现了那个蘑菇。

是巧合吗？外婆曾说过巧合并不存在。我们路上遇到的人、物和环境都因某种原因出现。重要的是要明白这个原因是什么，并合理利用，阅读世界是项复杂的工作。蘑菇在等着她，由于某种原因，阿奈德停下来翻书包，现在发现了蘑菇，它在跟她说着什么。它在说："我在这儿，吃了我吧。"

当然啦！蘑菇是照亮寻找妈妈之路的明灯。现在不只是舔舔，还得吃了它。

阿奈德咬了一下，谨慎地等了一段时间。在这段时间里，她的意识有了变化，眼神变得不同，浑身充满了深入危险湖区的勇气。

是她。

又不是她。

阿奈德站起来，拿出白桦木魔杖，用几句果断的喵喵声警告阿波罗不要跟着。她小心翼翼地拿着魔杖向前走，她应该寻找那个幽灵说的连接两个世界的地方。

她缓慢地在岩石中穿行，舍弃了听觉、视觉和触觉，仅凭直觉追随着朝一个或另一个方向不断摆动的魔杖，直到魔杖停住，指出了一个停留的确切地点。

阿奈德低吟着一首古老的歌谣，用魔杖有节奏地敲了一下又一下。在这个过程中，她脱离了自己的身体，陷入了回忆中：妈妈的面孔、妈妈的声音、妈妈浓烈的红发、妈妈微笑时雪白的牙齿、妈妈手臂的力量……阿奈德叫着妈妈，一次又一次呼唤她的名字，追切渴望看见她、触碰她、聆听她。妈妈就在附近。

突然，她开始下坠。

阿奈德感到脚下一片虚无。

她不断坠落，坠落，坠落。

越来越快，越来越眩晕，周围一片漆黑寂静。

她坠入了万丈深渊。苦闷占据了她的心灵，麻痹了她的身体。

坠落，坠落，坠落，没完没了。陷入虚无，无助而渺小。她试图探索那片空白，绝望地寻找一个可以抓住的地方。

正要丧失希望时，她听到身边一声猫叫。阿波罗！阿波罗违背了她的命令，也和她一起坠落了下来。哦，不，阿波罗！

忘却自我的阿奈德找回了之前失去的力量，接住了阿波罗，这不难。在她想着小猫并伸出手臂拦截它的时候，坠落的速度好像放缓了。

她的恐惧！

接住阿波罗的时候，她不再恐惧。肯定是这样！恐惧让她坠入了深渊！

她抱住颤抖的阿波罗，用手臂摇晃着它小小的身体，安慰着它。

阿奈德明白与妈妈能否见面取决于她的决心。

现在她已不再害怕，不再害怕未知与黑暗，不再害怕空白与虚无。她只想见妈妈，于是坚定地伸出双手，又一次呼唤妈妈。

确实，那儿出现了一只可以握住的手。

她紧紧抓住，然后停在了空中。阿奈德屏住呼吸，观察起阻挡她坠落的那只手。柔软、冰凉，是妈妈的手。她通过气味辨认了出来，尽管触感和脉搏都已改变：那是一双焦虑颤抖的手，时时想要抽走。它没有这样做是因为阿奈德想要留住它的愿望如此强烈，连妈妈的手都服从了。

最后，妈妈开口了。她的声音还有周围的气氛，和她的手一样颤抖不安。黑暗渗入她的声音，剥夺了阿奈德印象中的欢乐和新鲜。

"阿奈德，别过来，别找我。阿奈德，快走，别再靠近了。"

伤心的声音和颤抖的手掌产生的力量战胜了阿奈德的意志，推搡着将她抽离出黑暗的深井，把她抛向很远很远的地方。

阿波罗的叫声让人心碎。小猫坠入了深渊，而朝光线飞去的阿奈德来不及解救它。

随后，世界融合，阿奈德失去了意识。

几小时后，阿奈德醒来了，感到又疼又害怕。有人递给她水，然后抚摸着她的脸颊。

"妈妈。"她在梦中喃喃道。

但是一睁眼，她看到自己并不在黑湖，而在路边的桥上。抚摸她的是奥拉夫夫人的手。

"你终于醒了。你感觉怎么样，小美女？"

阿奈德无法立刻回答。她打了一个寒战，想起了在黑湖里抚摸她的那只手，寒冷如冰。那是妈妈的手，但缺乏爱意。她紧紧握住拳头，直到指甲嵌进肉里而流血。妈妈不爱她，拒绝她。妈妈把她从身边赶走，不让她靠近。

"你冷吗？快盖上吧。"奥拉夫夫人从越野车中取出一条毯子披在阿奈德身上。阿奈德很感激奥拉夫夫人，毯子带来了浓浓的暖意和安全感，她感动得低声啜泣起来。

"哭吧，哭吧，小美女，哭出来就好了。"

阿奈德也不顾形象，投到奥拉夫夫人的怀中，哭得越来越厉害，越来越凄惨。她哭泣是因为妈妈把她从身边赶走，是因为小猫丢了，也因为在这个本以为安全，但实际上充满陷阱和危险的世界上，她觉得自己孤单而渺小；她哭泣是因为如此事事不顺真是太不公平，一开始外婆去世，然后妈妈失踪，现在大地吞噬了她的小猫；她哭泣是因为她很丑，没人喜欢她，她还总是犯错。

当把所有过去经历的和未来可能发生的不幸都哭过一遍之后，她感到轻松了许多。

"谢谢。"她抬起头，感谢奥拉夫夫人的关心。

这正是她需要的，一双温暖真实的胳膊为她遮风挡雨，融化沁入内心的寒冰。

116

奥拉夫夫人露出迷人的微笑："你饿吗？"

阿奈德突然意识到天已经黑了，格丽塞尔达肯定在找她，于是说道："我得回家啦！"

她站了起来，令她吃惊的是，腿一点儿也不觉得疼了。

奥拉夫夫人试图拦住她："等等，也许你某个部位骨折了。想必你在水中摔了一跤吧，让我看看。"当奥拉夫夫人强迫她一遍又一遍挪动关节时，阿奈德发现自己浑身是伤，湿透的衣服破烂不堪。

"你没事，真是个奇迹。来，我送你回家，我的车在这儿。"

好心的奥拉夫夫人，机智、亲切又谨慎。

"你是怎么找到我的？"

"我们约好今天下午见面，还记得吗？"

阿奈德完全忘记这码事了："对不起。"

"村里的人告诉我曾看见你清晨一个人朝黑湖走去。发现你迟迟不回，我害怕起来，便来找你，发现你在路边不省人事。"

阿奈德想跟她解释一切，但最终忍住没说。奥拉夫夫人扶她上车："你想解释什么吗？"

阿奈德摇头否认，不知道从哪儿说起。

"那这些眼泪呢？"

"我的小猫，我们一起摔下去的。"

"可怜的小猫，我送你另外一只。"

"也许它在山里迷路了。"

"你想我们明早去找它吗？"

阿奈德满怀希望地笑了："你会这样做吗？"

"当然啦，开车一会儿就到。明天周六，你不上课。早饭后我去找你，我们可以一起在湖边午餐。"

阿奈德的内心充满了幸福感："不用带食物，我负责准备野餐。"

格丽塞尔达很热情，仅仅如此，阿奈德在她的怀里能感到一丝甜蜜，但缺乏奥拉夫夫人能给予的支持。

　　克莉丝汀·奥拉夫可以给阿奈德一种她所需要的安全感和温馨感。

十三　奥拉夫夫人是谁？

　　阿奈德哼着小曲，打开家门。善解人意的奥拉夫夫人拥抱了她，让她完全忘记被母亲拒绝后占据内心的无比悲痛。

　　但是她的平静在四个女人严厉的眼神中烟消云散。她们焦急地拉着阿奈德进客厅，又把她按在墙上，然后死死地关好门窗。

　　随后，爆发了一连串既没有顺序又没有条理的问题。声音交杂在一起，阿奈德完全听不清楚。

　　"她对你做了什么？"

　　"从什么时候开始的？"

　　"你跟她说了什么？"

　　"她给你承诺了什么？"

　　"她向你提出了什么请求？"

　　"她告诉你她叫什么名字？"

　　阿奈德捂住了耳朵。大家既激动又生气地同时说话，表情惊恐不安。阿奈德还以为她们指的是她上午的奇遇。

　　"我和她说上话了，但是她拒绝了我。"

"你刚刚从她车上下来！"

阿奈德不明白："你们在说谁？"

格丽塞尔达压过其他人的声音："克莉丝汀·奥拉夫！！！"

阿奈德有些生气："你们在偷窥我？"

"但愿吧！"卡伦喊道。

阿奈德好想死。唯一能给她带来幸福的东西，她与克莉丝汀的友谊，却让格丽塞尔达和妈妈的朋友们不高兴。

"听着，我可怜的女孩，你身上都是瘀青。这件衣服怎么回事？"

"我自己摔了，她当时不在。我和妈妈说话了……"

然而，此时没有人对塞勒涅感兴趣。

"她怎么找到你的？"

"我们现在才知道你们有来往。"

"全村人都知道！只有我们蒙在鼓里。"

"你刚从她车上下来！"

阿奈德一下子激动起来："不管你们是否喜欢奥拉夫夫人，我想要继续见她，我有权利选择自己的朋友，有权利……"

"傻孩子，她是欧迪斯女巫！"加娅打断道。

阿奈德突然沉默了，之前滔滔不绝的关于权利的辩词卡在嘴边，说不出来。

不，这不可能，说奥拉夫夫人是欧迪斯女巫真是太荒谬了。

卡伦握住她的手，阅读她的想法，然后说道："阿奈德，我知道你现在一句也不相信我们，但就算你觉得荒唐，也请回忆一下她是否送了你东西。"

阿奈德无意识地展示着奥拉夫夫人一周前给她从首饰店买的手链。

"取下来。"埃莱娜指了指桌子，命令道，"放在上面。"

阿奈德犹豫起来，她拒绝接受她们说的话。不，奥拉夫夫人爱她，奥拉夫夫人保护她，热情亲切的奥拉夫夫人拥抱她。不，奥拉夫夫人绝不可能是一个欧迪斯。然而，小女孩取下了手链。

手链一放到桌上，埃莱娜就在手链上方张着双手，眯着眼念起咒来。她的手像传感器一样抖动着，然后缓慢地，非常缓慢地靠近手链，直到某一瞬间像遇到障碍一样停住了。埃莱娜不自觉地轻轻惊呼了一声，手掌被烫得红肿起来。阿奈德惊恐万分。格丽塞尔达、卡伦和加娅上前援助，她们张开双手，也念起了相同的咒语。四双手慢慢靠近手链，对抗那股烫伤埃莱娜的法术。阿奈德吃惊地看着四人施展出强大的法力，毫不犹豫地把自己的手也放上去，集中意念对抗那股力量，现在摸上去像火热的钢铁，与早上在湖边打破的屏障感觉相似，但又不同。一秒钟过后，那股力量输了，法术消散。

"谢谢。"精疲力竭的埃莱娜舒了口气。

阿奈德一言不发，喉咙里一阵苦涩，是幡然醒悟的苦涩。

"你们为什么如此肯定她是欧迪斯？"

"被启动的成年欧玛尔一眼就能认出欧迪斯。"

"未成年的女孩不能吗？"

"不能。所以你们需要保护盾牌，你不但不能自卫，而且也无法分辨她们。"

"怎样才能分辨她们？"

"通过气味。"

"通过声音。"

"通过眼神。"

"你会慢慢学会的。"

"毫无疑问。"

那么……是真的吗？奥拉夫夫人企图吸她的血？奥拉夫夫人撒

谎吸引她，从而霸占她的法力？奥拉夫夫人想要利用她的青春保持自己美丽的容颜和紧致的皮肤？

不。

阿奈德无论如何也不能接受，几分钟前阿奈德还以为幸福就是依靠在奥拉夫夫人的胸前，被她哼唱着哄入梦乡。

阿奈德遭遇过危险吗？

克莉丝汀是亲切的代名词。阿奈德不怕她，相反还为她着迷，如果成了她的受害者，肯定连哼都不会哼一声，甚至还会愚蠢地自愿牺牲。

欧迪斯们都是这样做的吗？

那么……阿奈德被骗了，她需要时间去消化这个事实，调整心态，接受打击。

卡伦仍不放过她："阿奈德，还有什么吗？"

"好好想想。"

"你和她在一块的时候吃过东西吗？她请你吃了她准备好的食物吗？"

阿奈德紧张地笑了笑："没有，我们总是在罗莎的店里喝下午茶。"

在这方面她还算谨慎。从小外婆就教她不要接受别人的甜点或其他食物。她收下了手链，但拒绝了奥拉夫夫人买给她的红酒酿梨子。突然，她想起来，说道："糖果！她送给我一盒糖果，但我不喜欢，就放在那儿了。"

格丽塞尔达脸色惨白，用手捂住胃部："我全吃了。"

埃莱娜纠正道："不是全部，我也吃了几颗。"

卡伦和加娅平静地呼吸着，她俩嘴不馋。

大惊失色的格丽塞尔达试图忘掉糖果的事，开始转移话题："你们总是在公共场所见面吗？她从来没约你单独去森林、湖区或其他偏僻之地？"

阿奈德否认了，随后又说道："我们约好明天去湖边的。"

格丽塞尔达满脸懊恼："我真傻！没施保护盾，没多加监视就让她出门在外。是我的过错。还有那些糖……"

阿奈德也觉得羞愧难当。她隐瞒了这段友谊。为什么呢？奥拉夫夫人建议的吗？当然，她还建议小女孩向玛丽安施咒，与格丽塞尔达敌对。这是她的策略吗？制造不和？

"明天一大早她会来找我。"

格丽塞尔达抱住她："明天你和我会去很远的地方。"

卡伦问了一个不祥的问题，事关重大，阿奈德连汗毛都竖起来了。

"阿奈德，你告诉我，在你的梦里，或者更确切地说，在你的噩梦里，你梦见过一把匕首插进你的心脏，给你带来深深的剧痛吗？"

格丽塞尔达抢在前面，摇头否认："她的衣服上连一滴血也没有，不然我早就发现了。"

阿奈德也否认，但卡伦不愿浪费时间："脱衣服，我想一寸一寸地检查你的身体。我可一点儿也不喜欢你现在的样子。"

阿奈德脱下上衣和裤子，然后自己指着胸罩叫道："这是她送给我的！"

四个女人又一次拒绝触碰它："脱下来，扔到地上。"

阿奈德颤抖地扔掉胸罩。

"她在爱德华多的百货店里买的。"阿奈德解释道，可是此时连她自己也不相信。

加娅谨慎地查看着："没有商标，我从来也没见过这种设计，对爱德华多的百货店来说也太新颖了吧。"

"你曾经希望拥有这样的胸罩吗?"格丽塞尔达问。

"好好想想,你肯定曾见过类似的款式,而且还很喜欢,肯定。"

"欧迪斯可以实现我们的愿望。"

"怎么实现呢?"阿奈德害怕地问。

"她们利用无所不知的幽灵。"

阿奈德想起一天晚上,她在房间翻阅时装杂志时看到过类似的款式。她合上眼,脑海中重现了当时的场景:她躺在床上想妈妈,那时,在杂志上看到一个穿着内衣的年轻模特。她想,如果跟妈妈说,妈妈肯定会送一个给她。她当时独自一人,但是,懦夫骑士懒懒地坐在基里姆地毯上,而叛徒贵妇则在窗帘后露出嘲讽的微笑。

也就是说骑士和贵妇监视她,可以阅读她的思想或者……愿望。卑鄙!

"是啊。"阿奈德回答,语气中带着一丝气愤,"我梦想拥有一件类似的胸罩。"

"我想象得出来。"

格丽塞尔达话音刚落,便取出桲木魔杖,在空中挥舞着,嘴里念着不同的咒语,试图解除胸罩上的魔法。

在格丽塞尔达和加娅试验咒语的同时,卡伦负责检查阿奈德的胸部,用食指指腹滑过皮肤来检查是否存在任何凸起或伤口。虽然阿奈德手臂和双腿上布满了划痕和瘀青,胸部却安然无恙。卡伦发现一个蚊子叮的小包,但没有任何孔隙可供吸血。

"我们发现得很及时。"卡伦松了口气,"你在哪里摔跤的?"

阿奈德真诚地回答:"不知道。"

这时,格丽塞尔达和加娅用对了咒语,从胸罩中升起一缕浓烟。两个女人止不住咳嗽,用手帕捂住鼻子,驱赶烟雾。在格丽塞尔达的魔杖上挂着的那件新颖别致的胸罩,变成了一个冒着烟的纯白胸罩，原来它的设计和印花都只是幻觉而已。

阿奈德突然反应过来："保护盾牌！"

"原来如此！"埃莱娜附和道，"我们的咒语没有失败，只是你穿着这件胸罩而已。"

格丽塞尔达顾不上清洁脸上的烟熏污渍，将梣木魔杖对准阿奈德："阿奈德，请深呼吸，不要移动。"

然后，她念了一个咒语。

阿奈德感到胸口一股灼热的力量正压迫着她的肋骨。她本以为压迫感几秒钟之后就会减弱，没想到越来越强烈，直到她无法呼吸，不得不伸长脖子寻找氧气。

卡伦插话道："格丽塞尔达，你为什么这样做？她喘不过气了。"

卡伦挥着她的栎木魔杖调整盾牌，但不一会儿，加娅又加强了咒语。

阿奈德感到胸口被猛地一压，十分不舒服："太可怕了，你们把我松开一点儿。"

"绝对不行，"加娅拒绝道，"尤其是你这种情况。"

"加娅说得有道理。我们都经历过这一步，我们知道背着保护盾牌是非常难受的。"

"非常难受，但很有必要。"

"求求你们。"阿奈德请求道，"我受不了啊。"

"你会习惯的。"卡伦低声说。

"就像我们女人经历的其他许多事情一样。"

"还有我们女巫。"

卡伦走向电话，边走边说："我要用一个假名字在山中疗养院订一个房间。明天你和格丽塞尔达就去那儿躲着，直到奥拉夫夫人消失。"

阿奈德感到被束缚住了，像囚犯一样，立即反驳道："不行啊，我得找到妈妈。今天我联系上她了，我们得帮助她。"

"忘记你妈妈吧。"

"你有危险，得躲起来。"

"你不能和任何人说话。"

"你不能独自出门。"

"你不能未经我们允许就使用魔法。"

阿奈德受够了，精神崩溃的她突然号啕大哭，愤怒而痛苦地蹬着腿："我不要！……快取下这个盾牌！……我不要成为女巫！"

格丽塞尔达有些心软："当妈妈给我施下保护盾牌时，我也说了相同的话。"

埃莱娜抚摸着自己的肚子："我也是。"

卡伦从阿奈德愤怒的表情上看到了自己，强忍住一滴泪水："我也是。"

最后，加娅淘气地笑道："我也反抗来着。"

阿奈德不知所措地看着四个女人，完全不知道该哭还是该笑。

阿奈德等格丽塞尔达睡着后溜进自己的洞穴中，在那儿收拾着她古老的魔法书。她做了一个谨慎的选择，因为不可能全都带走，但还有好多东西需要学习和体验……她忍不住猎奇地翻阅着自己被禁止再看的彩色插图，上面画的是被欧迪斯喝过血的欧玛尔小女孩，有的不成人形，有的惊恐万分，有的化脓腐烂，有的无血无头发，还有的身体惨白或严重变形。阿奈德强迫自己看着这些图片，想着奥拉夫夫人也试图这样对她。之前压迫得她无法呼吸的保护盾牌此时也没那么难受了。相反，它坚固的质地和重量给她带来了安全感。这正是她单独思考时所需要的，没有奇怪的干扰，也没有偷窥监视。

她又思索起幽灵来，认为他俩的活动范围有限。贵妇和骑士都不能跟着她进入森林或洞穴。也许他们只能住在生前居住地、死亡或被诅咒的地方。这让她松了口气。

她做了一个决定。书上的图片印证了她谨慎行事、向众人隐瞒计划很有必要。

她充满勇气地回到了家。实现这个计划并不容易，但却是唯一的解决方法。

她蹑手蹑脚地悄声进入自己的房间，取出运动包，塞进一些认为可能有用的东西，又放入证件、几本书和从床头柜抽屉中取出的信封。最后，她拿出从妈妈的存折中取出的一大笔现金。她坐在自己的书桌前不耐烦地等着，看了看手表，咬几口巧克力饼干，写了一封告别信。

幽灵出现时已经是半夜了，首先是表情犹豫的骑士，几分钟后是满脸嘲笑的贵妇。阿奈德假装不在意他们在场，继续吃着饼干写着信。贵妇捂着鼻子笑，挑衅地看着，她知道阿奈德会让她说话，也的确如此。

"你觉得有趣吗？"

"你在和我说话，美丽的女孩？"

"不然和谁？"

贵妇扑向窗帘边缘，挤眉弄眼："逃走之前要想清楚了。"

"你怎么知道我要逃走？"阿奈德假装天真无知。

"很明显，你穿戴整齐，准备好了行李，时不时看表，还在写一张留言条。"

阿奈德还有时间，所以决定戏弄一下贵妇。谁让她告密呢？

"我想起很多晚上你都从你爱人身边逃到男爵那儿吧。"

贵妇的笑容中毫无悔意："那段时光啊！我曾年轻，充满激情。"她叹了口气："多少世纪过去了，真够沉重的。"

在贵妇开始没完没了地讲述她的爱情故事前，骑士请求发言："我可以说话吗？"

"请说，懦夫骑士。"阿奈德揶揄道。

"美丽的年轻人，我认为你错了。"

阿奈德舔了舔指头上的巧克力："哪儿错了？"

"从这些保护你、为你好的夫人身边逃走。"

"你是指奥拉夫夫人？"

骑士和贵妇悲伤地对视一眼："你明明知道我们指的是你的姨婆和她的朋友们。"

"所以你们希望我一大早和格丽塞尔达去卡伦订好的疗养院，和她一起囚禁在老人扎堆的地方，余生在硫黄味的温泉中腐烂？"阿奈德双手掐腰，质问道。

"这是最理智的做法，美丽的女孩。有格丽塞尔达和保护盾牌在，你不会有事的。"

"可我不愿意。我不想去任何疗养院，不想再看到格丽塞尔达，也不想使用这个讨厌的盾牌。"阿奈德辩解道。

两个幽灵又对视了一眼，贵妇问："那请问你去哪儿呢？"

"去巴黎。"

两个幽灵惊叹道："去巴黎？"

"我有个远房姨妈在那儿，我会说法语，而且登上埃菲尔铁塔是我的心愿。这比无聊的疗养院好多了，不是吗？"

"啊哈！"贵妇惊呼道。

"愉快。"骑士加以点评。

"刺激。"贵妇纠正道。

这时，教堂的钟声响起，缓慢而低沉，四点了。阿奈德一想到这可能是自己在乌尔特村听到的最后的钟声，心脏就一阵抽搐。

她从来没离开过家。

从来没旅行过。

甚至都没有一个旅行箱。

她双腿颤抖地站起来，和两个幽灵告别。计划的一部分已经完成。

"我得走了。"阿奈德说着拿起地上的运动包。

"等等。"

"你还不能走。"

"你们这么喜欢我啊？"

骑士叹了口气："我们已经和你很熟了，你离开后我们会想念你的。"

阿奈德吃惊地看着他。他的回答很坦率，正如他的声音，话中听不出任何拐弯抹角。

"但还有另一件事……你承诺过给予我们自由。"贵妇补充道。

这就是阿奈德的小报复，她把手放在头上，好像碰到了麻烦事一般。

"啊，是啊，等我从巴黎回来吧。"

"真的？"贵妇满怀希望地问道。

"你向我们保证。"骑士哀求道。

"我保证，等我从巴黎回来后就释放你们。"说完，她蹑手蹑脚地关灯关门，尽量不发出一点儿声音，然后悄悄地溜出家门。

一到车库，她的心就扑通扑通乱跳。计划是一回事，实践又是另外一回事。她有能力驾驶妈妈的车吗？

首先是启动汽车。她转钥匙点火，踩了踩油门，一下，两下，引擎一直没有反应……毕竟这么多天没有使用了。再来一次，又一次。车终于启动了！

阿奈德激动地颤抖着，小心翼翼地倒出车库。变速箱发出异响，离合器踏板松开，汽车熄火了。见鬼！妈妈操作的时候看起来多简单啊。妈妈曾教过她开车，可是有什么地方不对。车灯！怎么让它亮起来呢？不，不是转向灯。是这个按钮。哦，不，车喇叭！真够笨手笨脚的！没人听见她吧？得赶紧走。她总算成功了。

塞勒涅的车驶向公路，渐渐远离了阿奈德唯一的家。

阿奈德颤抖着握着方向盘，应该承认的是，除了车喇叭的小插曲之外，一切都进展得十分顺利。她欺骗了所有人：埃莱娜、卡伦、加娅、格丽塞尔达、奥拉夫夫人和两个幽灵。

除了她之外，没人知道她要去哪儿，去做什么。

十四　梦想和心愿

一双雪白的手把牌桌上的筹码堆成小山一般高。

"26黑。"穿着玫红连衣裙的年轻女人命令着满脸焦虑的赌场荷官。

"押上全部?"荷官声音颤抖地问道,盯着那一大堆筹码。

"全部。"年轻女人回答,身边端庄地坐着她的红发女伴。

荷官摇铃呼唤领班经理。他紧张得汗如雨下,需要有人见证正在发生的事。他希望经理赶紧过来,穿玫红连衣裙的女人眼神残酷恶毒,让他害怕。

"你在等什么?"如此一把一把地豪赌,年轻女人完全没有一丝不安焦虑的情绪。

"有个小小的……问题,我们得等等经理。"

"什么类型的问题?"女人冷漠地问道。

"您的赌注太高,经理应该在场。"

荷官情愿她外表丑陋、品味糟糕、举止违规,但并非如此。相反,穿玫红连衣裙的年轻女人和她安静的红发女伴彬彬有礼、优雅美丽。

"出什么事了?"一个低沉的男性声音问道。

荷官如释重负,经理出现在他面前,身穿一尘不染的礼服,脸上挂着职业的笑容。终于,他能摆脱责任,把担子交给上级了。

"她们全赢走了。"荷官低声介绍两位赌客。

两人偷偷地聊着什么,但依然笑容满面,不失半点儿分寸。任何人都会以为他们只是在和气地谈着完全无关紧要的事情。

"她们的好运已经到头了,你知道该怎么做了。"

荷官用亚麻手帕擦了擦额头上细密的汗珠:"我做过了,我手动刹住机器的。"

"然后呢?"

"没奏效啊。"

经理偷偷观察了一眼两位赌客面前堆积成山的筹码:"那多少次没奏效呢?"

"没有一次奏效的,差不多五次吧。"

"机关坏了吗?"

荷官用指头松了松脖子上系着的蝴蝶结,好透进一点儿新鲜空气。他几乎快要窒息了。

经理开始有些烦躁:"你是在说虽然轮盘对我们有利,但这两位迷人的小姐总能赢?"

"是这样。"

"她们怎么作弊的?"

"我不知道,先生。我看不出来,需要仔细观察,您想试试吗?"

"当然,你站一边。"

经理坐在荷官的位子上,对两位女士殷勤地笑着。黑发女郎与红发女郎,真是一对出色的搭档。毫无疑问,红发女郎明显更好看,但黑发女郎如瓷器般细腻的皮肤与小巧的双手真是性感极了。

"女士们，你们随时可以开始。"

红发的女人抬起目光，她的双眼炯炯有神，瞳孔放大，正如那些爱好豪赌的人，享受着刺激的眩晕感。她看起来并不专业，微微点头，示意开始游戏，自信的表情显示出她早就知道自己会赢。

轮盘开始转动，疯狂地转动。周围围了一圈好奇的人，消息传得太快，经理有点儿懊恼，他情愿更谨慎一些。为了让赌局更加激动人心，经理悄悄踩上踏板，好让轮盘停在离 26 黑最近的地方——24 黑。

轮盘转速逐渐放缓，大厅里一片寂静，所有的眼睛都死死盯着，小球越过障碍，不为所动地停在了 26 黑的区域。

经理脸色惨白，目瞪口呆。同时，在那间有着豪华吊灯和温暖地毯的大厅里，在场观众全都惊呼起来，两个女人也拥抱着庆祝胜利。

经理心算了一下刚才一局输掉的数目。钱柜里没有足够的钱支付她们，也许在偿还欠款后，赌场也会关门大吉。这就意味着……他职业生涯的终止。

在蒙特卡洛最好的酒店里，塞勒涅躺在套房的按摩浴缸中，喝着一杯法国香槟。

陶瓷浴缸里的水冒着泡泡，就像她慢慢品味的美味香槟，果味的沁凉小气泡刺激着她的味蕾。

"几百万？"塞勒涅问，说出"百万"一词给她带来了极致的快感。

"差不多五百万。"萨尔玛在相邻的房间里回答，"四百七十三点二万。"

"都是……我的?"塞勒涅眯着眼睛。

"是你的。"

塞勒涅差点儿要晕过去。

"我可以随心所欲地花这些钱吗?"

萨尔玛笑了,笑声一如既往地刺耳,好像一口破锅,不带一丝喜悦。

"当然啦……你随时可以赚到这些钱。你因个人目的使用魔法,我们欧迪斯是不会驱逐你或惩罚你的。这就是区别,还有很多别的区别,你慢慢会发现的。"

塞勒涅舒展着她的长腿,仔细端详着。

"你是说我可以,可以……"

"说出来。"

"使用咒语让男人爱上我。"

"这是自然,但是爱情药水效力来得更快。"

塞勒涅吹去手背上的肥皂泡。细小的泡泡飞散开来,在整个浴室飘舞。她满怀幻想地叹道:"他会爱我吗?"

"疯狂地爱你。他会跪倒在你脚下,崇拜你,为了你能献出生命。"

塞勒涅摇着头,使劲驱赶这个念头:"不,我觉得不好。"

"你不想试试?"

红发女人思索了一会儿:"不知道……我不会爱上给我喝爱情药水的人。"

"当然不!谁说恋爱啦?恋爱是羞辱可耻的事,是失去理智和自控……"

"你们欧迪斯不会爱上别人吗?"

"我们找乐子。你不想消遣消遣?"

"……也许，但不是今天，今天我想享受一下我的金钱。我想偿还债务，还有……在海边买一所大房子。"

"哪里？"

塞勒涅把空杯子放在地上。对乐观的她来说，这样的生活富有而淡漠。在洗手池的大理石台面上，一篮紫罗兰馥郁芬芳，卫生间铺着带有神话寓意的罗马式瓷砖，毛巾柔软得好似真丝，亚麻床单散发着清新的薰衣草香，只需按一个按钮就能随心所欲地点餐。

"地中海附近，罗马、那不勒斯、西西里岛……不久前我去了西西里岛。那儿海滩真美，锡拉库扎、陶尔米纳、阿格里真托。我有朋友住那儿，曾经的朋友。一个岛上的庄园，这就是我的梦想。"

萨尔玛站起来，穿上白色浴衣，拿起电话："杰克？你好，是我。是，请帮我在西西里岛找一个五万公顷的庄园。你知道，宫殿或者豪华建筑，带有可种植的土地。对，处于负债或者难以维持的状态。我希望……"

萨尔玛在房间里大步地走来走去，等待着电话那头的回复。

塞勒涅期待地看着萨尔玛的一举一动。她喝了香槟，有点儿头晕，于是站起来，吃了桌上的一块鱼子酱点心。

萨尔玛的声音把她唤回了现实中。

"是吗？海景房？太好了。你要注意了，注意最近可能发生的任何灾难，迫使他们甩卖地产……什么？恐怕那个地区会有来自大陆的蝗虫灾害。什么都可能发生。好的。你知道，用最好的价格买下。再见，杰克。"

塞勒涅难以置信地舔着自己的手指："你说的不太可能吧。你怎么能预见哪栋庄园会出售？"

萨尔玛打开衣柜，开始穿衣服："今天早上，一场毁灭性的严重蝗虫灾害就会袭击那栋美丽庄园的庄稼。他们没办法，不得不出售。

明白吗？"

塞勒涅目瞪口呆："你要召唤灾害？"

萨尔玛笑了："而且你会帮助我。"

"我？"

"还不是为了你？所以你得合作啊。"

塞勒涅站起身："我们去哪儿？"

"首先去买几件高档的服装，我们得更新衣服和配饰；然后我们找一个安静的地方随心所欲地施咒。如果一切顺利，今天晚上你小小的梦想将会实现。"

塞勒涅简直不敢相信："就这么简单？"

"你定义得很完美。欧迪斯的生活就是……非常简单，要风得风，要雨得雨。"

侯尔德笔记

毫无疑问，欧玛预言中的七方之神就是指星体相合。

七方之神列队齐祝福。

首先，太阳和月亮，这对永恒相伴却无法相守的情人，毫无疑问是白昼和夜晚之神。 其他五神是天空中闪闪发光、淘气易变的行星。 木星是主星，众神之神；血红的火星代表战神；最明亮的金星象征爱情；离太阳最近的水星是诸神的使者；而移动缓慢的土星是时间之神。

欧预言的相合是指水星、金星、火星、木星和土星，伴随着太阳和月亮，连成一线。 而父子水中跳舞则发生在七星相合的不久之前。

我们来看预言的另一句诗，它的寓意众说纷纭。

父子水晶宫前共起舞。

虽然奥特罗的大胆猜想激起了许多批评，而我在接下来几页中想阐述并印证这一说法，即木星和土星在双鱼宫相合。 我同意开普勒的相关数据和准确预测，认为两次天文现象的间隔时间相对短暂。 其他猜想的可能性不大。

天命使者的时代很近、很近了。

十五　逃跑

亲爱的格丽塞尔达：

　　我给你们带来了太多的麻烦，不想再让你们担忧，所以我决定自己单独行动，把你们从监护我的责任中解脱出来。去找我的妈妈吧，我也会这样做的。

阿奈德

　　格丽塞尔达把便条揉成一团，扔在卡伦汽车的地毯上，愤怒地用脚踩着。

　　"小心！"卡伦猛地把方向盘朝左打。

　　她突然碰到了一个障碍物，但幸好躲过去了。后面传来了玻璃破碎的声音，但是两人都没在意。

　　"对不起。"卡伦连忙道歉。

　　格丽塞尔达坐在副驾驶座，头撞到了前面的玻璃上，正表情痛苦地揉着太阳穴。

　　"我这么傻，真是活该。"她唉声叹气道。

卡伦不敢拆穿她。

大约两小时前，脸色惨白、身披睡衣、光着脚的格丽塞尔达敲门进来，给她看阿奈德的留言。卡伦不相信一个十四岁的小女孩决定一夜之间消失，而且还开着车离去，但事实就是如此。阿奈德至少有半个小时的优势，她们难以追赶。这意味着她的车速不能低于每小时一百公里。真疯狂！

"还差很远吗？"格丽塞尔达表现得极不耐烦。

"我们快要到韦斯卡了。"

"你确定她会到这个车站？"

"不然呢？"卡伦大叫道，"她不敢白天开车，现在快天亮了，而第一辆开往马德里的火车马上就要启程，照理说她的计划应该如此。"

"我们能赶到吗？"格丽塞尔达坚持问道。

"一跳下这辆车，我们就上火车。不然，她就从我们眼皮底下跑啦。"

"把她交给我。"格丽塞尔达嘟囔道，头上的大包隐隐作痛，她还为阿奈德生气不已。

"穿着睡衣？光着脚？连证件都没带？"卡伦反对道。

格丽塞尔达觉察到自己的糊涂，匆忙之间她连包都没带，现在身无分文。

"没办法，只能施一个幻觉咒了。"

"啊，不，在我的车里不行！"

但格丽塞尔达已经开始念起咒语，在卡伦的汽车开进火车站的几分钟前，她穿上了一件优雅的西装外套和一双不符合她风格的高跟鞋，肩上背着一个包，里面什么都有。

卡伦一看到她，就啧了一声："你不能打扮得更好点儿吗？"

"对不起，我首先想到的就是这些了。"

"希望没人看见你和我一起，我可不希望他们把我们联系起来。"

格丽塞尔达明白，如果发生什么，卡伦作为当地的知名医生，有可能会陷入困境而不得不改变住处。幻觉咒是个禁咒，因为法力随时可能失效，所有视觉幻象都会消失，造成大麻烦。而且在咒语持续的几个小时中，欧玛尔女巫会耗尽心力，无法再次施咒。

卡伦严肃地警告格丽塞尔达："记住布鲁妮尔达的教训。"

幸运的是，格丽塞尔达不像鬼迷心窍的布鲁妮尔达，创造幻觉与情人在热气球上欣赏城市景色。可怜的她从三千多米的高空摔下来，这一幕被所有欧玛尔当作不当使用幻觉咒的警示。当时，一只燕子完全忽视幻觉，横穿热气球，布鲁妮尔达和她的情人就这样以每小时两百公里的速度坠落。

卡伦把车停在车站的停车场，打开副驾驶座的车门，指了指早已停在里面的塞勒涅的车。她的直觉是对的。

"快追。"她低声说道。

火车的轰鸣声回响在空荡荡的铁轨上空。列车司机鸣着汽笛，宣告火车进站。格丽塞尔达快速吻别卡伦，然后不顾高跟鞋和紧身裙的不适，跳下汽车，快步跑向车站。她不得不停在售票窗口购买前往马德里的火车票，浪费了宝贵的几分钟。当到达站台后，格丽塞尔达透过车厢肮脏的玻璃看见一个风尘仆仆的小女孩把运动包放到行李架上，然后灵敏地坐下，她感到心脏都快跳出来了。是阿奈德，她的小阿奈德。

格丽塞尔达跑啊跑啊，但是高跟鞋却跟她捣乱，在距离车门一两米的地方，鞋跟折了，她失去平衡，摔倒在站台中间。一位中年旅客立刻下车扶她站起来，可她连一句"谢谢"都没说。然而，令她绝望的是，列车已经关上车门，缓慢地驶向远方。

与此同时，卡伦的汽车正在返回乌尔特村的路上。说服小女孩回家、与之并肩奋斗是格丽塞尔达的任务。卡伦打着哈欠，渴望在下一个加油站喝杯咖啡。德梅特尔这样一位理智、稳重、谨慎的女巫怎么会有格丽塞尔达这样迷糊轻率的妹妹。

　　卡伦透过车窗注意到山里空气的能见度更高了，远没有前一阵那么沉闷，连阳光也明亮清澈了许多。最近她总有奇怪的感觉。归根结底，她觉得自己需要满满的一杯咖啡。

　　奥拉夫夫人用她美丽纤细的手指敲打着阿奈德的印花床单。

　　"去巴黎？"她声音柔和地问道。

　　"她是这么说的，美丽的夫人。"贵妇低声回应，不敢露出一丝笑意。

　　克莉丝汀·奥拉夫又把阴沉的目光转向骑士："你也听见了？"

　　"自然，她的话很清楚。"

　　奥拉夫夫人靠近紧闭的百叶窗，然后慢慢拨弄着，仿佛很享受这一缓慢的动作。

　　"不，求您了！"从百叶窗缝中钻进来一丝阳光，贵妇用手捂住脸，哀求道。

　　奥拉夫夫人没有停止，继续拨弄着窗户。

　　"天气如此美好，阳光明媚，值得和我一起观赏，哪怕是最后一次。"

　　"我的夫人，求您不要太残忍。"

　　"我残忍？"奥拉夫夫人用手捂住脸，惊恐地叫道，"我？我爱这个女孩就像爱自己的女儿一般，但是因为你们，我失去了她。"

　　骑士和贵妇交换了一个眼神，很快就被奥拉夫夫人敏锐地看在眼里。

"我亲爱的女孩很聪明，所以不告诉你们她想去哪儿，但是你们经历了几个世纪的谎言和空头承诺，应该足够聪明，不至于相信她。"

贵妇和骑士谁也不敢反驳。奥拉夫夫人皱起鼻子，继续说："当然啦，我不能相信一个叛徒和一个懦夫，这是我的错误。有人告诉女孩如何在黑湖联系塞勒涅。"

"哦，不！不是我们！"

"这个女孩聪明极了。"

奥拉夫夫人深深地叹了口气："我应该让你们体会一下我失去她的痛苦。对，这样更好。"

"什么更好，我的夫人？"

"让你们的形象消失，让你们的灵魂无脸无眼地飘荡。我看烦你们了。"

恐惧浮现在两个幽灵的脸上，那一刻一片寂静。奥拉夫夫人用手微微地抚弄着百叶窗，直到贵妇尖叫着阻止她："不！没有这个必要。骑士和我为您效劳，不让您遭受痛苦。"

奥拉夫夫人开心地鼓掌，又坐到阿奈德的床上，拿起一个毛绒玩具，开始梳理它浓密的金发，说道："我听你们说。"

骑士整理了一下自己的胡须和头盔，说："她拿了床头柜里的信封。"

"信封本身并不重要，里面有什么？"奥拉夫夫人打断他。

"一张机票。"

"我喜欢。很好，请继续，去哪儿的机票？"

"去卡塔尼亚。"

"去西西里岛？一个十四岁的女孩买机票独自去西西里岛？"

"塞勒涅买的。"

"好啊，好啊，你们知道多少东西却没有告诉我。"

"我们以为不重要。"

"阿奈德拒绝去那儿。"贵妇澄清道。

"去哪儿？卡塔尼亚？"

"陶尔米纳，与瓦莱里娅和她的女儿克洛蒂娅在一起。"

"去度假？"奥拉夫夫人执着地想要解开布娃娃头发上的一个结。

"似乎是。"

"任何事情都不是表面上看起来的那样，不是吗？"奥拉夫夫人生气地用力一拉，把布娃娃的头发给扯下来了。

骑士和贵妇在一位欧迪斯女巫的熊熊怒火面前瑟瑟发抖。

"请您冷静下来。"贵妇央求道，"您会找到她的。"

奥拉夫夫人站起来，威胁般地高高挺立在两个幽灵面前，而两个幽灵越来越小、越来越小、几乎要消失不见了。

"你们和阿奈德说话，也许还背着我达成了什么协议。当然啦，你们希望她放你们自由。你们以为她年纪小，所以比我更傻、更天真、更容易相信他人。"奥拉夫夫人猛地把布娃娃的头扯了下来，"但是阿奈德欺骗了我们，欺骗了你们，也欺骗了我。这个女孩不是表面看上去的那样。"

"毫无疑问，我们的夫人。"

"我也不是！"说完，她朝窗户走去，一下子完全打开了窗户。

阳光正处于早晨最灿烂的时刻，兴高采烈地钻进屋里。只听见一声尖叫，两个灵魂消散而去，只留下一缕青烟。

奥拉夫夫人将无头娃娃扔在床上，打开女孩的衣柜，拿起一件毛衣，像猎犬一样闻着。她没弄错，这是最后一天看见阿奈德时她穿的毛衣。当然，小女孩没带走它是因为在西西里岛并不需要。毛衣充满了阿奈德的味道，可以帮助奥拉夫夫人实现自己的目的。

奥拉夫夫人把毛衣小心地放进包里，然后快速谨慎地从阿奈德家中消失了，正如一个小时前出现时那样。

阿奈德后悔不像妈妈一样会化妆。也许，那样十四岁的她就能假装十八岁，从而省掉不少麻烦。

可能，火车检票员就不会一遍又一遍地问她姓名和目的地，不会坐在她身边，也不会给她一罐奶油和一台游戏机。

可能，在机场大巴上，那个古铜肤色、身材健美的奶奶就不会与她分享饼干、奶酪三明治、果汁、多维花生和草莓糖果。

可能，在飞机一号航站楼，飞机驾驶员就不会批评她独自登机，不会拿出和他的儿女在加勒比海滩度假的照片，也不会教她一个愚蠢的绕口令。

阿奈德来到意大利航空公司在马德里巴拉哈斯机场的办公室，周围的噪音和人流让她不知所措。她希望找到某位对小孩没有好感的成年人，能帮十四岁的女孩取好机票，而不关心她的姓名、家庭和成绩。

为什么存在这么多有保护欲的成年人呢？为什么他们总认为自己和蔼幽默，以为所有小孩都有相同的品位和想法？为什么他们都用一种愚蠢的方式说话？为什么他们不去买个宠物狗，让小孩清静一下呢？

"哎，你，你需要什么服务？"意大利航空公司的工作人员连看都不看她一眼就质问道。

终于，终于有个员工无差别地对待她了。

然而，阿奈德很快发现不友善的成年人比有保护欲的成年人差远了。不友善的成年人只想着法律条文，而她的情况是，法律规定未成年人没有成年人陪同不得登机。

"等有对你负责的成年人陪着的时候，你再过来。"工作人员把机票退给她，一次也没看她的眼睛。

编一个可怕的故事也于事无补——尽管她自己的遭遇从本质上说并没有什么不同——工作人员无论如何也不会相信这个可怜的孩子在世上独自一人，需要改签机票，提前飞往卡塔尼亚和几个好朋友会合。

"下一个。"这是唯一的简短回答。

没有商量的余地。阿奈德转身离开办公室，希望一位有保护欲的成年人被她的故事感动，为她担保。

依然没有成功。她发现成年人的世界缺乏信任，多疑而压力重重。男人和女人们一看到她靠近，就避开目光，改变走路的方向，或者没等她开口就直接道歉说："对不起，我有急事。"

她该怎么办呢？

阿奈德饥肠辘辘，身心俱疲，如果不能搭乘飞机，那今晚又睡在哪里呢？

但是她还没遇见另一种类型的成年人：压迫型。小女孩的无依无靠很快吸引了警察的注意。

"证件。"

阿奈德忍不住颤抖起来，警察像猎犬一样嗅到了他的猎物。

"请跟我来。"

阿奈德感觉自己成了囚犯。正在这个时刻，在警察用力抓住她胳膊的时刻，她听见了一个声音。几个小时前，她刚拒绝了这个声音，然而现在它就像仙乐般动人。

"阿奈德。"

让她吃惊的是，格丽塞尔达失败地装扮成电视上的女律师模样，气喘吁吁地朝她跑来，像超人一般微笑着："阿奈德啊，终于找到你了！太感谢了！"

比起警察逼人的爪子，阿奈德更情愿接受格丽塞尔达母亲般的手臂，她连忙把头埋在格丽塞尔达满是香水味的朱红色外套里，那气味和格丽塞尔达的连衣裙一样"高雅"。

"你认识她吗？"

"当然，她是我的外孙女。我们一起旅行，但是机场里的指示不明确，可怜的孩子迷路了，我找了她半天。"

阿奈德没有拆穿格丽塞尔达的版本。可能是因为连衣裙、香水或者手臂，警察没有确认亲属关系，转身离去前说了最后一句话："下次请您更小心点儿。"

阿奈德没有动，她知道，警察已经远去，她俩单独处在机场大厅里，格丽塞尔达积攒了好多的批评和责骂，马上就要落到她头上了。

然而，事实并非如此，格丽塞尔达开口提醒她："不要问问题，尤其不要问我你正在想着的问题。"

这再糟糕不过了，格丽塞尔达成功勾起了阿奈德的好奇心，她自然会好奇什么是不能问的问题，她看到格丽塞尔达首先想到的是：格丽塞尔达穿成这样干什么？

"我什么也不能问？就连很傻的问题都不行？"

格丽塞尔达捂住她的嘴，快速地把她拖向女洗手间："不行，你什么都别想！"

但是阿奈德没有做到。她想了很多，突然，在距离女洗手间几米远的地方，格丽塞尔达喊道："哦，不！"

一阵白色的浓烟将格丽塞尔达包围了，几秒钟之后白烟散去，格丽塞尔达的西装外套、鞋子、手包和发型通通不见了。让阿奈德感到吃惊的是，可怜的格丽塞尔达赤着脚，半裸着身子——只穿了一件睡衣——未梳的头发乱糟糟的。

她们三步并作两步跑进女洗手间。幸运的是，里面一个人也没有。

阿奈德惊恐万分："发生什么了？"

格丽塞尔达悲伤地看着镜中的自己，她的外表比想象中还要糟糕："你破坏了幻觉，你不相信我的装扮，所以咒语就失效了。"

"你是说你刚才的装扮都是幻觉？"

"没错。"

"那你为什么挑选了如此荒谬的装扮？"

"讨厌的小鬼！我按照首先出现在脑海中的念头装扮的，好像是一个电视剧里的……就是因为你，我什么都没带就出门了，找了你九个多小时。你本想去哪儿？"

阿奈德没有理由隐瞒自己的打算："去陶尔米纳。"

"陶尔米纳？为什么？"

"三个原因：第一，妈妈想让我去；第二，我想找到妈妈；第三，奥拉夫夫人并不知道，她还以为我在巴黎呢。"

"你说什么？为什么她会以为你在巴黎？"

"我欺骗了两个幽灵，假装要逃往巴黎。就是他们告诉我怎么联系妈妈的，但是他们背叛了我，而且……"

显然，格丽塞尔达一个字也不明白："你可以从头解释一切吗？"

阿奈德耐心地向格丽塞尔达讲述自己与两个幽灵的关系、她在山道上的奇遇、黑湖深渊中的旅程，还有怀疑贵妇与骑士是告密者的想法。阿奈德讲述着自己的经历，格丽塞尔达的脸色越来越白。当阿奈德讲完后，格丽塞尔达把头低向洗手池，打开水龙头，让水柱淋湿脖子。格丽塞尔达如此吃惊，把小女孩都吓着了："你还好吗？"

格丽塞尔达摇头否定："不，我不好。你刚才说，你一直和幽灵有来往。"

"是。"

"还有，你打破了一个障碍，一种阻拦你离开山谷的隐形屏障。"

"是。"

"你咬了一口蘑菇之后就掉入一个黑色的深渊，在那儿你和塞勒涅说话了。"

"是。"

"还有什么没跟我说的吗？"

"我能听懂兽语，也会说兽语。"

格丽塞尔达又把脑袋埋进冰冷的水柱中，打了一个寒战，似乎慢慢接受了这些信息。她深深地吐气，一下、两下、三下，直到气息殆尽。她的脸颊又恢复了血色，大脑再次充盈着氧气。

"我吃了多少颗糖？"

"一整盒。"

"我这段时间有些犯傻。"

"是，我之前觉察到了。"

"我们一起去陶尔米纳，你和我。我不会再让你孤身一人了。"

"哦，亲爱的！"阿奈德抱住了她。

但是格丽塞尔达拒绝了她的拥抱，最后一次提出问题："可不可以告诉我为什么你宁可如此大费周章，也不愿向我解释？"

阿奈德不去看她，但最终还是决定吐露真相。女孩需要格丽塞尔达，所以必须坦诚相待："我不相信你。"

"什么？"格丽塞尔达怒气冲冲，"为什么说这样的傻话？"

"你不想找到我妈妈，你害怕找到她。妈妈或者我，还是什么东西……让你害怕。"

格丽塞尔达看着阿奈德埋怨的眼神，她猜对了："都是因为那些糖果，把我的意识弄得晕乎乎的。"

但是阿奈德并不满意："还有别的东西让你担忧，可你不愿告诉我。"

阿奈德真是观察敏锐，格丽塞尔达垂下了眼睛："我为什么要阻止你去陶尔米纳呢？"

阿奈德十分自信："这是妈妈的计划，她想要我去那儿。瓦莱里娅肯定知道一些我不知道的关于妈妈的事。妈妈想要我去那儿肯定有某种理由。我要去调查它。"

格丽塞尔达闷不作声。阿奈德的推理十分完美，她对塞勒涅的信念让人钦佩，她的举止合乎情理，完全不是预想中的年少懵懂。阿奈德有点儿让格丽塞尔达不安了。

"很好，你之前自作主张，所以需要完成一项工作，可能会让你和我一样精疲力竭。这是你让我清晨四点起床的唯一惩罚。"

阿奈德完全不知道格丽塞尔达有什么提议。

"你得施展你的第一个幻觉咒。我想要一个符合外婆身份的装扮，这样就没人怀疑它的真实性，法术也就不会失效。明白吗？"

"就像胸罩上的咒语？"

"正是，我会帮你。你得了解我的一个具体心愿，然后实现它。别忘了我们需要我的身份证、护照和钱，都装在一个包里。阿奈德，一定要非常精准，念咒的时间都是很短的。"

"我知道怎么念咒。"

"什么？"

"你想要我证明给你看吗？"

"不，等下，别……先别……"

但是阿奈德已经拿起她的白桦木魔杖，念了几个词，格丽塞尔达于是穿上了印花长裙和凉鞋，手提藤制包，一条粗粗的辫子披在背上。

格丽塞尔达打开手包，拿出身份证件。真是完美，名字和出生日期准确无误……她不明白阿奈德为什么能够如此迅速。还有这副熬夜的嬉皮打扮，感觉又熟悉又亲切。当然啦！这个造型出自年轻时她和德梅特尔的一张照片，不知道有多少个世纪没见过它了。

阿奈德微笑着："我总是很喜欢那张照片。"

格丽塞尔达清楚地回忆起她和姐姐以及朋友们度过的那个美妙假期。

格丽塞尔达这一次终于温柔地拥抱了阿奈德，多亏了她，自己在四十年过后，又回到了那个充满阳光和希望的炽热暑假。

她们两人需要彼此。

十六　到达西西里岛

当踏出卡塔尼亚机场自动门的那一刻，阿奈德便被迎面袭来的热浪、人流和播音喇叭声搅扰得迷茫而不知所措。在她身后，格丽塞尔达为了不被绊倒，拎着裙子气喘吁吁地奔跑着，试图追上前面的阿奈德。阿奈德想尽快到达陶尔米纳，即刻打听瓦莱里娅·克罗斯这个人，因为在乌尔特那被幽灵控制的家中，她不敢调查什么。

旅途中，格丽塞尔达向她讲述了自己所知晓的关于克罗斯家族的一切。瓦莱里娅是海洋生物学家，还是一个具有非凡魅力和神授能力的母系部落酋长，她掌管着海豚部落的领导大权。克罗斯家族势力强大，曾经被指控因为与岛上另一个法塔家族争夺海豚领导权而进行斗争，后者最终获得角鸮部落的领导权。西西里岛的女巫最初来自希腊，由于她们的占卜技能，如今成为著名的埃特卢里亚民族的一个分支。

埃特卢里亚民族能够破解任何征兆，包括云、风、洋流以及鸟类的飞行等等，她们还是解读内脏和火焰的专家。

阿奈德想象着瓦莱里娅的样子，有些疑惑是不是到达她那里会非常困难。如果有一张她的照片或者知道她的电话号码该有多好……

但这些都不需要。让人惊奇的是，瓦莱里娅·克罗斯竟然已经在那陌生人云集的机场大厅栏杆外守候着她们的到来了。

"你是阿奈德？阿奈德·特斯诺乌里斯？"一个长着黑色眼睛、面容黝黑、一身碘味和海藻味的女人朝她发问。

阿奈德立即反应过来她就是瓦莱里娅："你怎么知道我们要来？"

格丽塞尔达不知所措地惊呼道："你真的是瓦莱里娅？这么年轻？我真不敢相信！"

阿奈德也不敢相信。除了格丽塞尔达和她自己，没有人知道她们的航班信息和所去之处。见鬼，她是怎么获得这些信息的？

瓦莱里娅激动地挽着两人的胳膊，陪她们走到停车场。在那里，瓦莱里娅的女儿高声放着音乐，懒散地坐在一辆尼桑车后座上等候她们到来。

"我们通过占卜得知你们来了。就是昨晚，我们读到阿奈德已经成功到达卡塔尼亚。"她一边低声细语地向她们解释，一边环顾四周，以确保方圆十米没有别人窃听。

"可是……到达时间和航班呢？"阿奈德惊诧地问道。

格丽塞尔达走上前，其实从瓦莱里娅疲惫的面容和女孩表现出的明显厌倦就猜测得到了。

"你们已经等我们一整天了？"

"是的，但是值得这么做呀。"瓦莱里娅笑着肯定地答道，"阿奈德，这是我女儿克洛蒂娅。"

克洛蒂娅并不像她母亲那样热情，尽管如此，从远处依然能看得出她有些怕母亲，所以她规规矩矩地和格丽塞尔达握手并冲着阿奈德勉强地挤出个微笑："欢迎你们。"

瓦莱里娅使劲打了克洛蒂娅的头："这是你迎接身临危险的朋友的态度吗？你就这么向她们表示你的友情？你的热情好客跑哪儿去了？"

克洛蒂娅收回自己的傲慢，阿奈德瞬间捕捉到她阴暗的眼神中充满了对妈妈的怨气。她冷漠地亲了亲她们的面颊，然后一起坐上车。瓦莱里娅坐在驾驶座，阿奈德注意到了她胳膊上的肌肉。她操控方向盘时，那块肱二头肌凸起冒汗，每一个动作都体现出她浑身充满了力量。

"很遗憾没能给你们带些小食品，也没能营造一个来访的宁静氛围。我们沿着海边的公路行驶，避开卡塔尼亚，只要一分钟不到家，我都会呼吸不畅。"

阿奈德与格丽塞尔达吃惊地对视了一眼。

"发生了什么？"格丽塞尔达问道。

"这个我愿意回答。你们已经与世界隔绝两个月了。"

格丽塞尔达从座位上跳了起来："什么？"

瓦莱里娅继续说道："正是我所担心的，不是你们吗？"

阿奈德一句也听不懂，格丽塞尔达目瞪口呆。

"当然，我现在明白了。我们没收到任何信息。我们还以为这是出于谨慎考虑。"

"请给我解释一下吧。"一头雾水的阿奈德央求道。

瓦莱里娅将自己所知道的交代了出来："自塞勒涅消失以来，你们就处在钟罩的庇护下。"

格丽塞尔达向阿奈德解释道："当欧玛尔感觉身临危险之时，便会躲入将她们隔绝起来的保护罩内，以此来自卫，免受外部侵扰。此时交流中断，如果咒语未被打破，就没有人能进入罩内，也没有人能出来，但问题是我们并没有建造这个保护罩啊。"

瓦莱里娅由此确认了一直困惑她们的疑问："我们也没有，应该是一个欧迪斯建的，而且建得很好。"

　　阿奈德用手托着头："啊，对了！我从山谷逃出来时打碎了它。"

　　瓦莱里娅斜着眼睛盯着她："是你干的?"

　　格丽塞尔达点头确认："没人教她怎么做，但她下决心要逃出来。"

　　瓦莱里娅朝她发出了钦佩的口哨声。

　　"那个欧迪斯呢?"她立即问道。

　　"我们及时发现了她。"格丽塞尔达如释重负地叹了口气，"她称自己是克莉丝汀·奥拉夫，并将注意力集中在了阿奈德身上。"

　　瓦莱里娅稍显轻松，随即转向坐在副驾驶的格丽塞尔达："征兆没有预示你的到来。"

　　格丽塞尔达感觉到了年岁的重压以及劳碌一天的疲乏："连我自己都不知道是怎么到这里的。"

　　瓦莱里娅好奇地询问："阿奈德，你遇到什么问题了吗？你需要格丽塞尔达的帮助?"

　　阿奈德承认，如果没有格丽塞尔达，她是无法登上任何一架飞机的："对，他们不允许我改动航班日期。"

　　"这就是为什么格丽塞尔达要跟着你，为了便于你顺利抵达。"

　　"你的意思是，我的目的地就是到达这里?"

　　"正是。"

　　"而且是格丽塞尔达帮助我顺利到达这里的?"

　　"哪里！"格丽塞尔达反驳道，"我只是参与她到达目的地的一部分。我的使命真美好啊！"

　　"哦，不，真抱歉，我并没想……"阿奈德开始自责。

　　还没等话说完，透过车窗，她眼前浮现出了壮丽的景象，一层灰蓝色的薄雾笼罩着视线可及的大地，如同被大风吹舞飘动的蓝色花海，那是，是……大海。阿奈德从来没见过大海。

"大海！"她无法抑制住内心的激动。

为了更好地观赏，她摇下车窗，被扑鼻的硝石味和海鸥鸣叫的声音所震惊，那些海洋"扒手们"在港口停靠船只的桅杆上方飞舞，争夺渔夫捕鱼留下的腐肉。阿奈德听得懂它们的争吵，但她选择忽视它们，不受干扰地静静享受这眼前的美景。

"你从来没见过大海吗？"克洛蒂娅难以置信地问她。

阿奈德有些羞愧。她应该是地球上唯一没见过大海的人了吧。她从书本、电视和电脑上了解到海的地理位置。此时此刻，她才发现自己从来没有离开过乌尔特，那个淹没在群山丛中的小小角落。妈妈和外婆从来不允许她跟着一起外出旅行。

她从来没有见过海的颜色，没有听过黄昏海浪敲打岩石的声音，也没有闻到过碘盐的气味以及融合薰衣草、百里香、金雀花的沙土味道。阿奈德与地中海浓烈深厚的气息打着招呼，欣赏着松林和圣栎树林。日暮之后，一切生机盎然，她想在这芬芳感性的森林中漫步，感受它的朝气蓬勃。

瓦莱里娅打断她的思绪，重新指向海的方向，向她展示车窗外的一场奇特景观："你看到那些礁石了吗？"

阿奈德朝她所指的方向望去，它们在海岸几米开外。

"那些就是独眼巨人波吕斐摩斯在得知尤利西斯从他的山洞逃走之后，因暴怒而跳下去形成的岩石。"

阿奈德激动起来，顺势朝着瓦莱里娅所指的方向望去。那些深深的裂缝就是藏身之处，是山洞。那么这里就是荷马所认为的尤利西斯搁浅的海岸？

"如果有机会，我会让你们看看神话中斯库拉和卡律布狄斯在墨西拿海峡的通道。"

"远处的那个堡垒是什么?"阿奈德激动地指着问道。

"克洛蒂娅,你怎么不向她介绍一下我们路过的这些地方?"

克洛蒂娅不情愿地接受了妈妈的建议,就如同被迫走在燃烧的炭火上一样。这让阿奈德很不舒服。瓦莱里娅对她关怀备至、视如己出,而克洛蒂娅却对她一脸厌烦,言谈举止十分不友好。克洛蒂娅不情愿地看了阿奈德一眼,然后背诵道:"第一批希腊移民来到这个海岸建立了离陶尔米纳很近的纳克索斯城邦,我们的房子就在这个海岸上。因希腊戏剧闻名的陶尔米纳,坐落在埃特纳火山脚下,它建在一座小山丘上,曾经是一座被称为陶尔麦尼奥的西西里城市。"

她的语调显得有气无力,甚至有些让人反感,阿奈德宁愿让她闭嘴。

"非常感谢,不过我现在很累,还是让我小睡一下吧。"

阿奈德闭上眼睛,在调试好坐姿前,下意识察觉到这样做其实让克洛蒂娅解脱了。这个一头卷发、满手戒指的女孩像她妈妈一样黝黑,她带上随身听耳机,开始跟着哼唱,全然忘记了她的客人。

阿奈德有些悲伤。塞勒涅第一次满怀激情地向她提起克洛蒂娅时,她就悲观地预料到了此时的处境。她给同龄人留下的印象都不好。她试图睡觉,却睡不着。瓦莱里娅用徐缓的语调对格丽塞尔达说话。她紧闭双眼,佯装熟睡,却认真地听着每一个字句,正如格丽塞尔达教的那样。

"她们越来越大胆了,局势真让人不安。"瓦莱里娅说道,"自塞勒涅消失以来,已经有七个女孩和三个婴儿相继消失了。"

"萨尔玛呢?她真的又再次出现了吗?"

瓦莱里娅点头确认:"她在四个不同的地方出现过。一次是在这里，在岛上。今早就有人告诉我了。"

格丽塞尔达很是震惊："这么说她没有被烧死。"

"对，是她自己造的谣。只死了几个欧玛尔。"

"那她这么多年都在哪里？为什么现在又行走于光天化日之下？"

"很明显，她的时机到了。她为此等待了几个世纪。"

格丽塞尔达声音有些沙哑："唯一对钟罩有免疫力的就是她——阿奈德。她能和塞勒涅沟通并且不受阴沉压抑的影响。"

"那个欧迪斯呢？"

"她被诱惑魔咒所困，但这没能麻痹她的意识。"

"真奇怪。"

"阿奈德两次指责我们的被动。"

"你们什么尝试也没有做吗？"瓦莱里娅有些严肃地责问道。

"没有，两个月白白浪费了。"格丽塞尔达自责道，"考虑到卡伦、埃莱娜和加娅还在里面……"

"她们很快就出来，很明显。"瓦莱里娅预测。

"你这么认为？"格丽塞尔达怀疑地反驳。

"如果那个欧迪斯跟踪阿奈德，而阿奈德又摆脱了围困，那证明她们试图重新孤立我们，不过我们不会让她们得逞。"

格丽塞尔达觉得这样合情合理，但又不能摆脱脑海中的冷漠态度和些许酸涩的负罪感。

"我们这两个月都做了什么？"她有些自责，"我们没有调查出一点儿塞勒涅的行踪。"

"难道荒唐到一点儿迹象、一点儿行踪也没有吗？"

"没有。"

"这也是线索之一。"

"不幸地是吧。"

大家意味深长地沉默了将近一分钟，瓦莱里娅想证实自己最糟糕的预感："你们肯定吗？"

　　"完全肯定，塞勒涅不想让我们跟踪她。"

　　"你刚说阿奈德能和她建立联系。"

　　"她能进入两个世界之间的空洞。"

　　"凭她一个人？"

　　"而且不需要任何指导，只是塞勒涅拒绝了她。"

　　瓦莱里娅转向装睡的阿奈德，尽管她某些不自觉的动作暴露了她的小心谨慎。

　　"这样的话……阿奈德……就是解锁的钥匙。"

　　"目前看来是我们唯一的可能。"

　　"她掌握什么技能？"

　　"很少，非常少，不过她学得很快。"

　　"很快，她一直在偷听我们讲话呢，不是吗，阿奈德？"

　　阿奈德迟疑了一会儿，认为不值得去否认这么明显的事，于是睁开双眼点头承认："很抱歉，我不知道哪些是我该听或不该听的。"

　　"你对目前的局势如何考虑？"瓦莱里娅突然这么问她。

　　阿奈德很快回答道："如果我们在乌尔特时就加紧行动去找塞勒涅，并向其他欧玛尔传递安全的信息，那些欧迪斯很可能就不会这么猖狂了。"

　　格丽塞尔达目瞪口呆，瓦莱里娅也惊奇万分："你有什么建议吗？"

　　"与其担惊受怕地躲藏在我们荒唐的盾牌下等死，倒不如尽早去救塞勒涅。"

　　格丽塞尔达急促地咳嗽起来："抱歉，瓦莱里娅。她有时会失去控制说些胡话。"

"是她问我的。"阿奈德辩解道。

"你还没做好准备，甚至还没有被启动，你怎么能策划战略，还厚颜无耻地教训部落酋长？"格丽塞尔达厉声训斥道。

瓦莱里娅踩了脚油门开进田庄："格丽塞尔达，冷静一下，我完全赞同阿奈德的建议，只是有一个问题。"

阿奈德屏住呼吸："是什么？"

"我们应该立即启动她。"

"在你女儿之前？"

瓦莱里娅斜着眼睛看了一眼只顾着听音乐的克洛蒂娅："她是我女儿，但我没有瞎眼。我们需要的是阿奈德。克洛蒂娅可以等。"

阿奈德精疲力竭，被一堆小事过分刺激，疲惫得两夜未眠。尽管她与克洛蒂娅共住一间房，正常情况下两个人应该睡前聊上几句，然而事实却是克洛蒂娅倒头就睡。不管什么情况，都应该努力保持清醒，和朋友交流一会儿再睡觉，可是克洛蒂娅明显一脸敌意，看得出她极不情愿维系自己不想要的友谊。阿奈德也不会觉得这样有什么不好，总而言之，她需要的就是睡觉。

阿奈德进入深深的梦乡，这足以让她恢复体力，直到黎明时分，一阵腿痛惊醒了她。噩梦中，她再次撞击到钟罩隐形的屏障上，再次感到了撕裂的疼痛，如同一把刀子撕扯着皮肉。一阵急剧的敲击玻璃声将她彻底唤醒了。她张开蒙眬的双眼，看到克洛蒂娅穿戴整齐从花园跳了进来。她们的房间朝南，在一个四面厚墙环绕的老房子的第一层。克洛蒂娅先爬到窗旁花园里的一棵樱桃树上。透过黎明初现的几道日光，克洛蒂娅习惯性地避免制造混乱，静悄悄地脱了衣服，懒洋洋地蜷缩进自己清凉的床单内。

阿奈德忍不住问她："你去哪儿了？"

克洛蒂娅一跃而起："你在监视我？"

阿奈德觉得她很冒失："你进来的时候吵醒我了。"

"算了吧，你的耳朵那么灵敏？"

"你为什么从窗户进来？"

"关你什么事？我妈妈不让我出去。"

阿奈德觉得自己有义务提醒她："已经有七个像我们一样的女孩被喝了血。"

克洛蒂娅大笑道："你太自以为是了。"

"我就是因为逃离一个欧迪斯的追踪才来这儿的。"

但克洛蒂娅似乎没有受到这个信息的影响："你是道听途说。"

阿奈德没有被克洛蒂娅的强势语气吓倒："我不是什么告密者，但也不是傻子。我们应该提防戒备。"

"是吗？什么戒备？"

"戴上盾牌，绝对不要单独外出。"

克洛蒂娅有些厌烦："她已经知道了，是吗？"

"知道什么？"

"关于盾牌的事。我妈妈让你监视我，并让你告诉她我什么时候把盾牌卸下来。"

"你把它卸下来了？"

"我不想整天戴着这种像矫形带一样的东西。"

阿奈德能够做的只有两件事：要么告诉瓦莱里娅，她女儿是一个鲁莽的蠢货；要么缄口不言。如果她选择沉默，克洛蒂娅所肩负的责任就会落在她的头上。如果她说了，那她可能永远成为一个让人讨厌的告密者。

"好吧，随便你。"她嘀咕着准备重新入睡。

克洛蒂娅想知道她这句话是什么意思："你要报告给上面吗？"

"不。"

"然后呢？那你想说的是什么？"

"如果你想成为第八个遇害者，就是你自己的问题了。"

阿奈德背过身偷着乐。如果这么说没有吓到她的话，也至少让她对此有所思考吧。

然而，克洛蒂娅却冷哼一声，随即转过身去。

十七　女巫的宫殿

　　一座大理石柱子支撑的新古典主义风格小宫殿屹立在山顶，面向墨西拿海峡。

　　塞勒涅喜欢漫步在这满是篱笆的迷宫中，在园亭小酌一杯，将手放入游动着彩色鱼儿的池塘里，抑或欣赏岛上那些从希腊墓地抢夺而来的白色雕塑。

　　从她到达庄园的那天起，她就没有跨出宫殿的边界，这使得整天诱惑她陪自己去巴勒莫夜晚狂欢派对的萨尔玛非常失望。

　　塞勒涅更想去休息，去感受乡村归隐带给她的愉悦。她欣赏着这些高档家具所使用的贵重木材的优良质地，估算着装点房屋的那些物品的价格：大厅墙壁上的壁画、地面铺的波斯地毯、餐厅耀眼的叙利亚挂毯、走廊两侧悬挂的托斯卡纳武器以及高耸的大理石台阶。她不敢相信，目之所及的一切都属于她一个人。还有停靠在私人小海湾的游艇以及一辆大功率黑色宝马，有一个司机时刻待命，带她去任何地方。

　　然而塞勒涅从不离开她的宫殿。

她首饰盒里的钻石闪闪发亮，但她仅仅会在夜里独自一人佩戴。塞勒涅关掉所有的灯，在黑暗中摸索着给手指戴满闪亮的戒指。像被微风吹动的波浪一样，她摇动双手，形成蝴蝶飞舞的幻象。她打开窗户，欣赏着月亮。尽管她怀念比利牛斯山中的狼嚎和那里纯净新鲜的空气，但她的感官逐渐适应了这里黄昏松林中的热浪、海风的咸味、海滩沙土的温热，以及正午躺在顶楼清凉房屋内，感受虚掩的窗户阻止阳光直射的那股闷热。

某天下午，热得让人窒息，就连苍蝇也懒得飞起来。塞勒涅竖起耳朵听别人交谈，一动也不动。

两个提着水桶、带着抹布的女孩一边擦着玻璃窗一边谈论着。

尽管她们讲的是西西里语，塞勒涅却完全能听懂。

"首先是伤害到主人的蝗灾。"

"这可不够，孔克塞塔。"

"只有公爵的土地受到影响了吗？"

"还能怎样？"

"还有蝗虫是哪儿来的？怎么突然出现这么一片云，随即又消失得无影无踪？这可不是空穴来风，玛蕾亚。没有飘过海峡是因为蝗虫不在半岛上。"

"你不能只因为蝗虫吞噬了小麦就说是女巫所为。"

"那些花园呢？"

"这我不相信。"

"我亲眼看到的，玛蕾亚。你好好看着我，我的这双眼睛看到那片黄色的草地是如何变成了像高尔夫球场一样又绿又美的草坪。这一切都发生在那个黝黑的女士发出咒语之后。"

"如果她们是女巫，那为什么还派画家格里马尔迪粉刷房间，而不是使用魔法？"

"因为这样的话就太容易让人察觉了。"

"迷信。"

"你没听说卡塔尼亚的流言吗?"

"什么流言?"

"两个婴儿消失了,还找到一个浑身流血的女孩。"

"你这是暗示什么?"

"自从这些女士到这里以后,你仔细想想,从那天晚上开始,就是那天晚上,一个婴儿消失了,这才是最严重的……"

"什么?"

"我可清清楚楚地听到宫殿里有小孩的哭声。"

"不会吧,你想说……"

"就是她们!黝黑的那个女人出去捕获了她们,然后红头发的女人给她们放血。"

"红头发的女人更像是女巫?"

"她的头发是血色的,就是她。"

"我们该怎么办?我们应该把这一切告诉给什么人吗?"

两个女孩突然面色苍白。她们面前,不知从哪儿冒出了那个神秘的红头发女人,她正透过玻璃略显讥讽地注视着她们。她们周身的毛孔瞬时被恐惧侵袭,吓得后退了一步。

"孔克塞塔,告诉我,你们想把这一切告诉给谁?"

"没有谁,夫人。"

"玛蕾亚,你认为我是一个充满能量的女巫,不是吗?"

"不,夫人,不。"

"我刚刚听到:我能放出蝗灾,将干枯的草地变成新鲜的草坪,还吸婴儿的血,是这样吗?"

"不,夫人,这些都是胡诌,天方夜谭。我们才不相信有女巫呢。"

"最好这样，因为……你们会忘记一切。"

"这怎么讲，夫人?"

"那么就现在，当我敲一个响指，你们就会忘记这些天发生的一切。好了!"

孔克塞塔和玛蕾亚闭了一会儿眼睛，当再次睁开眼睛时，看到面前站着一个红头发、身穿丝绸裙子的美丽女人。

她们不知道她是谁。

塔玛的预言

月亮将践踏大地的荣耀
保护她的宅邸
发出暗淡的光芒
天命使者确凿无疑的光环

一颗月球陨石
黑暗而冰冷
保护着黑夜
拭去她的悲伤

月亮石的锋刃
劈开邪恶
在撕裂的肉身
反射她的映像

十八 大海

为了更好地消化瓦莱里娅的一席话，为了全身心享受海浪拍击的愉悦，阿奈德闭上了眼睛。不，这不是梦，她在帆船上航行，这大海令人狂喜的蓝色更像是湖水而非海水。阿奈德微闭双眼，任凭轻风和阳光拂过脸颊，沉溺于聆听瓦莱里娅那满足她好奇心的坚定声音。

"不太确定到底有多少欧迪斯，我们估计最多有一百来个。她们很少死去，她们总是费尽心机阻止死亡发生。永生让她们变得可怕而又非常博学，她们历经各个时代，战胜各种灾难幸存下来。只有一些能用手指数得过来的欧迪斯选择成为母亲，并传承后代。或许她们这么做只是屈从于好奇心或者因为自身笨拙，事实上她们的功力都因此下降了，而且也比其他欧迪斯老得快。与分布在各个氏族、部落和家族的上千个欧玛尔不同，我们需要用同一种语言进行沟通交流，需要借助同一种标志和符号相互识别，而对于欧迪斯却不存在这样的问题，她们通晓无数种语言，最糟的是，她们相互之间了如指掌。她们有上千年的历史，试想一下，相当长时间内出现的那些无数的争执。欧迪斯之间的斗争一旦发生，就充满血腥和恐怖。说到她们的外貌，就更令人惊奇，她们一直保持年轻的面容。为此，她们总是装死，然后冒充自己的女儿、孙女，等等。她们这么做是为了不放弃自己的权力、地位和特权。一旦获得了，她们就更容易保持这一切。因此，很多欧迪斯购买头衔和土地，然后世世代代凭借贵族特权隐居在高高的城墙堆砌的城堡当中。她们靠近权力和王室，蜂拥于王权而参与到宫廷的各种阴谋诡计当中。近日，猫头鹰部落极富威望的欧玛尔斯迪克曼在她的研究中，指名道姓地记载了那些旧欧洲的欧迪斯谋杀犯，最著名的要属法国皇后胡安娜·德·纳瓦拉。欧迪斯就在那儿，常常是暗中的煽动者，她们提供毒物、匕首和药水。欧迪斯毫无顾忌，用咒语买卖情感，用药水毒害敌人，侵犯活人的意识，死人也别想安息。她们用权力和黑魔法掌管海洋、河流、暴风雨、大风、地震和火焰。"

"那么这是真的？"原本还聚精会神、保持沉默的阿奈德再也没能忍住，打断了瓦莱里娅的讲述。

"什么？"

"她们可以呼风唤雨。"

瓦莱里娅迟疑了一阵："只有最强大的欧迪斯才能办到，而且她们只在有限的场合才会使用，在她们相互斗争或者与欧玛尔氏族斗争的时候。她们是不会对凡人大动干戈的。"

阿奈德的手轻微颤抖了一下，脑海中突然闪过一个痛苦的记忆。她的外婆德梅特尔去世的那天夜晚突发暴风雨，场面声势浩大。天空如同被持续点燃了千万瓦特的电灯泡，突如其来一股飓风将铁栏杆连根拔起。是欧迪斯施的法术还是……外婆？妈妈的消失呢？她的消失也伴随着一场暴风雨。这是妈妈自己发起的吗？

"那我们欧玛尔能不能掌控自然力？"

瓦莱里娅吃了一惊："你是真的不知道吗？"

阿奈德有些不安地表示否定。瓦莱里娅的吃惊让她感到些许不确定，她需要知道吗？

"来吧，克洛蒂娅，唤起你的记忆，然后讲给阿奈德听。"

克洛蒂娅一边毫无激情却略显专业地帮着瓦莱里娅扬帆开船，一边保持沉默不言，还有些心不在焉。她猫着腰，扔出缆绳，一会儿将船体撑在左舷，一会儿撑在右舷，直到看上去像个正常的女孩。可一旦想让她集中注意力，她就又变成了名副其实的蠢蛋。瓦莱里娅已经适应她轻蔑的举止了，甚至都没怎么在意，但阿奈德一看到克洛蒂娅那副让人厌恶的表情，差点儿给她一巴掌。她都没兴趣继续听这个毫无教养的女孩懒散而又轻蔑嘲弄地说话了。

"欧玛尔，是欧玛的女儿，欧姆的外孙女以及欧的曾外孙女。为了躲避邪恶的欧迪斯，她们四处逃亡，分散开来。她们以及她们的子孙后代建立了三十三个氏族，分布在不同的部落。这些部落占据有水、风、土、火的地方，各自负起责任，了解这些元素的秘密并掌控它们。她们以各种生物命名，学习它们的智慧和语言。这让她们与生物们有了更好的融合，并找到庇护之所。"

尽管阿奈德试图伪装得漫不经心，但还是情不自禁地认真倾听了克洛蒂娅的这番话。她有些嫉妒，一个像克洛蒂娅这么笨的欧玛尔都能掌握最基本的常识，而她却不能。为什么妈妈和外婆都拒绝传授给她？除了自己在书本上读到的，她觉得自己就像个呆瓜一样无知。她没有办法，只得去询问："如果每个部落都和一种自然元素有联系，那么母狼部落属于哪一种？"

"土。"瓦莱里娅回答道，"你们狼能够影响收成、森林、地震和灾害……"

"你们海豚就是水啦。"阿奈德推断道。

"当然，我们控制潮汐、呼唤雨水，与海啸、洪水对抗……"

"那火呢？什么部落掌管火？"

"那些住在大地深处、靠近岩浆的动物部落，那里是孕育火山喷发的第一束火的地方。白鼬、鼹鼠、蚯蚓和母蛇的部落。"

阿奈德振奋起来："那么风由老鹰、游隼、山鹑掌控……"

"合乎逻辑。"

格丽塞尔达脸色有些苍白，突然打断她们说："阿奈德，我应该先教你一些法术来启动你。你应该先展示一下你能够让树干上的枝条变绿，还能让它们结出果实。"

阿奈德有些失望："只有这个吗？"

"那你以为呢？"

阿奈德编造道："应该召唤一场地震、火山喷发，或者……一场暴风雨……"

瓦莱里娅笑出声来，格丽塞尔达有些难为情，觉得阿奈德现在的无知多少有她的责任。

克洛蒂娅以一种卖弄逞能的语气纠正她："这个连部落酋长都做不到。初学者只能卖弄一些幼稚的小伎俩，让柑橘变熟，点燃松树的一根枝，装满一盆水，还有，让羽毛在空中飘舞。你是看了太多魔法电影吧。"

面对这种直接的冒犯，阿奈德发誓要报复回来。然而瓦莱里娅却上前帮助她："别理会克洛蒂娅，问你想问的一切。"

"我没什么问题了，谢谢。"阿奈德生硬地推辞道。

"很好，鉴于此，那么我们今天的理论课就上到这儿，轮到实践了。"

瓦莱里娅边脱衣服边支使克洛蒂娅："请把水壶递给我。"

克洛蒂娅不情愿地伸手够水壶，递给她的同时指了指时间："今天有集会和变形吗?"

"让你不舒服了吗?"

"我下午已经有约了,你不能这么对我。"

"我已经通知你了,但我看你那时是睡着了。"

"为什么?为什么要今天?这女孩为什么要来这里?"

"这女孩是有名字的,而且我向你保证,她比你一个下午的生活可有价值得多。"

阿奈德非常不愉快地参与到了这场争吵中,总而言之问题是因为她,因为她出现在了帆船上。对客人殷勤周到的瓦莱里娅透过眼梢觉察到了她的变化,对着水壶喝了口水后,抓住克洛蒂娅的胳膊强行将她带进船头狭小的舱室里。阿奈德很感激瓦莱里娅这一象征性的举动。船上不算大的空间足以让她听到交谈声,更别说提高嗓门的争吵了,如果她自己刻意去听,还是能够分别解读出那些声音的,就像通常她能够破解周围动物的语言一样。她转过身,注意到格丽塞尔达面无血色、一动不动地站在那里抓着栏杆。阿奈德这才发现,她在整个路途中都很少说话,现在知道原因了——可怜的格丽塞尔达晕船了。

"格丽塞尔达,格丽塞尔达。"

格丽塞尔达连说话的力气都没有了。阿奈德挺身而出,优雅地解救她,对她而言,对抗晕船可是相对简单的事情。一块冰敷布,正确的姿势,循环的激励以及一杯加糖的母菊花汤剂,这是外婆德梅特尔曾经对她使用的方法。她脱去格丽塞尔达的袜子,把它放入海水里浸湿,强迫她躺下,然后一边将临时准备的敷布放在她的额头上,一边按摩她的手腕帮她活血,加快她吸收空气的频率。不一会儿,格丽塞尔达的面部开始恢复血色。阿奈德拿起瓦莱里娅的水壶递给格丽塞尔达,她急匆匆地喝了一口,然后咳嗽起来。

"这是什么？"格丽塞尔达皱着鼻子问道。

阿奈德闻了闻水壶里的东西，她原本以为是水，但发现有一股薄荷汤药的微甜味。她尝了一口，很美味，瓦莱里娅刚刚也喝了一口，没有什么坏处。它可能是一种滋补剂或者润喉的饮品，这正是格丽塞尔达所需要的。阿奈德又让她喝了一口，继续给她按摩，同时唱诵着外婆照顾病人时哼唱的小曲。格丽塞尔达开始好转，并欠起身子，明显恢复了体力。她抓住阿奈德的手研究了一番，还与自己的手掌相对："你有力量。"

阿奈德吃了一惊："什么力量？"

"你具备你外婆和我的力量，特斯诺乌里斯家族的力量。我们的手非常特殊。你没有发现吗？"

阿奈德否认了。

"德梅特尔儿时在一条狗身上发现了自己的力量，她把双手放在狗的伤口处，就使它断裂的骨头愈合了。"

"我也可以这么做吗？"

"你有这个能力。"

阿奈德骄傲地研究着自己的双手。的确，有时为了安抚叫得伤心的阿波罗，她抚摸它时会感觉到一阵痒痒。这也与此有关？

船舱里的声音渐渐消停了。瓦莱里娅最终解决了她和女儿之间的争议，但克洛蒂娅确实不是省油的灯。

阿奈德还在惊诧之中，瓦莱里娅便穿着泳衣出现在她面前了。她皮肤黝黑、肌肉发达，什么都没解释就以一个完美的姿势扎进了海里。阿奈德被她这一跳惊住了。一分钟、两分钟、三分钟……连瓦莱里娅的踪迹都没有。她已经消失得无影无踪了，阿奈德有些不安，克洛蒂娅却无动于衷。格丽塞尔达突然向她示意了一下船尾，阿奈德随着她的指尖望去，一双双欢乐可爱且炯炯有神的眼睛正透过海浪注视着她，无疑，它们在仔细观察她。一条巨大的海豚凭借惊人的一跳跃出水面，发出一声欢迎的呼号。一转眼，它又出现在船尾、船头、左舷和右舷。它跳着跳着就变身成四条、五条，重复地发出欢迎的呼号。直到阿奈德察觉到不只有一条海豚，而是整整一群。在它们中间，混在其中和它们一起漂游、一起欢笑的是瓦莱里娅。她头发被打湿了，浸透着浪花的泡沫，皮肤被海盐磨得光亮，瓦莱里娅已经不像几分钟之前的人形模样了，但还是用人类的声音向阿奈德呼喊着："靠近一些！别害怕，它们想认识你！"

阿奈德伸出手臂，接受十几个海豚礼节性的问候，它们用湿润的嘴碰触她的手指，它们的欢快感染了她。

"那些雌性动物向你问好，它们最好奇了。"

"还最亲切。"阿奈德感动地说。

瓦莱里娅将她的话翻译给了海豚们，它们为阿奈德的观察力欢呼雀跃。格丽塞尔达震惊得差点儿合不上嘴。

被这群海豚的纯朴、欢乐感染的阿奈德再也控制不住，她情不自禁地用自己的语言回复了它们。

人类要发出海豚的叫声实属不易，克洛蒂娅从小就尝试这么做，可到现在仍然没有成功。她有些不高兴地质问阿奈德："你怎么办到的？"

"我也不知道，我就这么发出声的。"

阿奈德突然觉得或许这么做是个错误，然而海豚们却不这么认为，惊诧之余它们高兴地欢呼庆祝。呼喊的欢闹声，确切地说是一大堆疑问，平息了克洛蒂娅的妒忌。海豚是非常好奇的动物，好奇到有些多管闲事、爱说闲话。它们议论着这个小母狼与红色大母狼的些许相似之处。谈论着她们的头发、眼睛、大腿，并将其与塞勒涅相比较。

阿奈德有些生气："如果是要评论我，我就离开。"

被她逗乐的瓦莱里娅大笑着，邀请她钻进水中："行了，快来吧，跳进来。"

阿奈德有点儿惊慌："我从来没在海里游过泳。"

"你最好漂浮着，地中海的海水可是很咸的。"

"是这样……"

"克洛蒂娅，帮帮她。"

克洛蒂娅可是非常乐意帮这个忙的，她使劲推搡了一下阿奈德，阿奈德就这么穿着衬衫和短裤掉进了水里。毫无防备的阿奈德大吃一惊，随即感觉到自己沉入了与比利牛斯山的冰冷湖水截然不同的蓝色温和的海水中。海水质地厚重，如同一个蜜罐慢慢将她吞噬，嘴巴、鼻子、耳朵都浸满了水和盐。咸味将她浸透，海水差点儿进入肺部。她要窒息了，她缺氧。阿奈德像小狗一样在水里扑腾着，费劲地漂浮出水面，使劲地呼吸，后悔当初没有在哈卡的泳池里好好上游泳课。她仅仅记得一些游泳的手臂动作和如何睁着眼在水下憋气几秒钟，只是几秒钟，而不是瓦莱里娅那样的几分钟。突然，一个软软滑滑的东西轻轻地蹭到了她的左手臂。阿奈德本能地抓住它，才发现她是在一只海豚身上航行着。在她前面，瓦莱里娅朝着她的坐骑发出几声召唤，然后，瓦莱里娅和阿奈德的两只海豚像两艘双体帆船一样在水面分散着滑行。此时，阿奈德怀念起她的马匹的马笼头，她不知道这会儿应该抓哪里，在海上行驶的半小时路程，对她而言似乎永无止境。她无时无刻不在担心自己滑落，掉入这令人惶恐不安的汪洋大海。瓦莱里娅终于停下来了。

阿奈德不明白她们为什么走这么远，也不明白为什么只有她们两个。克洛蒂娅呢？格丽塞尔达呢？瓦莱里娅和海豚交谈了几句，并用柔和的眼神相互抚慰。

"谢谢，你们很贴心、很仔细。去吃点儿东西，然后回来。阿奈德，下来吧。"

阿奈德还不想与自己的坐骑分开。瓦莱里娅要干什么？难道她们两个就这么孤零零地漂浮在汪洋大海中，待在连一块可怜的木板都抓不到的地方？阿奈德想一想都会打哆嗦。

"求求你，别这样。"她哀求着不离开自己的"海洋骏马"。

瓦莱里娅笑了："放开它，下来站着。"

出乎她的意料，当阿奈德照瓦莱里娅说的做了之后，才确信自己能够站起来，因为水才没到膝盖。她们在一处隆起的地方，有一块突出的岩石，总之就是在一个淹没于火山多孔岩石中的小岛上。这没什么奇怪的，数千年来埃特纳火山一直在那些海岸地区不停地喷发着岩浆，常常在数小时内就会出现新的陡峭山石和岛屿。

"你害怕了吗？"

"只是因为我不知道我们为什么来到这里。"

瓦莱里娅抓住她的手，邀请她和自己一同潜入水下："睁大你的眼睛好好看看周围，然后告诉我你看到了什么。"

阿奈德按照瓦莱里娅指示的去做，但她水下憋气的能力比起这个生物学家来可是差远了。在保持水下睁眼的几秒钟，她确信无疑地看到了很多在她脚下摇摆的弯曲柔韧的海藻。

"海藻。"

"你确定吗？再试一次。"

阿奈德再次钻入水中，目不转睛地仔细观察那些海藻，它们因被海浪吹动而摇摆，却显得了无生气。

"对，我确定。"

"这些是变形成海藻的鱼，专门捕获那些像你一样不谨慎、不认真观察的人。"瓦莱里娅笑道。

还没等瓦莱里娅指示，阿奈德就第三次钻入水中，将手靠近那些所谓天真无邪的海藻，它们其中一个快速地反应着，不像是温和的植物。在几秒短暂的快速动作中，阿奈德除了感觉到指尖刺痛外，还察觉出有几对狡黠的目光。

　　"啊呀！"

　　"我提醒过你。"

　　"它咬了我。"

　　"只是尝了一下，它不喜欢你。"

　　"你怎么知道？"

　　"如果它喜欢你的话，早就叫来它贪吃的族群，这会儿它们就在享受盛宴了。"

　　"简直太聪明了。"

　　"聪明，恰恰如此。一些海洋生物为了在大海中生存而发展的拟态模仿能力是令人惊奇的。"

　　"为什么是在海里？"

　　"我是生物学家，但我更愿意诗意化地解释这一现象。水有时具有迷惑性和欺骗性。视觉让人混淆，声音和颜色会失真，甚至会消失。陆上生物认为的客观价值在大海里面就不再是了，尤其是当我们远离海面，随着我们深入海洋，光的价值失去力量，视觉和感觉发生变化，不再是普遍的参数。你听懂了吗？"

　　"听懂了。"阿奈德回答道，突然回想起了自己头晕目眩地坠落进那黑暗深渊的感觉。

　　在那连通两个世界的管道中，她也觉察到陆地上的参数失去了意义。

　　阿奈德认真地听着，清楚地知道可能不一会儿又会发生精彩的一幕。如果不是这样，她为什么要带自己到这里？仅仅是为了给她展示一些海藻？她表示怀疑。

"我们海豚部落从祖先那里继承了我们十分珍视的知识。我们几乎从来没有向其他欧玛尔展示过。你母亲是个例外，而且她希望你来陶尔米纳，让我教你变形术。"

一提到塞勒涅，阿奈德就心跳加速。她理解对了吗？她妈妈想让她学习变形术。从什么变形到什么？为什么要这样？

瓦莱里娅望向天空："快到时间了。你必须向我保证，无论发生什么，你都不能畏惧。"

她边说边脱掉所有的衣服，然后把泳衣交给了阿奈德。

"替我保管好，等着我。"

"你要干什么？"

"变形啊。"

"变成什么？"

"我不知道，拟态模仿是随机的。"

"那你要怎么做？"

瓦莱里娅开始轻轻地颤抖，牙齿碰撞得咔吧咔吧直响。

"我和周遭的物体融合在一起，变成它们中的一部分。我寻找相像的生物，放弃身体，直到找到另一个合适的灵魂。"

阿奈德注意到，她的身体以一种特殊的方式发光发亮，剧烈到眼睛都放出光芒。瓦莱里娅躺靠在波浪上，闭着双眼，与大海融为一体，任凭水流将她带走。她的头发漂浮着，缠绕在珊瑚上。这是幻觉吗？不一会儿，阿奈德发现她的头发不再像之前一样，而是变成了海藻，瓦莱里娅的身体越来越圆，呈现一种锃亮的色彩，像铜色，蓝得像海，密得像岩石。阿奈德突然用手捂住了嘴，尽管她事先被提醒过，也确信会看到一些稀奇的事情，可她还是抑制不住地尖叫起来。

一条金枪鱼。

瓦莱里娅变成了一条巨大的雌性金枪鱼。阿奈德无法知晓她的意图，金枪鱼围绕阿奈德做同心圆运动，就像是庆祝一次团聚、跳一场舞蹈，又像是将她围困住，直到毫无预兆地猛然掉转方向。凭借强大有力的鳍，她向远方逐渐散开的黑色暗影方向游去。那是一群向海峡北边漂游的金枪鱼群。瓦莱里娅加入它们，受到欢乐的迎接。阿奈德听到了远方它们在空中跳跃，还有鳍相互碰撞的声响。

"瓦莱里娅，快回来！"阿奈德大叫着。

她的声音显得那么无依无靠、孤苦伶仃。她不需要任何证明，那就是瓦莱里娅。她知道，她确信，她在她眼前变身了。可是……她真的成为另一种生物了吗？还是说她保留着人的意识？她都不敢相信变成金枪鱼的瓦莱里娅会发生什么，穿越海峡，然后遗忘了自己？阿奈德爬到岩石的顶端，那里的海水能亲吻她的脚趾，阳光能晒干她的肌肤。眼前的场面让人忧伤，蓝色的斗篷覆盖了一切。如果山川也背叛她，海水也铁面无情，她这样被孤单地遗弃在地中海中央，估计也不会幸存多长时间。

尽管如此，她也没有畏惧。

瓦莱里娅能量巨大，不仅仅因为她有肌肉和勇气，和德梅特尔一样，她也能释放能量。这是不同寻常的，格丽塞尔达、加娅、埃莱娜和卡伦中，没有一个人能释放出阿奈德在瓦莱里娅身上看到的那种能量。这就是赋予部落酋长的特殊能力吗？或许是吧。尽管瓦莱里娅给她带来过安全感，但事实上那群金枪鱼最终消失了，海豚也无影无踪，只给她留下了一句话和一身泳衣。瓦莱里娅对她说过："替我保管好，等着我。"

阿奈德等了又等。为了摆脱寒冷刺骨的感觉，她努力地活动身体，使身体保持干燥。她脱掉被打湿的衣服，不断按摩自己的胳膊和腿，还不时地拍拍手掌、捏捏脸颊。几分钟前，一层薄云盖住了天空，让这个下午变得阴冷起来。云朵逐渐变黑，风力加剧，太阳渐渐落山。从瓦莱里娅消失到现在已经过去了几个小时？三个？四个？口渴、饥饿，黄昏以及暴风雨缓慢凝聚的趋势让她开始担心起来。

一群海鸥从她头顶飞过，一些大胆的海鸥从高空飞落并靠近她，无礼地打探并确认她是否还活着。阿奈德用手驱赶它们，用自己的语言吓跑它们。她讨厌这些长着翅膀、以腐肉为生的"老鼠们"。

然而海鸥或许比任何一种生物都更能成为最好的陪伴者。阿奈德想到如果遇难，最让人难以忍受的除了缺水，可能就是孤独了。时间过得很慢，毫不留情，除非她钻入水中。然而事实却是，在她周围没有任何生命迹象。她唯一能听到的是越来越让人不安的雷鸣轰响声，以及狂风的呼啸声。

她不能在这里过夜，然而夜幕悄然而至。

她不能游泳返回。

她没有烟花、火焰，也没有用来鸣示船只的喇叭。

她唯一想到的可能就是让海豚帮忙。她是在海豚的脊背上来到这个小岛的。在太阳完全落入地平线之前，阿奈德用自己的语言呼喊着海豚。她发出一声、两声呼喊，到第三声时，她发现一个阴影悄悄地从水中靠近。她猜测是一只海豚，但它突然猛烈颤动，体积和外形都像是某种鲨鱼。

幸好是一只雌性海豚，那只搭载过她的海豚。它用自己的语言回应着类似于福伦的名字。

阿奈德为自己没能早点儿想出这个办法而自责，她尝试着表现得友好一些："很高兴看到你，请你带我去陆地吧。"她向福伦央求着，试图爬上它的身体。

然而，雌海豚却避开她，像那只金枪鱼一样在她周围转了两圈，然后回答道："瓦莱里娅不允许我这么做。"

阿奈德有些灰心："她出什么事了吗？"

"没有。"

"那就通知她，让她开着帆船来找我。"

"瓦莱里娅知道你在哪里。"

显而易见，瓦莱里娅遗弃了她，她完全知道阿奈德这几个小时正遭受着口干舌燥、饥寒交迫和心惊胆战的折磨。

这么说，瓦莱里娅没有发生事故，而且还阻止海豚解救她……瓦莱里娅到底想干什么？

阿奈德目不转睛地盯着雌海豚，发誓自己透过福伦的眼睛看到了些许怜悯和同情。雌海豚完美一跃，一头扎进黄昏的黑暗之中。

疑云笼罩，阿奈德的内心充满了恐惧。

她曾屈服于一个欧迪斯。

可是……瓦莱里娅是欧迪斯吗？不，她不可能是她们中的一个，不可能。

如果瓦莱里娅企图摆脱她，那就太荒谬了。

然而……没有证人，也没有负责人。瓦莱里娅可以找千万个理由说她不见了。

微弱的太阳光瞬间消失了。暴风雨追赶上了太阳，然后将它遮蔽了。海水变黑，电闪雷鸣，闪电照亮了混沌的黑暗，威胁着要将它吞噬。阿奈德抱紧双腿，本能地蜷缩成世界上最古老的姿势来保护自己。她前后摇摆，嘴里哼唱着外婆在她儿时唱过的歌曲。摇摆和歌曲的节奏让她安静下来，她再次睁开了双眼。光亮渐渐形成了轮廓，虽然很分散，但已不像开始那样让她烦恼了。

她意识到自己已经和这个场面共处了好几个小时，如果不是因为他，她会对一切都有某种熟悉的感觉。他就在几米开外的地方好奇地看着她，厚颜无耻、毫不掩饰地看着她。他下半身浸没在水里，但闪电耀眼的光亮足以让人辨别出他的外貌，一头卷发，长着胡须，带着盾牌和短剑，头上戴着配有马鬃状羽毛的头盔。

　　阿奈德吃了一惊："你好。"

　　士兵吃惊地环顾了一下四周，没错，阿奈德是在对他说话："你在和我讲话？"

　　"是，当然了，别无他人。"

　　"那么……你可以看到我？"

　　"还能听到你说话。"

　　"我真是不敢相信！"

　　"我也不敢，不过这是事实。"

　　"你是……你是第一个过了……和我讲话的人。啊呀！我没有时间概念了。我们现在处在哪一年？"

　　"即便我告诉你也没多大用处。你是谁？希腊人？罗马人？迦太基人？"

　　"古意大利殖民地的希腊人。我叫卡里克拉特斯，杰拉地区防卫战幸存下来的士兵，听从锡拉库扎伟大的狄奥尼西奥命令指挥。"

　　"天哪！我看这是公元前五世纪的事情了。"

　　"什么前？"

　　"这么说你在这里游荡了两千五百多年。"

　　"我觉得过了很长很长时间。"

　　"没有冒犯到你的话，我想知道你是怎么停留在这个地方的？"

　　"我是在这儿淹死的。"

　　阿奈德控制住寒战："你不会游泳吗？"

"我是士兵，不是水手。"

"而你现在是一个想寻求安息的幽灵。"

"你怎么知道？"

"我知道，我认识其他几个幽灵。是谁诅咒了你？"

"我猜是我妻子吧。我向她发誓丰收的时候准时回到克罗托纳，但我失信了。"

"或者说你在返回的路上淹死了。"

"是这样。我光荣地对战希米尔康，有尊严地同迦太基伟大的将军一起撤退、登船，但当船进港停靠在这里的时候就沉没了。"

"然后你就淹死了。"

"不，我们被另一艘船接收了，但他们把我扔进了海里。"

"把你扔了？"

"船容不下那么多人，差点儿遇到风险沉没，于是我们抓阄，轮到了我。"

阿奈德刚听到卡里克拉特斯的最后一句话，一阵可怕的雷鸣打断了他们。

"那个激烈的夜晚，我记得……"

"哦，不，劳驾。"阿奈德打断了他。

"你不想听我解释风暴是如何将我的船撞击到岩石上摔得粉碎的吗？"

阿奈德被这个有着不祥预兆的士兵弄得有些生气："你意识不到吗？我还活着，还不想死。淹死是件多么可怕的事情。"

"没错，非常可怕。你想呼吸，但是整个肺不是充满空气，而是充满了水，而且……"

"闭嘴！"

士兵停止了讲话。除了给人不祥的感觉，他还有些残忍。阿奈德想起了幽灵具有顺从听话的特质。

暴风雨将要来临，浪花越来越大。她屏住呼吸，突然被第一个靠近她的浪花完全覆盖。她没有任何庇护，没有一处可以抓住以固定自己的地方。

"我用赐予你永久安息来换取你的帮助。"

"你是在对我说话吗？"

"是，我在和你说，卡里克拉特斯。告诉我，如何让我在被大浪吞噬之前逃离这里。"

卡里克拉特斯似乎在沉思，他看了看周围："一定有什么办法，但是我不知道。"

"其他女孩消失了。我没看到她们淹死的尸体，一定是去了某个地方，但从来都不是在晚上。"

"其他什么？"

"其他的女孩。"

阿奈德突然紧张起来："你是说我不是第一个在这个岩石上的女孩？"

卡里克拉特斯补充道："但是你是第一个没有哭泣，还能看到我的女孩。"

"有多少女孩发生了这样的事情？"

"我想想啊……在这千余年来……有上百个？"

阿奈德面色苍白："也就是说每五年或者每十年，就会有一个像我这样的女孩，半裸着被困在岩石上，然后第二天她就不在了。"

"正是。"

阿奈德吓得毛骨悚然。谁能上千年冒充不同的人？谁在迫害这些女孩？喝她们的血？如果说她想证实那个可怕的猜测，那现在就已经得以证实了。

"是一个欧迪斯。"

"这，这是她们想的。"

"谁?"

"女孩们。"

"你有读心术?"

"没错。"

阿奈德有些绝望。时间不等人，她不能在这里等着被一个冒充欧玛尔的欧迪斯抓捕，也不能就这么被淹死。

"你会帮助我吗?"

"当然了，我很乐意。你是怎么到达这里的?"

"坐在海豚的背上。"

"新奇的坐骑。"

"但它拒绝带我返回陆地。"

又一个大浪盖住了阿奈德，这一次她滑倒了，差点儿被海浪卷走。被卷的一刹那，她抓住了石头上的一块凸起，伤到了手。

风暴终于停息，紧接着是倾盆大雨。狂风发怒般卷起波浪，密集的雨点拍打着海面。阿奈德开始站不稳脚，也不知道该抓住哪里。她感觉自己变成了这发怒大海的一部分，变成了这海水和泡沫的一部分。正当她察觉这新的感受时，她看到那只海豚滑到了她身边。

阿奈德闭上眼睛，倚靠在波涛上，松开双手，就这样沉入了大海。

那个士兵等了一分钟、两分钟、三分钟……然后叹了口气。

太可怕了。

可怜的女孩消失了，而现在他什么忙也帮不上。他又将面对永恒的刑罚。一对海豚的欢呼声突然转移了他的注意力，但很快声音又远离，进入了深海中央。士兵像以往所有无聊的夜晚一样，倚靠在波浪上欣赏着闪电。

　　一小时后，一个身穿雨衣的女人娴熟地操纵着摩托艇出现了，她灵巧地左右躲避礁石，转了三圈却没侦察到什么。

　　士兵确认没被看到，便倚靠在岩石上更好地观察这勇敢的闯入者。

　　"哎，你!"

　　卡里克拉特斯有些难以置信："你指的是我?"

　　"不是你是谁?"

　　这个被淹死的，被时间无视了两千五百年的卡里克拉特斯，有幸在同一个夜晚第二次与活人对话。

十九　开启仪式

　　格丽塞尔达拼命地搓着自己的双手："做点儿什么，你应该想想办法。"

　　瓦莱里娅装作能够掌控局面，但她并没有预料到天气竟如此恶劣。狂风猛烈地吹打着百叶窗，暴雨疯狂地敲击着玻璃。

　　"征兆显示天气是晴好的。"

　　格丽塞尔达敞开大门，好不容易才固定住它："晴好？这就是晴好？"

　　瓦莱里娅开始担心自己的预报有误，这是她印象中近来最严重的一次风暴。

　　"开启了就不能中断，一旦开始就必须完成。"

　　"我更在乎的是阿奈德的生命安全，而不是什么开启不开启。如果她不能在水部落开启，就让她在火部落或者风部落开启，但请你将她从那里接回来。"

　　瓦莱里娅看了看时间："距离天亮还有几个小时，我们尽快完成仪式。"

格丽塞尔达走出门厅："如果你现在不接她，我就通知巡逻队，报告她的消失。"

面对格丽塞尔达施加的压力，瓦莱里娅不得不让步。她想起了阿奈德自信的笑容，想起了她第一次看到海的惊奇，想起了她对自己盲目的信任，想起了提到塞勒涅时她的颤抖。而现在，这个刚失去母亲的小女孩被孤独地遗弃在夜晚的大海中，任凭风暴吹打。

是有些残忍了。

开启任务一向很艰苦，但新手总要有一个适应的过程。正常情况下，瓦莱里娅应该先培训阿奈德一个月的水上航行和潜水，在充分考验她的耐力和应对方法以后再将她遗弃。或许她应该问询天象，而非简单地轻信内脏占卜。

但火焰占卜显示，开启阿奈德的日子风和日丽。难道有错？占卜从来不会骗人，但有时会混淆一些迹象，造成一场灾难。没有人会为此负责。这样的事情也有可能发生……

灾祸有时候会降临。她不想回忆，但脑海中不由自主地浮现出科尔内莉亚·法塔的女儿胡丽雅的例子。她没能忍受住被困岩洞中的黑暗，在尝试寻找出口的过程中死去了。她从一个深渊的高处摔了下来，人们花了三天才找到她的尸体。她母亲十分镇定地接受了这一宿命，自我安慰说胡丽雅的死是躲过大灾难后的小不幸。一个不能承受不确定，也控制不了情感冲动的女巫是无法使用魔法的。一个不能忍受自己孤独过夜，不能与自然赋予的力量为伴的人也无法获得开启的权利。然而，科尔内莉亚·法塔心里有了阴影，而她女儿的死也将永远伴随着她。

瓦莱里娅一边回想，一边紧跟着格丽塞尔达。尽管她小腿短粗，却以破纪录的速度到达停靠帆船的游艇港。格丽塞尔达像是准备独自跳上船，不等瓦莱里娅到来。

"等一下，格丽塞尔达！等等，我需要帮助！"

瓦莱里娅后悔没能在追赶格丽塞尔达之前叫醒克洛蒂娅。格丽塞尔达是一个笨拙的海员，甚至无法在淡水航行中保持平衡，在风雨中的海面上她又怎能不晕船呢？

"没时间了，我会帮你。"格丽塞尔达回答道。

她看上去对自己的决定如此坚决和自信，瓦莱里娅无奈地耸了耸肩。她准备解开绳索，这时一个手电筒照了过来："抱歉，不允许离港。"

瓦莱里娅面色苍白地说："只是海浪比较大罢了。"

"高达三米的波浪，一艘渔船搁浅，一个女人违背我们的命令驾驶着游艇驶向公海。我们中断了救援工作，待风暴稍稍减弱。"

瓦莱里娅放下绳索："我明白……"她含糊地说了一句。

她想象着三米高的巨浪横扫岛屿，想象着阿奈德被水流卷走，想象着她的身体漂浮在海面上。福伦已经接到通知，一旦遇到危险就去救她。不过……谁又能在三米的巨浪中抓牢海豚光滑的脊背呢？

格丽塞尔达注意到了瓦莱里娅的担心，也同情起她的自责来。格丽塞尔达没有指责她，而是抓住她的手："我们一起呼唤她吧。"

"她知道回应呼唤吗？"

"她自己呼唤过卡伦，让卡伦从坦桑尼亚回来。她一直不知道，但她做到了。"

格丽塞尔达和瓦莱里娅在倾盆大雨中拉紧双手。她们在黑暗中一起用意念向阿奈德发出强烈的召唤，并即刻得到了她的回应。

她还活着！

然而，在听到回应以后，两个人面面相觑、目瞪口呆。阿奈德的回应是从另一个生物体上发出的。

"海豚？"格丽塞尔达想再次确认。

瓦莱里娅不敢确信，只是一言不发地点了点头。毫无疑问，回应她们呼唤的意识在一只海豚的身体里。瓦莱里娅能感受到她的鳍部，能感受到她在波浪中发出的音乐般震动的回应。

"她没有喝汤药。"

"什么汤药？"

"帮助她变形的汤药。"

格丽塞尔达突然想起了什么："是你水壶里的那些吗？"

"对。"

"她喝了，一小口。"

瓦莱里娅迅速回想着，格丽塞尔达补充道："但我喝了几乎一壶。"

尽管场面有点儿紧张，瓦莱里娅还是不禁一笑："你别烦恼，这样，这样的话……你可能随时都会飞起来或者在地上爬。"

格丽塞尔达一听，吓得脸都白了："没有这么容易吧。"

瓦莱里娅突然不笑了，反倒严肃起来："不是这样。"

"那是？"

"我不知道，格丽塞尔达，我不知道她是怎么办到的。现在还没有人能做到。"

克洛蒂娅浑身湿漉漉地在黎明前回到家，想确认自己的房间是否安静，因为她似乎看到玻璃后面有一个阴影。或许瓦莱里娅已经过去关上了百叶窗，并发现了她不在家。或许那个特斯诺乌里斯家族的笨女孩比预期的回来得早，还告发她晚上不在家的事实。不管怎样，她浑身冰冷，从窗户跳进来，木地板上留下了一摊水。她蹑手蹑脚地摸了摸另一张床，确认阿奈德并没有回来睡觉，才打开了床头灯。

地面上有几个陌生的足印。糟糕，她被发现了。她知道迟早都会被发现，但奇怪的是，到现在什么都没发生。瓦莱里娅一直忙于部落的事务，忙于处理不知道是和欧迪斯发生了什么冲突的骚乱。而现在呢，那个小特斯诺乌里斯女孩的到来完全让妈妈不知所措。这对她来说再好不过，因为没有什么比不被察觉，并能轻松逃避母亲压迫式的监督更好的了。

她脱掉还在滴水的衣服，准备吹干头发，用浴巾擦干身子。当打开衣柜伸出手的一刹那，她感到一阵奇怪的灼烧。衣柜热得发烫，燃烧一般，仿佛午后炎热的空气滞留在了里面。她抓起一条毛巾，像获得战利品一样猛地用力关上了门。在擦拭身体时，她就思考灼烧感是否来自冰冷双手突然碰到热量的反应。她关掉灯，穿上睡衣，但衣服有点儿薄，她开始像树叶一样颤抖起来。她又裹上一层棉床单，却仍暖和不起来。床上的装备不足以让她对抗这寒冷突袭的夜晚。她好像看到阿奈德的床上有一件毛衣……真看到了，还是她的想象？正当她准备起身去取毛衣穿到身上的时候，她听到衣柜门发出了吱吱嘎嘎的开关声。

不是想象，她清清楚楚地听到了，她颤抖得更加厉害。一个小小的阴影移动到了窗户处，是老鼠，还是白鼬？

凭借十五岁女孩的快速敏捷，克洛蒂娅迅速打开灯，突然感觉一双眼睛直勾勾地紧紧盯着她。就在这一刻，一只猫突然跳上了窗户。事发前的一秒，克洛蒂娅猛然一阵惊恐，立即将手放在胸前平息疼痛。她似乎感觉到血液在血管中凝结，阻塞了心脏，难以呼吸。

她一点点平静下来，却不能忘记那只偷偷潜入她衣柜的猫的眼神。她又想起了在同一个夜晚遇见的眼神，在海滩上，一个女人紧紧地盯着她看。

她坐起身，关上窗，看到了那件毛衣。没错，阿奈德的毛衣叠放在床上，出现得恰是时候。她穿上它，感觉皮肤一阵灼烧，但同时有一股暖流包裹了她，为她驱寒。她想，毛衣的质地让人发痒是可以理解的，毕竟它温暖的舒适度抵消了它带给皮肤的刺激感。

她将自己裹进柔软的床单中，沉沉地睡着了。她睡得并不平静，也不轻松，她什么也没听到、没看到。她不知道阿奈德是清晨什么时候回来的，也不知道家里发生了什么；她没听到电话铃声，也没听到阿奈德令人惊奇的讲述。她没听到阿奈德的呼吸声，阿奈德在经历了自己人生的奇遇后，倒在她身边，沉睡了整整一个下午和一个晚上。

克洛蒂娅梦见一双眼睛紧紧地盯着她，穿透她，慢慢进入她的身体，窥探她内心的隐秘之处。

这就是她的噩梦。

阿奈德还没有恢复体力，或许她再也不能恢复如初。德梅特尔曾经告诉她，有一种情感疲劳会一直持续下去。她现在感觉像是理解那句话了，她的疲劳正呈现出这种性质。

她本以为自己死了，而事实上她却在海豚的身体里，这样才从海上风暴中幸存下来。这就带给她一种情感上的疲劳，无论多长时间的睡眠都不会将这种疲劳消除。

她本以为瓦莱里娅背叛了自己，而事实上瓦莱里娅却是负责主持开启仪式的司仪，这一不幸的发现真是令人疲惫。

然而瓦莱里娅正在召集一次女巫大聚会，阿奈德是绝对不能缺席的，因为她是所有事件的导火索。最近发生的一切威胁到欧玛尔民众的事件让埃特卢里亚各个部落如同热锅上的蚂蚁。从巴勒莫、阿格里真托和锡拉库扎到来的猫头鹰部落、角鸮部落、母鲸部落以及母蛇部落的女巫们纷纷通报抵达。她们被好奇心驱使，都想了解这个有名的特斯诺乌里斯女孩，了解这个天命使者的女儿近来的英勇事迹。

尽管瓦莱里娅试图保守这个秘密，但雌海豚们很快便将消息散布开来，包括阿奈德的变形术也被口口相传。所有人都想参加她的开启仪式，想借这个机会获取更多信息，来应对自塞勒涅消失后威胁她们的不确定性。

在面向东方的小海湾上，阿奈德成为众人瞩目的焦点。女巫们纷纷到来。

"那个特斯诺乌里斯的小母狼在哪儿？"

这是整个夜晚被问及最多的话。

"她长得像德梅特尔。"

"她一点儿都不像塞勒涅。"

"小可怜，失去了两个亲人。"

这就是围绕阿奈德引起的评论。除了评论，大多数人仔细地端详着她。有的人偷偷地看着她，有的人则用成人那种一点儿也不觉得荒唐的坦率看着她。阿奈德可以从她们的眉宇间读到她们的疑问，这看似瘦弱的小女孩怎么变形成了海豚？幸运的是，没有人公开问她。如果回答，一定令人失望，因为她自己都不知道是怎么做到的。而且如果没有瓦莱里娅，她很可能都不知道如何还原。瓦莱里娅在风暴减弱后赶到岩石上救了她，抚摸着她潮湿的皮肤，一步步指示她还原成人形的步骤。阿奈德不知道自己还能不能重复这项英雄业绩，瓦莱里娅也不知道。

最后，当新月缓缓照亮小海湾的南侧，不再有狂风和那些冒失的目光时，瓦莱里娅点燃了蜡烛，像司仪一样在来访者中分发器皿，然后邀请她们一起唱歌跳舞，一起喝酒。

阿奈德第一次参加女巫大聚会，十分激动。或许因为她是这次大聚会的主角，或许感觉自己是这个愉快欢庆、相识相知的集体的声音和意识的一部分，她体会到了一种族群联系感和保护感。

这就是作为欧玛尔的幸福。

这也是她的障碍，尽管她从来没想逃脱这个集体严密的控制。

开启仪式非常简单，阿奈德已经通晓很多技能。就像克洛蒂娅所说的，她应该展示一下让羽毛在空中飘起、让空碗瞬间装满水、点燃干枯树枝和让枯枝变绿的法术。她只需要借助自己的意愿和力量，就可以将这一切展现给在场的人。然而阿奈德没有被吓住，她已经发现法术成功的一部分取决于自己的安全感，以及一种情感平衡。比如愤怒可以成为一种很好的刺激物，但她绝对不能对自己的同伴使用这种带有冒险性质的法术。

到场聚会的每个受邀者最终都上前和她打了招呼。瓦莱里娅献上五角星作为礼物，角鸮部落的女酋长科尔内莉亚·法塔送给她闪闪发亮的匕首，两侧的刀刃后来协助她砍伐了若干用来制作药水的树枝、植被和根茎，为她勾勒魔法的圆圈来自卫。

年迈的露克蕾西娅虽然已有一百一十岁的高龄，但仍然作为母蛇部落酋长参加了此次大聚会。露克蕾西娅对着阿奈德脖颈上挂着的月亮陨石护身符念了一段祈祷文，又抚摸着她，说在她身上感觉到了德梅特尔的双手。最后，她们脱去阿奈德的衣服，给她涂上圣栎树木头的灰烬，邀请她在黑暗的大海中清洗沐浴。

从水中走出来的阿奈德不再是从前的自己，现在她成了一名真正的女巫，一个刚刚被开启的女巫，却不同寻常。虽然是母狼部落的成员，但她却被海豚部落的瓦莱里娅·克罗斯收养，受到角鸮部落的科尔内莉亚·法塔和母蛇部落的露克蕾西娅·兰佩杜莎，以及与她自身三种不同的自然力量水、气、火的保护。

一切如此激动人心，阿奈德都有些承受不住了。那些仪式、歌声、舞蹈、礼物和考验让她持续处于激动的状态。

唯独缺少一个梦。

作为近亲的格丽塞尔达邀请她喝下药水，并递给她一个必须在之后的仪式上继续使用的碗。阿奈德感觉到一阵苦涩，却忍住了，然后一饮而尽。

几分钟后，阿奈德有些眩晕。女巫们开始唱歌，被围在中央的阿奈德即兴跳起舞来，舞步富有节奏和激情，她逐渐被带入另一个感知的空间，直到她失去知觉，进入一场不安而躁动的梦境中。这是所有开启者要做的梦。

女巫们守着她入眠，仔细地观察着她的面部表情，体会她的不安、害怕和喜悦。

阿奈德梦见自己长着翅膀飞向天空，背上长发飘飘。她下方是光亮，上方是黑暗。下降时，光亮变成了烈火，天空中的气体变成了厚厚的液态。阿奈德进入火中，用嘴衔着一块红色的石头。她的皮肤灼热，但阿奈德没有丢下石头，而是钻入水里返回。当钻进水中，她变成了一只海豚；当从水中出来，她又变成了一头母狼。阿奈德在丛林中对着月亮嚎叫、哭泣。

睡醒后，阿奈德迷迷糊糊地讲述了自己的梦境。那个梦如此临近，仿佛还没有从中苏醒。

瓦莱里娅听完她的讲述，解释道："你的旅程将十分漫长，并且充满危险，但内心的力量却驱使你前进。你会在疑问面前摇摆不定，会进入地心，钻入水中，直到发现正在找寻的宝物。不要向痛苦妥协，也不要逃避危险，你的力量和计谋足以对付它们。然而你将来的发现会带给你恐惧，会让你为它而哭泣。"

科尔内莉亚·法塔解读了阿奈德的身体在沙土上留下的印记。

"命运像阴影一样追逐着她，她将被谎言背叛，但是牺牲不会毫无用处。"

科尔内莉亚·法塔的话让人费解，引起了所有人的沉思，又营造了一种让人惊恐且沮丧的氛围，但瓦莱里娅不允许悲观主义左右她们。

交代当下发生的事情的时候到了，这是整个晚上最让人期待的时刻。

瓦莱里娅开始讲话："我不想隐瞒什么。欧迪斯在袭击我们，她们越来越嚣张。你们知道，我知道，我们大家都知道，她们抓走了塞勒涅，就是那个长着火一般头发的女人，这么做会让她们感到强大。天命使者是她们的武器，只要她在她们手上，她们就想当然地认为有权利骚扰我们。所以我们开启了塞勒涅的女儿阿奈德，让她来协助我们。"

"塞勒涅的部落发生了什么？这段时间她们都做了什么？"角鸮部落的一个女巫问道。

"母狼部落将近两个月都被困在欧迪斯的钟罩下，受到一个麻痹她们意识的女巫的骚扰，她还把魔掌伸向了阿奈德。幸好她们得以逃脱妖术，而现在阿奈德也被开启了。如你们所知，她的力量和学问非常突出。她是迄今为止唯一一个能与塞勒涅建立联系的人。一个母亲是无法拒绝女儿的召唤的。所以，阿奈德，以我们所有人的名义，为了维护我们的预言，将开启拯救塞勒涅的艰难任务，并将她重新带回家，带回到我们欧玛尔之间来。"

"或许能找到塞勒涅的所在地，但一个小女孩怎么能战胜欧迪斯呢？"海豚部落一个瘦骨嶙峋的女巫质疑道。

格丽塞尔达不得不打断她们："她不是单枪匹马，我会帮助她的。"

"就算这样，倘若塞勒涅拒绝了怎么办？倘若塞勒涅喜欢的是欧迪斯的权利、永生和财富，而不是欧玛尔纯朴的正直呢？"猫头鹰部落的一个女巫尖刻地质问。

"不可能！我妈妈不是欧迪斯，也永远不会是欧迪斯！她绝对不会背叛我们！"

阿奈德的喊声如此真挚，让提问的人一脸惭愧。在一个女儿面前，不应当毫无证据地进行道德审判，让母亲名誉扫地。

阿奈德发现她的强烈反应让很多想提问题的人沉默了。一句话概括就是：不信任。

"我可以讲话吗？"阿奈德等了一会儿，直到获得瓦莱里娅的默许，"我知道我不像瓦莱里娅一样健壮，也不像德梅特尔一样强大，更不像露克蕾西娅一样博学……我知道，尽管我已经是一个女巫了，但还不是一个女人，也处在最不适合对抗欧迪斯的年龄，但是是她们跟踪的我，如果我去跟踪她们，我就会变成一个不寻常的敌人。如果我是欧迪斯，我永远不会想到，会有人像我一样傻到能把自己送入狼口。"

"如果狼闭上嘴了呢？"海豚部落的一位女巫打断了她。

阿奈德耸了耸肩："如果我死了，你们不会损失什么；但如果我不去冒险，我损失就多了。我会失去我的家族、我的过去、我的亲人以及我的尊严。我已经仔细考虑过了，这对我非常重要。即便是去地狱，我也要找我的妈妈，我要去。如果我带天命使者回来了，诸位请记住预言，欧迪斯将永远被摧毁。诸位，那些失去自己婴儿和女儿的母亲，你们也将胜利。我只祈求你们与我共谋，别无其他。"

阿奈德停止了讲话，发现她的一番话对周围的人起到了作用。

瓦莱里娅和格丽塞尔达惊呆了。这小女孩哪里来的沉着和信心？她从哪里学会当众演讲？她怎么能感动这么多女人，仅用几句话就赢得了她们的支持？

这不仅仅是因为阿奈德的一番话，还有她的天真质朴说服了她们，让她们相信不会损失什么。又或许会，或许会失去一个未来可能成为部落酋长的勇敢女孩。她继承了外祖母德梅特尔的魅力和天命使者女儿的光环，这毫无疑问。

瓦莱里娅拿起魔杖，说道：“我们准备好与阿奈德一起合作了吗，所有参与这一事业的西徐亚民族？”

科尔内莉亚第一个回应：“如果运气属于勇敢者，阿奈德完全拥有它。希望好运与你相伴，我的孩子阿奈德。我们角鸮相信你。”

年迈的露克蕾西娅加了点儿评语：“但仅仅有运气是不够的，你还需要保护自己。我们蛇掌握格斗术，我外孙女奥蕾莉娅是火部落最好的女斗士，她会教你的。过来，奥蕾莉娅。”

一条健壮年轻的母蛇，留着黑色短发，长着扁平鼻子，上前盘坐成了罐状。

“我会向你展示用意念格斗和弯曲身体的方法。我外婆，母蛇部落的酋长和兰佩杜莎家族族长要求我这么做。”说着她又提醒道，“我们从来没有和其他女巫分享过这些法术，你将是第一个。”

她的话引起了些许骚动。女巫们开始窃窃私语。瓦莱里娅咧嘴大笑，并对阿奈德说：“你没听说过女斗士奥蕾莉娅吗？”

阿奈德从来没听过。

“没人能打得过她，到今天为止她还没收过一个学生。我们真担心她的知识会和她一起死去。”

阿奈德既尊敬又畏惧地向她打招呼：“格斗？我必须学习格斗吗？”

奥蕾莉娅果断地回答：“你将需要它。”

阿奈德有些迷茫，想从格丽塞尔达的目光中寻求帮助。格丽塞尔达的眼神肯定了她的直觉，她不能拒绝。

二十　誓言

　　格丽塞尔达不会游泳，而且晕船。即便如此，她还是接受了瓦莱里娅请她登上帆船的邀请。大海上，在月亮的陪伴和她水面上苍白倒影的见证下，开启聚会方才结束，各部落酋长和格丽塞尔达便聚集起来商讨收到的关于塞勒涅下落的最新消息。情况越发令人焦躁不安。

　　一个面色红润的年轻角鸮女巫是墨西拿新鲜意面餐厅的老板，她告知她们这一传闻："她们几周前刚刚抵达。因为一场奇怪的蝗灾摧毁了庄稼，所以她们以很便宜的价格买下萨列里公爵的宫殿。"

　　"你确定是她吗？"

　　"红头发，外国人，高挑，绿眼睛，闲暇时会画画，会像鱼儿一样游泳，收藏闪亮的戒指，还会在月光下独舞。"

　　"没错，是塞勒涅。"格丽塞尔达确信。

　　角鸮的脸颊微微泛红。

　　"红发女人从来都不离开庄园，但另外一个，黑发女人，她面色暗淡，看上去无礼而又蛮横霸道，每天晚上都会外出，直到清晨才回来，从来不见日光。"

"是萨尔玛。"瓦莱里娅害怕地低声说。

"她们非常有钱，还大手大脚地花钱。村里流传着一句话，在宫殿工作的女孩会失去记忆，忘却那里发生的恐怖事件。"

"什么恐怖事件？"

"说是婴儿的啼哭和流血的女孩。"

"你亲自调查过吗？"

角鸮叹了口气："我的报信员，一个叫孔克塞塔的女孩失去了记忆，然后就无故消失了。"

岛上的三个女酋长和格丽塞尔达面面相觑。第一个打破沉寂的是年迈的露克蕾西娅："我要问的是，为什么她们会来这里。"

"或许是为了挑战我们。"瓦莱里娅暗示道。

"萨尔玛非常狡猾，她想吓唬我们。"科尔内莉亚肯定地说。

"然后逐渐削弱欧玛尔包括阿奈德的士气。"格丽塞尔达进一步说道。

"或者说是为了逼我们尽早行动。"瓦莱里娅补充道。

"这是一种向我们示威的方式，天命使者已被引诱。"露克蕾西娅判断。

"但七星会合还没有发生。"格丽塞尔达反驳道。

"所以，我们应该尽快抓紧时间，训练好阿奈德，直到最后一刻。"科尔内莉亚做出了结论。

"你们是否同意，在我们没有完全确定阿奈德的力量之前，还是不要轻举妄动？"瓦莱里娅说。

格丽塞尔达反对道："你们不是奢望阿奈德一个人去救塞勒涅吧？"

睿智的科尔内莉亚安抚着她："格丽塞尔达，首先我很信任你，但请你理解，我们唯一的希望是解读罗塞布什之书。"

露克蕾西娅大声说道："我们同意，这个女孩可能失去对塞勒涅的爱，我们决定不让她知道所发生的事情。"

"我提议，既然我们已经负责了她的开启，就要向她传授我们的秘诀，因为她肩负着带天命使者返回群体的艰巨任务。"瓦莱里娅说，"我的部落已经向她传授了水的秘诀。"

科尔内莉亚表示接受："我们将传授她风的秘诀。"

露克蕾西娅批准道："除了格斗术，我们还要传授她火的秘诀。"

"如果这一切之后还是失败呢？"格丽塞尔达忧心忡忡。

"立下誓言。"瓦莱里娅轻声说道。

"非要誓言吗？"格丽塞尔达哀求道。

三位女酋长目光相对，相互默认。格丽塞尔达取出她的匕首，在手心划了一个口子。她吸了一口血，然后让其他同伴喝。

"我们以格丽塞尔达的鲜血发誓，我们联合起来，用生命保卫肩负伟大使命的女巫阿奈德和她特斯诺乌里斯家族的导师格丽塞尔达。"

"我，格丽塞尔达，发誓将真诚严谨地行使欧玛尔对天命使者塞勒涅背叛行为的审判。倘若阿奈德的任务失败……我将亲手除掉塞勒涅。"

马克·克伦恩笔记

当彗星靠近太阳，彗核表面开始升温，挥发物慢慢蒸发。蒸发分子散开，携带着固体小颗粒，形成气体、灰尘组成的彗尾。彗星长出闪亮的尾巴，有时会在太空延伸上百万公里。

如此我们确信欧玛预言的前几句诗歌预示着彗星的到来。

仙女梳理银发来迎接。

美洲天文台对彗星科胡特可和百武的最新研究让人们相信，恕我愚见，欧玛预测彗星到来的时间已经临近。这将是唯一一次，不可重复的，因为太阳系外巨型气态引力作用导致的原初轨道极端变动，将致使彗星不再访问太阳。

二十一　生日派对

阿奈德回来的那天晚上，克洛蒂娅在床上等她。她开着床头灯，假装在读书，看上去很焦躁，非常焦躁。

瓦莱里娅再一次亲了亲克洛蒂娅，请求她原谅："我向你保证，下次一定开启你。"

克洛蒂娅没有吱声，享受着让妈妈愧疚的感觉。她知道妈妈因为跳过自己的女儿开启阿奈德也很痛苦，所以她用沉默来报复、惩罚妈妈。

瓦莱里娅向她们道了晚安，刚关上门，克洛蒂娅便一跃而起，甚至没和同屋的伙伴说句话，就穿上衣服，梳妆打扮起来。她像叶子一样颤抖着。

"你要出去吗？"

"我打扮得漂亮点儿，找人约会。"

阿奈德原本不想理会她，却没有忍住："你没必要这样对待你妈妈。"

"你别管闲事。"

但阿奈德就是想插手，因为开启仪式给她注射了太多肾上腺素，以至于她无法尽快入眠。

"你要去哪儿？"

"参加生日派对。"

这样一来，阿奈德竟有些嫉妒，因为他们邀请了克洛蒂娅而没有邀请自己。

不过，有些不对劲的地方："那你为什么要逃跑？"

克洛蒂娅突然站起身，暂时停止涂抹口红："你以为如果我妈妈让我参加派对，我还会逃跑吗？"

"她不让你去吗？"

"没错，而你就是罪魁祸首。"

"我？"

"一切都是因为你妈妈被劫持的麻烦。"

"和这有什么关系？"

"到处都是恐惧，所有欧玛尔都因为这个故事着了魔。这就是所谓的害怕策略。"

阿奈德有些气愤："我们没有编造谎言！我妈妈已经失踪了。"

"她一定是和某人跑了。"

阿奈德跳起身，猛地抽了她一记耳光。克洛蒂娅惊呆了，不知道该哭还是该笑。阿奈德突然后悔起来，因为克洛蒂娅开始全身颤抖，连牙齿都咔吧咔吧直响。

"你怎么了？"

"你别靠近我！"克洛蒂娅吼叫着。

她用颤抖的双手去抓椅子上的毛衣，然后把它穿在身上。颤抖即刻停止了，克洛蒂娅轻松地喘了口气。

可是阿奈德还是非常恼怒："你拿我的毛衣干什么？"

克洛蒂娅摆出一副防卫的架势："穿啊，我很冷。"

"你从哪儿拿到的它？"

"你床上，它就在你床上。"

"我没把它带到这儿，我没它装进行李箱。"

"啊，没有吗？那它怎么到了西西里？游过来的还是飞过来的？"

阿奈德意识到自己的说法不可信，但她确定并没有把它装进行李箱。在乌尔特收拾行李的时候，她觉得它太厚，就索性没带。她还把它拿在手上重新挂回了衣橱，她非常肯定。

她看着克洛蒂娅给头发打摩丝，又频繁地挠着手臂。

"还给我。"阿奈德要求道。她不知道自己为何这么说。

"抱歉，如果我现在脱下来就会破坏我的卷发。"

克洛蒂娅拎起包，轻巧敏捷地从窗户跳了出去。穿着睡衣的阿奈德像个傻子一样看着她远去。但阿奈德迅速反应过来，脱下睡衣，换上牛仔裤和无袖衬衫。几分钟后，阿奈德跳出窗外，跟在克洛蒂娅身后，没让她发觉。

房灯关掉的一刹那，阿奈德确信自己在黑暗中看到了红色的亮光闪烁，甚至感觉背后一阵灼烧，但她的好奇和勇猛促使她继续向前。

克洛蒂娅奔跑着，尽管脚上穿的是细高跟凉鞋。她拼尽全力地奔跑，仿佛整个生命意义就在于此。阿奈德跟着她，在海滩漂亮的别墅群中蜿蜒前行，别墅的栅栏上开满了紫藤花。

远方传来了欢声笑语，响彻夜空。鲜花开满了花园，彩灯闪烁，目之所及让阿奈德感到嫉妒。

她看到一群和她年龄相仿的男孩女孩在跳舞和欢笑。

她看到他们为克洛蒂娅的奔跑而欢呼，用尖叫和掌声迎接她的到来。

她看到一个黝黑的高个男孩，长着黑色的眼睛，他迎着克洛蒂娅跑过去。克洛蒂娅也跑向他，嘴里喊着他的名字——布鲁诺。

这一连串画面在阿奈德眼前只停留了几分钟。满天星斗的夜空散发出一股防晒霜和汽水的味道。他们是一群娱乐消遣的年轻人。克洛蒂娅欢笑着侃侃而谈。

阿奈德不想再看下去了。她现在理解了，理解了克洛蒂娅，尽管无法想象她是什么感觉。这就是幸福吧，有一堆朋友，受邀参加派对。

> 我已经是一个大女孩
> 在这大千世界里
> 但一切都没有意义
> 如果你不在我身旁

歌曲响起。她坐在地上，面对着花园的墙壁，用手臂环绕住膝盖，身体随着音乐摇摆。

"你好。"

阿奈德抬起头，目光和一个与她年龄相仿的男孩相撞，他瘦瘦高高的，有些害羞。

"你好。"她无精打采地回应道。

"你想散步吗？"

"不了，谢谢。"

"我打扰到你了吗？你想让我离开回去吗？"

阿奈德有些羞愧，很显然男孩是想表现出友善，而她，几分钟前还想着要正常些，可事实上却表现得很不正常。

"不，不用离开。"

少年露出一个满意的表情："我叫马里奥。"

"我叫阿奈德。"

马里奥坐在她身边，阿奈德呼吸着带咸味的海边空气，这空气中又混合了派对特有的味道。突然，阿奈德又闻到一股奇怪的、不太寻常的味道，显然是一种让人不愉快、刺激得人缩起鼻子的味道。

"你怎么了？"

"很难闻。"

"你是说我很难闻吗？"

"不……不是你，是……"

阿奈德向发出这奇怪气味的地方望过去。她好像看到了一个影子，但此时马里奥已经站起身了："听着，这样我们哪里也去不了。我要去散会儿步。"

阿奈德反应过来，也站起了身："我和你一起。"

马里奥开始向海滩走去。身旁的阿奈德心想，倘若别人看到他们，肯定以为她是一个刚从派对出来的正常女孩，还想单独和男孩约会。

为什么不呢？

当然，马里奥似乎并不想主动。于是，阿奈德鼓足勇气，先开了口："你是想跟我约会吗？"

男孩突然停下脚步，茫然失措，十分窘迫："啊？我……"

阿奈德突然感觉这次又搞砸了："怎么了？"

"你很直白。"

阿奈德摊牌道："很抱歉，我从来没和男孩单独约会过。"

马里奥不舒服地咳嗽了两声："我觉得……我还没有准备好。"

阿奈德犹疑着，这是拒绝，是推托，还是临阵逃脱？

"你也没有？"

"我可没这么说!"

"我觉得我们是平手。"

不过马里奥宁死也不会承认:"因为你并没有让我有冲动。"

阿奈德一阵热血沸腾:"什么?我没有让你冲动?"

"没什么,我和你浪漫不起来,因为你太不浪漫了。"

阿奈德非常气愤,想象着马里奥变成一只试图叮咬她却没有成功的蚊子……

突然,马里奥甩起手臂在空中盘旋,全身抽搐着摇动,发出嗡嗡的叫声。

"马里奥,马里奥,你在干什么?"

嗡嗡嗡嗡嗡嗡……

阿奈德惊恐地用手捂住了嘴,马里奥以为自己是只蚊子。

幸好所有人都在狂欢,没有人会因为看到一个在海滩模仿昆虫飞行、发出古怪声音的男孩而感到奇怪。

可是阿奈德想死的心都有了。她刚刚被开启成为欧玛尔女巫,作为善的代表而被拥戴,这还没过几个小时,她就做出了让人难堪且愚蠢的报复行为,让一个可怜的男孩觉得自己成了蚊子。

更糟的是,她完全没意识到自己做了什么,诅咒就这样脱口而出。

唯一值得庆幸的是,她现在掌握了解咒的方法。

淌着口水、全身抽搐的马里奥惊吓得倒在沙土上,轻轻动了动手指,来确定自己是否还有控制意识。他无法理解刚才发生在自己身上的事情。

与此同时,阿奈德悄悄地溜走了。

她第一次尝试做一个正常女孩的意愿就这样彻底以失败告终。

二十二　再来一次

"再来一次。"

阿奈德再次腾空跃起，让奥蕾莉娅产生视觉上的错觉，同时借此机会光速般移动身体，从右侧将她逮个正着。

但那不是奥蕾莉娅，而是她的幻影。奥蕾莉娅恰恰在她身后，用铁钩一样的指头在她颈部静脉处轻轻一按，她发出一声叫喊。如此简单的动作就让她停滞在那儿了。

阿奈德投降认输。看来要抓住奥蕾莉娅是不可能的，她可能永远战胜不了奥蕾莉娅。

"再来一次。"奥蕾莉娅坚定不移地说。

阿奈德筋疲力尽。奥蕾莉娅却一直重复，哪怕一秒钟都不让她休息，只是一遍又一遍地重复同一个练习，直到熟练得像自动机械的动作。每当夜晚，阿奈德像包袱一样倒在褥子上时，就听见"再来一次"像鼓槌敲击一样在耳边响起。每每听到这一声"再来一次"，她就全身缩紧，完全屈从了，但这次她却反抗起来。

"我不行了，抓不住你。我尝试用和你一样的速度延展，但却做不到。"

"再来一次。"奥蕾莉娅冷漠地回应道。

阿奈德发火了。奥蕾莉娅没听懂吗？难道聋了吗？她可说得清清楚楚。她没有力气，也不想这么反复地重复这既荒唐又总是注定失败的尝试。

"再来一次。"奥蕾莉娅用那种平淡而令人厌烦的声音坚持说。

阿奈德明白，如果练习中不能做出高质量的一跳，她还会听到那句话，有些空洞，却让人畏惧，就像一滴水有节奏地落在她崩溃的神经边缘。她将所有的怒气集中在奥蕾莉娅身上，想象着抓住奥蕾莉娅后的愉悦感，然后说出同样的话。她笑着想象着自己说出那句顽固话时的变化。"再来一次。"仓皇失措的奥蕾莉娅被快速运动的阿奈德抓住，环顾四周却找不到她，也不知道自己如何被她擒获。阿奈德不假思索地像闪电一样跳起，变化着技巧。她反方向站在奥蕾莉娅面前，然后在另一侧展开幻影。

"看着我的眼睛！"奥蕾莉娅喊道。

也许因为茫然，也许因为自觉服从命令，阿奈德——她的身体而不是幻影——将目光转向奥蕾莉娅，被老师的手擒获了。

"见鬼！"阿奈德喊叫道。她发现那是个圈套。

"你格斗的时候，永远不要听对手的话。再来一次。"

阿奈德尝试冒一切危险。奥蕾莉娅教会她展开身体幻影，像闪电一样灵活敏捷，移动着攻击对手。奥蕾莉娅能够毫无偏差地分辨出身体的真假。倘若尝试分成三个身体呢？短短的几秒钟时间只能让奥蕾莉娅排除其他可能性，却足以让她发动突然攻击。阿奈德决定尝试一下，而且还是从正面攻击，用幻影在四面围困。

三个阿奈德围住了奥蕾莉娅，的确，奥蕾莉娅被这一大胆尝试迷惑了，就在她准备变身时，却被阿奈德的手从脖颈逮了个正着。

被战胜和击倒的奥蕾莉娅，头一次在这么多天的练习中会心一笑。阿奈德甚至觉得她很漂亮，笑容舒缓了她僵硬的眼睛，阿奈德此时也被她黝黑面庞露出的洁白而闪闪发亮的牙齿所俘获。

"你怎么做到的？"奥蕾莉娅问她。

"再来一次。"阿奈德提议道。

紧接着又是一次，尽管奥蕾莉娅发现了学生的计谋，但仍愿意花时间再次分辨真正的阿奈德。奥蕾莉娅又输了，但没有泄气。恰恰相反，她似乎越发有动力继续"再来一次"。

"这是一个更加有效的新本领。再来一次。"

奥蕾莉娅试着模仿阿奈德，也同时变身成两个奥蕾莉娅，但没能产生和阿奈德一样的效果，她被打败了。

"再来一次。"阿奈德继续提议道。

就这样持续了好几个小时，直到两个人都筋疲力尽，双方都成为对方的俘虏，打成了平手。

"你学会了。"阿奈德说，"非常好。"

"怎么是我学会了？"奥蕾莉娅抗议道，"我可是你的老师，是你在学习格斗。"

阿奈德站起身："啊，是吗？再来一次。"

奥蕾莉娅大笑："你梦到我了吗？我是不是你最糟糕的噩梦？你是不是想用大剂量的曼陀罗让我吞掉'再来一次'？"

阿奈德涨红了脸："你怎么知道？"

"我也经历过同样的事情，当女斗士胡诺训练我的时候，可是让我听了一年的'再来一次'，直到我战胜她为止。"

"一年？"阿奈德恐惧地问道。

她们俩在一起有两周了，但她却觉得过了很长时间。

"那你怎么做到在这么短的时间内就教会了我？"

奥蕾莉娅擦干汗水，递给她一杯枸杞汁："功劳不是我的。我就知道你比我强。"

阿奈德想找个地缝钻进去，她又树敌了。为什么她就不能将心比心，意识到没人喜欢被放在第二的位置上呢？

"这可不对，有很多事情我都没能力做……"

奥蕾莉娅发现阿奈德有些难为情，感觉很惊奇："哎，哎，哎……你以为我嫉妒了吗？"

阿奈德更加难为情了："我不知道，不过……"

奥蕾莉娅站起来指着她说："你甚至都不知道自己有多强大。"

阿奈德脸色煞白，奥蕾莉娅想告诉她什么？

"强大？"

"你知道有多少活着的海豚女巫学会了变形术吗？"

阿奈德一头雾水地耸了耸肩，她以为所有海豚都掌握了这项技能。

"瓦莱里娅是唯一的一个，而且她还怀疑克洛蒂娅永远也学不会。"

这次阿奈德彻底噎住了，咳嗽起来："你想说……我是……除了瓦莱里娅以外唯一一个能变形的吗？"

"塞勒涅曾经想尝试，但她不得不回到乌尔特。"

听到妈妈的名字，阿奈德感觉到一阵发热。

"是妈妈要求瓦莱里娅教我变形术的吗？"

奥蕾莉娅站起身，拿过毛巾："你没发现瓦莱里娅什么都没有教你吗？"

"怎么会什么都没教我？"

"她在你面前变身，但没有告诉你如何去做。"

阿奈德不想承认自己有什么与众不同，因为每次感觉到自己特殊时，都没有什么好下场。她只想做一个普通的女巫，而不是一个奇怪的女巫。

"我也一样，我并没有教你如何变身，如何展开不同的幻影。这是你自己尝试，自己学会的。"

阿奈德辩解道："事实上，运用同一原则就可以办到。这是意愿和注意力集中的问题。"

"还有能力。"

阿奈德把手放在头上："你不用告诉我这些。"

奥蕾莉娅坚持说："你是天命使者的女儿，继承了她的力量。你必须学会如何掌控和利用它。"

"但她并没有准备教我这些。"

奥蕾莉娅深表同情："我知道，而且我们所有人都知道你是唯一能救她的人。"

"我很害怕。"阿奈德坦白地说。

奥蕾莉娅坐在她身边，抚摸着她："我知道你害怕，因为你意识到那些本该保护你的人却没有你的能力强。我小时候也经历过同样的事情。"

"是什么？"

"很可怕。"

"发生了什么？"

"一个欧迪斯杀了我的姐姐。"

阿奈德想起书中那些印有发白、流血的欧玛尔孩童的图片，不禁毛骨悚然。

"我那时还很小，我们一起睡在同一间房子里。好几个夜晚我都能感觉到她的恐惧和不安，直到我看到一个欧迪斯女巫来到她床边，榨取了她心脏里的最后一滴血。"

阿奈德吓得一动不动："你做了什么？"

"我和那个欧迪斯格斗了，没人教我如何格斗，但那是蛇群中古老的技艺，是一种本能。"

"你真勇敢。"

"不过我当时还是个小女孩，认为妈妈总是比女儿强大，所以就去求助于我的妈妈。"

"然后怎么样了？"

"我妈妈认输了。"

阿奈德沉默了，奥蕾莉娅的故事解答了她的很多疑问。

"再来一次。"阿奈德低声说。

奥蕾莉娅用手背擦掉眼角的一滴眼泪："当时我发誓永远也不会认输，后来我才知道那是蛇群格斗的技能。我天生就知道，但不是所有人天生就具备这项技能。我妈妈就缺少它。"

"你后来和欧迪斯对抗过吗？"

奥蕾莉娅环顾了一下四周，然后抓住阿奈德的手，带她来到淋浴室，打开一个水龙头，用哗哗的水声做掩护，向她坦言道："有一次。"

"你为什么这么和我说话？"

奥蕾莉娅看上去有些拘谨："因为禁止。"

"禁止对抗欧迪斯？"

"你没听过欧姆的故事吗？欧姆将自己的女儿欧玛藏了起来，防止欧德喝她的血。我们欧玛尔千年来都这么做，隐藏起来躲避战争。"

"欧姆并没有无动于衷，她破坏丰收，带来冬季。"

"正是，所以我们要学会掌管自然力。"

阿奈德还是没有弄明白："不过，我正在学习格斗。在那场情谊浓重的女巫大聚会上，大家将从欧迪斯手中拯救妈妈的任务交给了我，所以你现在就在教我格斗。"

"她们很害怕，非常害怕。"

"害怕什么？"

"害怕天命使者。"

"害怕塞勒涅，我妈妈？"

"如果塞勒涅变成了欧迪斯，预言预测欧玛尔就会终结。"

"但这听上去很荒唐，妈妈绝对不会成为她们中的一员。"

"我们希望她不会。"

阿奈德感觉到了那个"希望"传递出的不安，音节与音节之间穿插的紧张情绪，以及她说出"不会"时的略微迟疑和犹豫。像奥蕾莉娅一样的女斗士也会被吓住吗？

"你也害怕吗？"

"萨尔玛回来了。"

"萨尔玛？我听瓦莱里娅提起过这个名字。她是谁？"

"一个非常残忍的欧迪斯，她有上千个名字和上千种外貌。"

阿奈德有些震惊："这说明什么？"

"有些事情要发生了，或者正在发生。"

"我要加紧了，对吗？"

奥蕾莉娅让她看了一下自己的左脚，缺了两根脚指头。

"如果你要和欧迪斯决斗，就牢牢记住我的两个忠告。每个忠告代表一个失去的脚指头。"

阿奈德靠近她，仔细听她要说的话。

"永远不要相信她们。不要相信她们对你说的任何一个字，尽管看上去有可能是真的，也不要听信她们。她们会混淆你的视听。"

阿奈德将这条忠告铭记于心："另一个忠告呢？"

"不要看她们的眼睛。她们的眼睛汇集着所有的力量，可以麻痹你的意愿，将匕首刺入你的胸膛。一定要避开她们的目光。在黑暗中格斗，要用上绷带，用一些能够让你对她们的目光有所免疫的东西。"

阿奈德急切地想知道："还有什么？"

奥蕾莉娅秘密地靠近她。

"有，"她悄悄地说道，"有一件事非常非常重要。"

"什么？"

她猛地使劲将阿奈德推到淋浴头冰冷的水中，阿奈德尖叫起来。奥蕾莉娅笑了："你要时刻采取守势，傻姑娘。"

阿奈德全身滴着水从淋浴头下钻出来，两手掐腰站在奥蕾莉娅面前，向她挑战："再来一次。"

二十三　血

大门被风吹开了。房间里，萨尔玛一脸惊讶地睁开了眼睛："你要干什么，塞勒涅？为什么在进门前不先敲门？"

塞勒涅看上去比以往越发高挑、强大和可怕，她指着萨尔玛手中的婴儿："你这是要干什么？"

萨尔玛把小东西放在床上，那孩子还在安睡中。

"你怎么了？冒犯到你了吗？我的嗜好烦扰到你了吗？"

塞勒涅用力摔上门，摔门声如同一记响亮的耳光在房间里回响。她靠近萨尔玛，说道："你以为我是傻子吗？"

仓皇失措的萨尔玛及时振作了起来。塞勒涅向她投掷灰尘风暴，萨尔玛将颗粒停滞在半空中自我防卫："发生了什么？"

塞勒涅模仿萨尔玛轻狂的笑声："如果伯爵夫人得知你没有遵守她的命令，而是随心所欲，一点儿也不考虑后果，那她一定会恼怒。你是在挑战她和我的力量。"

萨尔玛假装恼火道："我没有随心所欲。"

"没有吗？整个岛上都在传播你的恶行。当地报纸公布出消失婴儿和流血女孩的照片：她们都是欧玛尔。"

"当然。"

"当然？什么当然？还没有到星体相合的时候，不过就快到了。你每天夜里都会看天空吗，萨尔玛？我可是看了，我渴望快点儿发生，而且我向你发誓，萨尔玛，我行使的第一个权力就是要惩罚你的冒失。你企图超越我的权力？企图取代伯爵夫人？你到底喝了多少血来确保几百年的优势？这可不符合我们的约定，萨尔玛。你的手段太肮脏了。"

萨尔玛畏缩了："我需要补充力量。"

"不是这样！"塞勒涅咆哮道，"你在挑战我。行，萨尔玛，我现在命令你，从现在开始，把你的受害者交给我，让我来享用。你的盛宴足够了。你去岛外寻找吧，这是我的地盘，我在这个宫殿统治着一切。"

"统治？别说笑了。你的权杖在哪儿？"

塞勒涅又靠近一步："很快就出现了，一旦它到我手上之后，你可别有异议。"

塞勒涅一把抱过小婴儿，婴儿被惊醒后开始哭起来。塞勒涅慢慢脱掉婴儿的衣服，找到萨尔玛在她胸口开的那个小小的伤口。塞勒涅慢慢将嘴靠近伤口。

萨尔玛突然勃然大怒："你说你不会用我们的方法。"

塞勒涅抬起头，狠狠地瞪了她一眼："那是之前，在拥有这一切之前。我可不像你想的那么傻。"

愤怒的萨尔玛气呼呼地离开了房间。塞勒涅提醒她："你要去哪儿？记住我跟你说的话。"

萨尔玛反驳道："也有规则之外的例外。"

萨尔玛说完便离开了，留下塞勒涅独自一人抱着哭泣的婴儿。

欧德的预言

献给天命使者黄金、鲜血和永生。
珍珠光泽般的美丽肌肤，
永恒月亮的时间，
在她被爱所渲染的梦境中。
野心和
羡慕、嫉妒等份，
报仇之外还有背叛。
她将被引诱并将屈从于诱惑。

二十四　克洛蒂娅的秘密

　　阿奈德独自一人在海滩上漫步。她光荣地完成了奥蕾莉娅的课程学习，但并没有骄傲自满，反倒感觉一阵空虚袭来。或许她已经成了一名女斗士，然而……她能对抗孤独、对抗交友的无能以及自己的丑陋和无依无靠吗？

　　阿奈德回到家时，克洛蒂娅已经睡着了。她从来没有这么早入睡过，阿奈德坚信这是她的障眼法，还等着看她起身、换衣、梳妆，然后跳出窗外，但一切都没有发生。

　　克洛蒂娅躺在床上咳嗽着，在两层毯子和卡其布床单下面瑟瑟发抖。

　　"你不舒服吗？"

　　出奇地安静。她们好几周没有说话了，就像两个陌生人共处一室，而阿奈德突然提出一个私人问题。

　　"好冷。"过了一会儿，克洛蒂娅回答道，"你没觉得吗？"

　　此时是大夏天，岛上的天气十分闷热，几乎要让人窒息，尤其是对于适应了高山气候的阿奈德来说。

"你生病了。"

"没有……"对方立即反驳道，像是自我防卫，但还没等阿奈德提出异议，她自己就纠正说，"或许是吧……"

"你告诉瓦莱里娅了吗?"

"你想都别想!"

阿奈德沉默了。克洛蒂娅再次开口，嘴巴像牡蛎一样缓慢地一开一合，疼痛难耐："暴风雨那天我病了，着凉了，现在还没好，睡眠也极差。"

"你哪里疼吗?"

"骨头，胸在呼吸的时候，还有头。"

用来说话的劲都能让她咳嗽一阵。阿奈德起身，将手放在她额头上。冰冷冰冷的，没有一点儿烧，太奇怪了! 当她准备撤回手时，克洛蒂娅阻止了她："不，放在那儿，这减缓了我的疼痛。"

阿奈德感觉到些许安慰。克洛蒂娅请求她治疗自己的头疼。她把双手放在克洛蒂娅冰冷的额头上，用力吸走穿透身体、压迫心脏的寒气。克洛蒂娅停止颤抖，笑了笑。这一举动足以让她鼓足勇气继续治疗。阿奈德用新的力量熟练地抚摸克洛蒂娅的头颅，她的指头魔幻般地一点点伸长，直到深入克洛蒂娅大脑中每条亢奋的神经里。透过指尖，她能感受到压力消除，血液重新流畅循环。克洛蒂娅的呼吸从之前的垂危状态变得正常而有规律，面部表情渐渐放松，眼睛随着睫毛无意识的扇动而开开合合。

阿奈德观察着她。她就这么睡着了，一头卷曲的黑发框出她椭圆形甜美而又略显苍白的脸。这让阿奈德不禁想起东正教圣母玛利亚的圣像。

阿奈德看到了一个女孩的煎熬，她因女巫身份而被妈妈囚禁起来。真遗憾她们不是朋友。

回到床前，可怕的寒战让她从头到脚抖动起来。她感到寒冷，非常冷，冻得像树叶一样颤抖，牙齿咯咯作响。克洛蒂娅的寒气侵袭了她的整个身体。于是，她打开衣柜，取出毛衣穿在身上，顿时感觉舒服多了。

她疲惫不堪、筋疲力尽，一下倒在床上，闭上了眼睛。

数小时以后，她满头大汗地醒来，突然感觉到皮肤表面有尖锐的刺痛。当然，是那件粗制羊毛衫。她就这么穿着毛衣在大夏天睡觉？当试图脱掉它的时候，她就闻见一股令人不愉快的刺鼻气味，这股气味和在克洛蒂娅的朋友聚会上闻到的一样。有什么东西，她的直觉劝她不要动。

然后，阿奈德听到了克洛蒂娅的呻吟声和呜咽声。克洛蒂娅似乎睡着了，正在噩梦中挣扎，但当阿奈德想站起身安慰她时，发现自己的身体没有反应。一种让人无法动弹的恐惧突然袭来。无论她怎样对肢体发出命令，身体就像一个了无生气的大包袱，就连双眼也不听使唤，紧紧闭着。她觉得自己还在深深的睡梦中，想要醒来，但那气味非常浓烈，克洛蒂娅的呜咽声也是真实的。就这样，她醒了。发生了什么事？

是一个咒语，她是咒语的受害者。

她拼命地想摆脱麻痹的重压，将所有力量集中在眼皮上。格丽塞尔达曾经就这么训练过她。当恐惧消除了你的感觉，你就要将力量集中在一个点上。

她的眼皮重如满载石头的货车，睁开它就如同一百个男人用力举起一扇铁窗。向上，向上，好了……

她成功了。房间里很暗，克洛蒂娅的毛绒玩具和娃娃在家居柜上一字排开，在墙上投下形状怪异的阴影。阿奈德眨了眨眼，用尽力气慢慢扭动了一下脖子，几秒钟便辨识出了克洛蒂娅的床。只见床上方一个像墙上投射的影子般离奇而虚幻的人影，一个苗条修长的女人在用她长长的手指挖着克洛蒂娅的胸膛。

阿奈德想吓跑她，必须弄出什么动静。而那女人被噪声惊动，目光紧紧地盯着她。阿奈德陷入了可怕的梦魇中。

阿奈德汗流浃背。厨房灼热，正午的阳光炙烤着她，尤其是她那张因自己的所作所为而羞愧的脸颊。

"我不是打小报告，我不希望你认为我是在到处散播，告发其他女孩做了什么，但你听好了，克洛蒂娅面容苍白，眼圈发黑，不停地咳嗽。她头疼得厉害，晚上还做噩梦。"

瓦莱里娅一边听阿奈德讲话，一边控制着烤箱烧烤的时间："是啊，我已经注意到了。我会给她准备一些滋补的药水。她得了重感冒。"

阿奈德继续说："她胸疼，还做噩梦。"

"骨头呢？她抱怨骨头了吗？"

"是的。"

"这正是我所担心的，流感的状态。"

阿奈德着急得搓着双手："昨天晚上，我好像看到房间里有个人影。"

瓦莱里娅原本正专注地涂抹烤肉酱，没有注意阿奈德说话的严重性，可这一次，她突然停下手中的活，立即关上烤箱门，说道："讲清楚了，我不喜欢暗示。"

"我怀疑一个欧迪斯在吸她的血。"

瓦莱里娅沉默了片刻，问道："在这个房子里？"

"没错。"

"对我的女儿？"

“是的。”

“怎么做到的？”

“利用你无暇顾及她的时候，分散她的注意力。”

平时沉默寡言的瓦莱里娅顿时大怒，阿奈德注意到了她的愤怒，后退了一步。

“不要过分，阿奈德。我把你当女儿一样对待，但这并不意味着你有权利评论我对待家人的方式。懂了吗？如果是我忽视了克洛蒂娅，那也是因为你。记住了！”

“我并不想冒犯你，但是……”

“你该道歉。”

“对不起。”

“我不想再听到关于这件荒唐事情的任何一句话。没有一个欧迪斯敢在我面前吸女孩的血。”

如果可能的话，阿奈德会在一开始受到当面斥责时就用手捂住羞愧的脸。她错了，错在表达形式和说话内容。阿奈德不敢向瓦莱里娅坦言克洛蒂娅连续夜间出逃的事实，坦言她的地下恋情以及她胆大妄为地将保护盾牌私自取下。如果瓦莱里娅知道了，也许会重视她的疑虑并开始调查，但说得太多只会让她成为一个可恶的告密者。

下午，正当大家准备占卜仪式的舞台、点燃树干去寻找兔子的时候，阿奈德发现克洛蒂娅脸色苍白，有些冷漠。她躲避着，如果阿奈德跟她讲话，她就装作没听见，并拒绝回答。她又变成了那个一贯让人反感的克洛蒂娅。

相反，瓦莱里娅却比以往更周到、更耐心地对待女儿。她递给女儿匕首，以此主持仪式。克洛蒂娅牢牢抓紧兔子，镇定自若地将匕首一下子刺进去，用力一拧，割断了它的脖子。阿奈德习惯了用猪、鸡和兔子做祭祀，但在乌尔特没有一个与克洛蒂娅年龄相仿的女孩敢于持刀，还下刀如此精准。瓦莱里娅举起手中的银碗，克洛蒂娅让动物的血顺着流下，将美丽的金属滴溅成红色。

然后，克洛蒂娅将那把双刃匕首递给瓦莱里娅。瓦莱里娅精准地一刀下去，在垂死的兔子身上开了一个口子，然后取出热乎乎的内脏。母女二人将它们摊放在镀银的托盘上，那上面是一块块生命律动的碎肉，纠缠在一起，充满褶皱和神秘。

克洛蒂娅和瓦莱里娅默默地识别着那些肝脏和肠道的颜色、纹理以及形状所显示的征兆。她们配合默契，让阿奈德觉得自己被排除在外，后悔张嘴说了话。

她永远学不会及时闭嘴。说到底，那个自负的说谎者与她有何相干。

克洛蒂娅率先采取行动，列出一个征兆："你和塞勒涅沟通的最合适的地方是在废旧采石坑，在锡拉库扎。"

"废旧采石坑？"阿奈德奇怪地问，"什么是锡拉库扎的采石坑？"她又重复道。

提问过后，她斜着眼睛看着克洛蒂娅，期待她用刻薄的回复解答她无知的问题，但克洛蒂娅面色暗淡，眼圈发黑，没搭理她，而是保持沉默。这是一种伪装下的蔑视，如同阿奈德不存在。瓦莱里娅替女儿回答："废旧采石坑是那些在旧石灰岩矿山挖掘的洞穴，用从中提取的石头建造出了锡拉库扎最美丽的建筑物：朱庇特圣堂、剧院、奥提伽堡垒。七千雅典人在攻打雅典的战争中被俘，在被当作奴隶贩卖之前，便是囚禁在采石坑里。"

"在那儿我能和妈妈沟通？"

"这是征兆显示的。"

格丽塞尔达走进房间打断了她们，手里端着装有陶罐和四个杯子的托盘。无意中，她踩到溢出来的几滴血上，滑倒摔了跟头。可怜的格丽塞尔达平衡性太差，尽管她试着稳定杯子，可是它们还是一个接一个地落在地上摔得粉碎。瓦莱里娅和克洛蒂娅一动不动地注视着这一片狼藉。格丽塞尔达赶忙连声道歉，猫着腰收拾残局，但一听见瓦莱里娅和克洛蒂娅的喊声，她便停下来。

　　"不，不！"两人吓坏了。

　　"发生了什么？"

　　"别碰它！我们要先想出一个符咒来对付这不祥之兆。"

　　"什么不祥之兆？"

　　克洛蒂娅简直不敢相信："难道你没看到吗？难道你现在没有在看吗？"

　　当格丽塞尔达领悟到碎玻璃在蜂蜜色瓷砖上形成的神秘图案后，也吃惊地捂住了嘴。克洛蒂娅指着地面说："我看到死亡临近，一场可怕的、令人恐惧的死亡。"

　　瓦莱里娅抓住她的手臂说："我看到了火，毁灭性的大火，将摧毁生命。"

　　克洛蒂娅捂住了眼睛："我看到了疼痛、痛苦和哭泣，还有悲伤和苦难的眼泪。"

　　阿奈德盯着格丽塞尔达，听到克洛蒂娅和瓦莱里娅威胁性的言语，她既胆怯又痛苦。埃特卢里亚神谕的威望足以让她相信所显现的死亡和毁灭的恶兆。阿奈德与格丽塞尔达一致相信：一个可怕的事件已经临近，正飘荡在空中。而格丽塞尔达和阿奈德惊讶地对视，这才意识到她们之间正在用心灵感应沟通。

　　那晚，没人感到饥饿，没人想去品尝美味的兔子肉。

　　阿奈德为她们俩的房间祈求了一个保护盾牌，将克洛蒂娅隔离起来。她需要等克洛蒂娅钻进被窝，然后保持清醒和警觉。克洛蒂娅不安地呼吸着。

"你想让我给你按摩放松一下吗？"

但克洛蒂娅的反应却带有攻击性："别碰我，该死的告密者。"

阿奈德蜷缩在自己的床上。这不公平，她在保护克洛蒂娅，可克洛蒂娅现在不是将怒气发在瓦莱里娅或者欧迪斯身上，而是针对她。

克洛蒂娅的梦断断续续，她一会儿鼾声四起，一会儿突然惊醒。她呼吸困难，说胸闷缺氧，走到窗前，呼吸着轻柔的微风，还没有探出头，接着又不安地回到床上。

不一会儿，刺鼻的气味弥漫了整个花园，覆盖了茉莉和紫藤的香味。

阿奈德警觉起来。

克洛蒂娅失控的焦虑来源于外面出现的欧迪斯。由于目光无法对视，欧迪斯无法穿过入口，也无法施展法术。她一直在外面呼叫克洛蒂娅，像一头母牛呼唤它的小牛犊，而克洛蒂娅渴望服从于她。突然，克洛蒂娅站起身，准备穿衣服。

"你要去哪里？"

阿奈德站在克洛蒂娅和她的衣服之间，克洛蒂娅努力用手够着牛仔裤："布鲁诺。布鲁诺生病了，他需要我。"

阿奈德打开灯："你怎么知道？"

"我知道，我和你一样都是女巫，我知道。那是死亡的预兆，宣布了布鲁诺的死。"

"你错了。"

"闭嘴。"

但阿奈德没有要停下来的意思，她关掉灯，抓着克洛蒂娅的手，

226

带她来到窗前。在花园的树荫下，一个女人的身影清晰可见。

"你看到了吗？"

"我当然看到她了。她是布鲁诺的表妹，特意来找我的。"

"你疯了！她是一个欧迪斯。她在吸你的血，所以你才脸色苍白、眼圈发黑，还会在梦里呻吟，心脏疼痛。你让我看看你的胸部，我指出伤口给你看。"

"放开我，别碰我。"

阿奈德撤回了手。克洛蒂娅非常不安，困难地咳嗽和呼吸着："为什么我不能离开这个房间？"

阿奈德无法欺骗她："我施了法术，这样任何人都无法伤害到你。"

克洛蒂娅用手捂住胸口，内心躁动。她像一只被囚禁的狮子，在这小小的房间里来回踱步。最后，她在窗前停了一会儿，像是在思考，然后坐了下来，将头深深地埋在胸口。

"你是说，布鲁诺的表妹是一个欧迪斯，她在吸我的血？"

阿奈德放松了下来，克洛蒂娅终于开始接受她的现状了。

"昨晚我看到她在你的床上，在这个房间里。"

"这就是为什么你告诉了我妈妈，你要保护我？"

阿奈德点头确认，克洛蒂娅用手抱住了头："哦，我真是个傻瓜！我现在明白了，你只是想帮助我。"

阿奈德拉着她的手，她的手冷得像冰："去吧，盖好被子休息吧。"

阿奈德递上自己的毛衣，与她和好，克洛蒂娅接受了，穿上它，露出感激的微笑，却没有上床："盾牌不会阻止我上厕所，对吗？我想尿尿。"

阿奈德于是暂时解除了魔咒："好吧，你现在可以出去了，但要快点儿，否则欧迪斯就会潜入房间，用目光麻痹我。"

"好的。"克洛蒂娅踮着脚尖走进了浴室。

阿奈德从窗子上监视着那个欧迪斯的一举一动。她正远离房子，向停靠在偏僻小巷的汽车走去。阿奈德舒了一口气，欧迪斯放弃了。

听到卫生间里发出一连串声响，阿奈德离开窗户，准备重新施法立盾牌，却突然被远处匆匆的脚步声和哐当的关门声惊吓到了。发生了什么事？

阿奈德向窗外探出头，心里有种可怕的预感。没错，克洛蒂娅正光着脚丫、身着睡衣穿过花园，向远方发动引擎、车门敞开的汽车跑去。她被骗了，克洛蒂娅比看上去还要精明。

阿奈德大喊，但喊声并没有阻止克洛蒂娅。她抓起匕首和白桦木魔杖跳出窗户，从洋李树的树干上滑到地面，跑去追赶克洛蒂娅。刚到大街上，她就本能地采取了行动。她念出幻觉咒语，不一会儿就出现在塞勒涅车子的驾驶座上。这一次她毫不费力地开动了车子，嗖的一声便跟在欧迪斯的白色汽车后面，沿着它留在道路上的车辙行驶。阿奈德没有打开车灯，并注意保持一定的安全距离。

汽车偏离主道，开上一条红色的小路。那是一条森林道路，它慢慢地向岛上雄伟的埃特纳火山南部延伸攀爬。阿奈德谨慎地驾驶着，因为她知道任何一个晃动都有可能结束这个幻觉咒语。她让自己坚信所开的是塞勒涅真正的汽车，并紧跟远方带领她的那个白点行驶了长长的一段距离。

汽车终于停下来了，车灯熄灭。阿奈德停下咒语，步行前进。当车辆的幻觉消失，她突然没有了安全感，但彼时的森林不再发出令人不安的窃窃私语声。现在，她能区分一切在阴影中捕猎的声响，那些在夜色掩护下的拾荒者的声音。

她一路前行，角鸮的叫声和猫头鹰的歌声陪伴左右，她还回应着小雄鹿对着树干磨犄角的声音，它们在为秋季求偶做准备。

她朝着一处亮光走去，那是牧羊人的茅屋。她缓慢而谨慎地前进，唯一的计划就是阻止克洛蒂娅的死亡。前进途中，她确定了自己的位置，便发起了心灵感应的呼唤。她呼唤格丽塞尔达，意识到自己的叫声惊动了她，猜想瓦莱里娅在这个节骨眼上已经放下了该死的骄傲，策划方案来拯救克洛蒂娅了。她感觉到了格丽塞尔达的回应，提醒她注意安全、谨慎小心。

阿奈德本打算等候她们，但当她从门缝向里窥探，场面却令人忧伤。克洛蒂娅苍白如纸，睡梦中的呜咽声逐渐微弱，发出垂死前的鼾声。那个欧迪斯毫无顾忌地抚摸着她裸露的胸部，舔舐她滴着一颗颗玫瑰色珍珠的嘴巴，那是鲜血。她用自己惨白、优雅的细长手指掰开克洛蒂娅的一只眼睛，一只迷茫的眼睛。她触摸着眼球，分明要将它挖出来。

阿奈德无法忍受这一残忍的场面，她必须阻止这一切。

一张桌子、四把木椅、壁炉旁的一个箱子和一张床是这个小石头茅屋里的所有东西，毛衣被随便扔在了地上。阿奈德快速研究现场情况，以确保突袭的意外效果。

一，二，三。

她闯进小茅屋，将门敞开，向梁上挂着的油灯施了一个黑暗咒。

她不想看那个欧迪斯的眼睛，因为如果看了，就会迷失自己。她躲避在黑暗中，在欧迪斯的背后控制着对手的动作。此时月亮淡淡的光晕逐渐消退，照亮了敌人的轮廓，而她将身体隐藏在最黑暗的区域。有那么一瞬间，她感觉扰乱到了对方。那个欧迪斯停下片刻，将克洛蒂娅扔在地上，然后死死盯着阿奈德躲避的角落。阿奈德不打算进攻，现在最重要的是赢得时间来拯救克洛蒂娅的性命。

"你躲着我？或许害怕了？"

阿奈德不让自己听欧迪斯的话。她的声音太过温柔甜美，会引人上当。

事实上，欧迪斯分散注意力的计策未能得逞。奥蕾莉娅的教导和训练足以让阿奈德面对各种意外事件。她的身子一遇到攻击便展开成为三个。欧迪斯的魔杖触及的便是她的假体。

"天哪！你竟然会母蛇部落的格斗术。"

阿奈德没有回应，她在测量保护盾牌的距离时感觉到了那个欧迪斯的力量——强大，可怕的强大。那股强烈刺鼻的气味如此靠近，迅速地刺激到她的感官。欧迪斯正在谋划攻击策略，然后再次发起攻击。而这一次，即使阿奈德很快闪开并展开身体，也没能躲开。欧迪斯的魔杖正好摩擦到她的腿部被钟罩割伤的隐藏伤口，现在，她第一次感觉到难以忍受的疼痛。

还没来得及喘一口气，阿奈德便让敌人措手不及。她用自己的匕首发动攻击，用那把用来画圆圈和切割树枝的双刃剑。那是下意识的自发行动，刀刃在欧迪斯的手上划了一道口子，然后她听到有什么东西掉落在了地上，但她顾不上那是什么，也不在乎伤口造成的影响轻重。那个欧迪斯大喊，尖叫声在夜空回荡。阿奈德但愿欧迪斯能痛昏过去，好让其他欧玛尔及时赶到。

欧迪斯停下来，气喘吁吁，愤怒地攥紧双手。阿奈德听到了撕扯布料的声音。欧迪斯正用一块衬衫布料做止血带，她的一根手指似乎被砍掉了。

阿奈德几乎无法前行一步，已经没有力气给自己的旧伤口止血，唯一能做的就是豁出去给敌人最后一击。她用尽全身的力量扑向欧迪斯，然而这一次，对方却有所准备。一声狼嚎，阿奈德挥舞着匕首冲了过去，可匕首刚一触碰欧迪斯的皮肤，就碎成了无数碎片。一个碎片刺进了阿奈德的手臂，她后退了几步，感觉自己失去了方向。

她们断断续续地喘息着，等待对方的下一次攻击。

"你是一条非常强大的蛇。"

"我不是蛇。"

阿奈德终于决定张口说话。她不听信任何谎言，也不相信对方的话中带有善意。她几乎不能动弹。那个毒药，让人疼痛难忍的毒药已经穿透她的身体有一段时间了，药性已被激活，并蔓延到了身体其他部位。她需要解药。

"那么，你是什么？"

"我是一头狼，我的名字叫阿奈德，来自特斯诺乌里斯家族。"

"特斯诺乌里斯家族？是塞勒涅·特斯诺乌里斯的家族？"

"我是她的女儿。"

"塞勒涅的女儿？"

她发现自己的话让欧迪斯大为吃惊。难道她不知道？真奇怪，自己来到岛上的消息已被大张旗鼓地宣扬开了，况且海豚在这件事上也并不是很慎重。

"你真是塞勒涅的女儿？"

"还是德梅特尔的外孙女。"

"我是萨尔玛。"

阿奈德吓得半死。如果萨尔玛发现她没有自卫能力，分分钟就可以解决掉她。"很好，阿奈德！"她对自己说，"那个欧迪斯又不是石头。来吧，你还等什么，把手指插进敌人的伤口里吧。"

"像萨尔玛这样强大的女巫，怎么能不知道塞勒涅的女儿每天晚上都和克洛蒂娅在一个房间里睡觉呢？"

萨尔玛没有马上回复。她气喘吁吁，非常困惑。她有一种被出卖或不确定的感觉，不过她掩饰得很好，仍然开心地笑着，一种空洞的假笑，让人忘却耻辱并放松心情。阿奈德看似宽慰不少，不知不觉中，肾上腺素分泌降低，防御注意力也分散了。这正是萨尔玛所期待的。

"塞勒涅——你的母亲，背叛了你们所有人，她心甘情愿抛弃你。"

"这不是真的！"阿奈德厉声说道，忘记了应该牢记的一切。

萨尔玛在黑暗中高兴地舔舐着嘴唇："塞勒涅和我一样热爱鲜血。她渴望永生，希望永葆美丽。"

阿奈德捂住了耳朵，不想再听下去，尽管已经听得够多的了。她的腿开始发软，萨尔玛逐渐靠近，抚摸着保护盾牌，企图瓦解她的防御。阿奈德胸口的灼热感和压迫感逐渐加深，呼吸变得吃力。

"塞勒涅不想要你，拒绝了你，永远地忘记了你。她后悔自己有个女儿，让我来处理你，希望你的血能派上用场。"

阿奈德抽泣着倒在地上。萨尔玛的手陷入了她的胸部。阿奈德抬起头哀求着，她的眼睛与萨尔玛的眼睛对视，感到一阵可怕的刺痛，随后便失去了知觉。

片刻之后，她苏醒了起来。过了一个小时，还是几分钟，几秒钟？她不知道。萨尔玛似乎尖叫着在和什么人打斗。是欧玛尔到了吗？到底发生了什么？她假装昏迷并竖起了耳朵。她听到一阵愤怒的声音飘荡在身体上方。萨尔玛很是生气，几近暴怒。

"你骗了我！你没有告诉我塞勒涅的女儿在陶尔米纳，还用咒语把她隔离起来。这件该死的毛衣一直在克洛蒂娅身上穿着，所以我才没能干掉她。"

后面的回答似乎给了阿奈德一记响亮的耳光。那是克莉丝汀·奥拉夫。克莉丝汀温暖如母亲般的声音响起："她是我的！属于我！"

"你用她做什么？"

"不关你的事，老巫婆。放开她。"

"你变得多愁善感了？"

"去消灭克洛蒂娅吧，但把阿奈德还给我。"

"你把她藏起来了，不让我们任何人知道她的下落，像一只孵蛋的老母鸡一样保护她。"

"我只想要她。"克莉丝汀·奥拉夫坚持道。

萨尔玛的笑声在小屋中回响："真可笑，让我觉得真可笑。你可骗不了我，女巫。这个女孩可不是一个简单的欧玛尔。"

"这不关你的事！"

"啊，不关我的事？你错了。我已经在她身上下了诅咒。"

萨尔玛一把将阿奈德从地上抓起来，就像是在抓一个包袱，然后将她冰冷的手深入阿奈德的内脏。

"放开她！"奥拉夫夫人一把抓过阿奈德，试图从萨尔玛手中将她夺走。

阿奈德感到心脏在收缩，萨尔玛吸榨她的鲜血，克莉丝汀用力拉扯她，她的心脏收缩着，她感觉要死了。她不知道塞勒涅是否爱她，奥拉夫夫人是否也爱过她，她就要这么死了。这种悲伤和背叛的痛苦远远超过生命慢慢丧失的痛苦。她跳了起来，用尽全力大喊着，挣脱掉萨尔玛的控制以及奥拉夫夫人的双手。

这是她从内脏爆发出的愤怒。阿奈德希望全世界都和自己的痛苦一起颤抖，希望大地喷火，希望萨尔玛和克莉丝汀，以及她和她的悲痛都被熊熊大火吞噬。

为什么？为什么最让她受伤的是质疑别人的爱？

大地震动，一次，两次，三次。震颤越来越剧烈。休眠的埃特纳火山苏醒了，喷出火焰和熔岩。火山锥的咆哮凝结了阿奈德流淌的血液。萨尔玛和克莉丝汀瞠目结舌。地表开裂，石屋的瓦片到处掉落。阿奈德扑向克洛蒂娅，和她一起滚到了床底下。不一会儿，整个屋顶坍塌，两个猫影灵活地跳出窗外。

大地吞吐着熔岩与火焰，它的内部出现了一个奇怪的明亮物体，一个用黄金雕刻的权杖。

一只斑点猫停下脚步，变形成了一个美丽的女人。她抓住明亮的物体逃离开来。

在废墟中，被灰尘和烟雾覆盖着，阿奈德感觉到一对强健有力的臂膀将她抱起来，摸着她的脉搏，在她耳边低声说了几句安慰的话。

"她们活着，还活着。"

她失去意识前最后听到的是瓦莱里娅的声音。

二十五　挑战

　　塞勒涅紧紧抓住栏杆扶手，欣赏那充满亮光和恐惧的奇观之夜。埃特纳火山咆哮着，吞吐出魔鬼般恐怖的火焰，熔岩舔舐着斜坡，曲折地滑入山谷。宫殿、山丘和峡谷在火焰中闪闪发光，地平线在环绕着火山锥的浓密黑烟下逐渐变暗。

　　大地每一次新的震动，都伴随着女孩的尖叫声。

　　直到焦躁的塞勒涅训斥她们："安静！"

　　她们中最大胆的一个跪在地上，画十字祈福，然后双手合十恳求她："夫人，拜托，我们求求您不要生我们的气，快点儿结束这场噩梦吧。"

　　塞勒涅假装惊讶："你认为是我制造了火山喷发？"

　　那个叫玛利亚的勇敢女孩没有掩饰自己的怀疑，回应道："哦，是的，夫人，我看到您整个晚上都盯着火山，怒吼着我们听不懂的话，您用双手向大地内部施法，直到埃特纳火山从睡梦中苏醒。拜托，夫人，让它再次休眠吧……"

　　塞勒涅用她金色的凉鞋敲了敲大理石地面："这真荒唐！"

但一个尖酸刻薄的声音戳穿了她的谎言："那可绝对不是荒唐的猜测。她们说得对，塞勒涅，是你唤醒了火山，因为你想摆脱我。"

是萨尔玛，萨尔玛如幽灵般出现在塞勒涅面前，她穿着血淋淋的连衣裙，眼睛里充满了仇恨。

"闭嘴！不是只有我们两个人。"塞勒涅反驳道。

"这很容易解决。"萨尔玛喃喃自语着拔出匕首。

但就在萨尔玛要对几个女仆采取行动的时候，气愤的塞勒涅取出她的魔杖，念出了致命的咒语，女孩们晕倒在地。

萨尔玛称赞她的迅速："依我看，引起火山爆发之后，你还保留了一些力量啊。"

"我警告过你不要继续作恶。"

"所以你从中作梗，保护了自己的女儿？"

塞勒涅睁大眼睛，愣住了："我的女儿？"

"够了，别再骗人了！"

塞勒涅沉默了片刻，然后扑向萨尔玛："是你向我挑战，你差点儿就为此付出了代价。"

萨尔玛向她展示了自己流血的手，手上缺了一根无名指："我不会原谅你的。"

"又不是我干的。"

"是你的小阿奈德干的，那个又丑又笨、一点儿力量都没有的女孩……伯爵夫人会裁决的。"

塞勒涅吓坏了："你们是不是要带我返回暗黑世界？"

萨尔玛很是生气："你欺骗了我们两个。关于你女儿的事，你欺骗了我们。"

塞勒涅指着萨尔玛说："你呢？你到底在隐瞒什么，萨尔玛？你在这里都干了什么？"

萨尔玛后退了几步，将一个明亮的物体藏在身后："问幽灵去吧。"

"我要这么做，而且伯爵夫人也会知道。"

萨尔玛怒气冲冲，两眼冒火："让伯爵夫人决定吧！"

塞勒涅环顾了一下四周，为这些不得不抛在身后的财富叹了口气："我同意，就让伯爵夫人决定吧。"

二十六　援助之手

阿奈德方才苏醒，发现自己躺在洞穴里凉爽的稻草席上。那里空气中带有凉爽的湿气，石灰石墙壁上渗着水。她闻到一股潮湿土地的熟悉气味，抬头一看，果真，美丽的钟乳石和奇形怪状的石笋装饰着洞顶，身下有地下河在滚滚流淌。

她试着欠起身，但一只胖乎乎的手将她扶住了。

"等等，你先别动。"那是格丽塞尔达。

"今天是几号？克洛蒂娅呢？"

格丽塞尔达让她小点儿声，然后仔细地检查了一下她的身体。

"伤口已经愈合，但你会有点儿虚弱。你在这儿已经一个星期了。来，慢慢直起身。"

阿奈德似乎要昏过去，却极力克服了。她想知道克洛蒂娅怎么样了。

"克洛蒂娅比较严重。尽管有药水、药膏和我的手，她还是可能会死。好了，喝点儿肉汤吧，对你有好处。"

阿奈德对着格丽塞尔达递给她的碗喝了一口，略感振奋。

"现在告诉我发生了什么事。"

阿奈德突然想起了萨尔玛令人不快的抓挠以及诽谤母亲的恶毒言语，捂着脸感叹道："哦，格丽塞尔达，太可怕了！"

随即，她向格丽塞尔达讲述了那晚的记忆。

格丽塞尔达温柔地抱着她，阿奈德出其不意的问题让她吃了一惊："那是谎话，萨尔玛说的关于塞勒涅的事是骗人的，对吗？"

格丽塞尔达感到不舒服，用手拨弄着她的头发："我的孩子，你很勇敢。"

"也很强大。"老露克蕾西娅补充道。

露克蕾西娅坐在阴影下看守着一个苍白虚弱的身体。

"克洛蒂娅！"

阿奈德爬到克洛蒂娅的床边，她像死一般惨白，在睡梦中呻吟着。老露克蕾西娅粗壮的大手抓住了阿奈德的手腕："你让火山苏醒了吗？是你干的吗？"

阿奈德吃了一惊："火山爆发了？"

格丽塞尔达打断道："熔岩席卷了整个山坡和山谷。"

露克蕾西娅减弱了施加在阿奈德手腕上的压力，声音变得柔和了一些："埃特纳火山在安睡，可是因为某人，它从梦中惊醒并变得狂躁起来。不是我们任何人干的。是你吗？"

阿奈德没能控制住愤怒，但她本意并不想制造灾难。她真的引发了一场大灾难吗？她只是满怀仇恨和寻死的欲望。这是很危险的，非常危险。一个刚刚开启的欧玛尔不能制造伤害，也不能屈服于绝望。

"我并不想这样，对不起。我当时太过恼怒……只想让大火烧掉茅屋，把我们几个都烧死。"

露克蕾西娅微微颤抖着，用长满老茧的双手顺着阿奈德的眼睛、嘴巴、脖子摸下来，直到手指触碰到她脖子上挂的月亮陨石："毫无疑问，你可以控制火。"

格丽塞尔达打断了露克蕾西娅："那么你要那样做了？"

阿奈德不明白她指的是什么，直到露克蕾西娅喃喃道："我会教你火的锻造和冶金术的秘密。你将用无坚不摧的石头锻造匕首，用那块你自己选择的月亮陨石。"

阿奈德对于露克蕾西娅给予自己的荣耀感到不堪重负。只有她和母蛇部落的未来酋长能掌握这一古老的技能。

"这是我死前最后要做的事。现在，把你的手给我。"

露克蕾西娅抚摸着阿奈德的手，将自己的手放在她的手上，然后问道："你还记得德梅特尔的歌曲吗，那首她在治疗时哼唱的歌？"

阿奈德清楚地记得。

格丽塞尔达向她提了一个请求："阿奈德，把你的手放在克洛蒂娅身上，分享特斯诺乌里斯家族的天赋。你更年轻、更强壮，或许比我运气更好。"

露克蕾西娅脱掉克洛蒂娅的衣服，阿奈德看到了那个让同伴逐渐丧失生命力的小小的伤口。她把双手放在那脆弱的小孔上，唱起了德梅特尔的歌曲。她嗅出了死亡的临近。

正如上次一样，她因从克洛蒂娅身体里吸收了冰冷凉气而感到麻痹。克洛蒂娅渐渐起死回生，而她自己却失去了力量，筋疲力尽。即便如此，她仍然没有放弃。她的手指奇迹般地变长，按摩着克洛蒂娅的心脏，让它跳动得更有节奏、更加坚定。直到露克蕾西娅制止道："够了，你还生着病呢。休息去吧。"

阿奈德一头倒向格丽塞尔达的怀抱，却又立即闪开。格丽塞尔达试图给她穿上那件毛衣。

"烧了它，立即烧了它，它被施了咒语。"

"我知道。"

"被一个欧迪斯，那是欧迪斯的巫术。"阿奈德笨拙地抗议道。

格丽塞尔达强行给她穿上，阿奈德因为太虚弱而无力抵抗。

"你错了，这件毛衣救了克洛蒂娅和你的命，它被施了善意的咒语。"

羊毛的温暖如同家中火炉里温暖的火焰，让她昏昏欲睡。

那么……

克莉丝汀·奥拉夫像其所说的那样试图保护她吗？

阿奈德弄不明白，但她很快睡着了。

她们坐在洞穴的入口处品尝着早餐，在那里，石头自然形成的屋檐为她们遮风挡雨，却允许她们享受温暖的阳光。

她们在鹅卵石上铺了一张格子台布，放上两张餐巾，每人一个陶杯和一罐牛奶。她们接连向山洞搬运了很多食物，有母蛇女巫烘焙的松软小面包，有黄油和羊奶酪，还有母鹿祭品以及乌鸦最爱的甜品野生黑莓酱。

克洛蒂娅坐在阿奈德身旁，给她的杯子倒满水。阿奈德用勺子挖了一勺奶油，贪婪地和糖搅拌在一起。在享用最喜爱的美食之前，她提出来要与克洛蒂娅一起分享："来吧，你尝一尝。"

"你疯了吗？"

"特别美味，奶油和糖。"

"所以啊，对我的身材而言，那可是超级多的卡路里。"

阿奈德没再坚持，克洛蒂娅错失了美味。

"你之前骨瘦如柴。"

"之前是，你已经说了。这种让人增肥的饮食可是会让布鲁诺放弃我而选择一头母牛的。"

阿奈德有些嫉妒。她与克洛蒂娅的关系很融洽，但并不亲密，也从不分享秘密。她沉默了一会儿说："我对此表示怀疑。他为你疯狂，他痴迷于你。"

克洛蒂娅自满起来，大口咬了自己的黄油果酱面包，然后慢慢地咀嚼，突然犹豫了几秒钟："你怎么知道？"

"我跟踪了你。一天晚上，在你去参加生日聚会时，我跟踪了你。我看见你们……"

克洛蒂娅两手掐腰看着她："你窥探我？所以这是真的，你监视我？"

阿奈德羞愧地低下了头："对不起，这和欧迪斯没有任何关系，我监视你是因为……"

"因为什么？"

"因为……因为我从来没有被邀请参加过生日聚会。"

"什么？"

阿奈德感到羞愧，用手捂住了头："就是这样，就是像你所听到的这样。"

"可是，可是……你为什么不告诉我？"

"因为你讨厌我。"

"当然啦。"

阿奈德不明白："什么当然？没有什么当然的，我对你什么也没做。"

"啊，没有吗？你是天才，你与众不同。"

这时，阿奈德噎住了，不知道说什么才好："你搞错了。"

但是没有，克洛蒂娅没有搞错。凭借意大利人的天资，她可以掰着指头数出很多厌恶阿奈德的理由："第一，你是伟大的德梅特尔的外孙女。第二，你是塞勒涅——天命使者的女儿。第三，你很神秘。第四，你很漂亮。第五，你超级聪明。第六，你非常强大。第七，你很听话。第八，你是我母亲的宠儿。第九，你比我先被开启。第十，非常、非常重要的是，我的那群哥们都把票投给你而不是我。"

"什么？"阿奈德惊诧地喊叫道。

克洛蒂娅所表露的一切让阿奈德感觉如此陌生，就像做了一项核研究。她在说自己吗？还是她发明了一个新的阿奈德？

"什么时候？我的意思是……你那群哥们什么时候看到的我？"

"每次他们来找我或是问候我时，总是私下谈论你。"

阿奈德惊呆了："你都错了，我尤其不同意第四、第七、第八和第十点。"

"真有趣。你现在想对我撒谎吗？"

"我不漂亮，不听话，不是你母亲的宠儿……我的样子很令人失望。"

"哈！"

"哈什么？"

"你有没有照镜子？你有多久没有照镜子了？"

和克洛蒂娅争论是没有用的，有时最好还是妥协不争论："好吧，你说得有理。"

但克洛蒂娅开始紧抓不放："啊，当然！你妥协不争论了，我可不愿意。应当承认，如果你好好了解自己，也会嫉妒自己的。"

阿奈德沉默了。嫉妒，对她而言是再熟悉不过的感觉："是我嫉妒你。"

克洛蒂娅态度缓和下来，喝了几口牛奶。这一次，她没有抵抗住一勺奶油和糖的诱惑："我听你说，洗耳恭听。"

"你很可爱，穿得很得体，有一大群朋友，你是瓦莱里娅的女儿，而且尽管你不承认，你很漂亮。"

克洛蒂娅突然骄傲起来。与阿奈德不同，她欣然接受了赞扬，也非常喜欢这些恭维话："真的吗?"

"对，没有半句谎言。"

克洛蒂娅站起身，亲了阿奈德一下。阿奈德不知道该做些什么，说些什么。

"我爱你。"克洛蒂娅低声说。

"什么……你爱我?"阿奈德结结巴巴地说。

"我永远是你的姐妹，我欠你一条命。"

"不，你不欠我什么。"

"哦……该死的!"克洛蒂娅大吼着强迫她坐下，"你的自大让人厌恶。如果我想欠你命，我就欠你的，这是我自己的权利。为了让你清楚，我要和你立下血的誓约，不管你喜欢还是不喜欢。"

说着，她拿起自己的匕首，用割断兔颈一样的镇静自若在自己的手腕上干净利落地割了一刀，然后把双刃刀递给阿奈德："来吧，快，在我流血之前你也割一刀。"

看到血的阿奈德脸色苍白，腿软乏力："不，我没有任何价值。"

克洛蒂娅抓住阿奈德的手腕，比对自己要小心谨慎，在她的腕口轻微地切了一个浅浅的裂口。阿奈德试着撑住不晕倒，把流血的手腕递向克洛蒂娅，就像在神奇的古老仪式上一样，将自己的血与同伴的血融合在一起。

之后，克洛蒂娅包扎住伤口，并邀请阿奈德陪她："来吧，跟我来。"

她们走进潮湿洞穴的角落，那里曾是给旧石器时代猎人举办狩猎仪式的地方。克洛蒂娅突然停在狭窄的隧道中，向前爬了几米。她用手电筒照了一下侧壁，示意阿奈德看墙上一处暗淡的美洲野牛轮廓。这幅插画上面有十几个红色手印，一起装饰着洞顶和墙壁。

"把你的手在我的血液里浸湿，我也在你的血里浸湿。"

她们将浸了血水的双手支撑在凹陷、光滑的墙壁上，紧紧按压了一分钟，两分钟，然后放下手。这样，她们便永远留下了自己的手印，留给了后世。

"现在随便你不高兴去吧。无论你走到哪里，无论你在哪里，我们的生命都紧紧相连。这双手印刻下了我们的联结。"

突然，一阵缓慢而沉重的脚步声从旁侧回廊传来。

"阿奈德？克洛蒂娅？你们在吗？"是露克蕾西娅的声音。

阿奈德正准备回应，克洛蒂娅却将手指放在她嘴上，示意她沉默。她们踮着脚从这条老蛇身边悄悄地溜走了。

"我们要去哪里？"

"我们去躲一会儿，露克蕾西娅肯定是想绑架你，然后把你锁在地狱深处，教你那些锻造和用火的知识。"

阿奈德觉得这么躲着露克蕾西娅很不好，但她确实更愿意与新朋友在一起。

"那么我们怎么办？"

"这是我今早的计划，我教你化妆和梳头。如果你学不会，我警告你……我就施法把你的一切换成我的。你自己决定。"

阿奈德还没仔细想，显然她更倾向克洛蒂娅一边。

露克蕾西娅已经等了一百一十年，还可以再等几个小时。

"你要干什么？"阿奈德化好妆、半梳着头发，不满地问道。

克洛蒂娅在她的包里翻找东西："我在你的包里找东西，我需要一把精致的梳子和一对发卡。"

"等等，你别把东西翻乱了。"

然而克洛蒂娅已经把阿奈德的包朝地板倾倒一空了："你身上都带了些什么呀，我的姑奶奶？《大英百科全书》？"

地板上已经盖满了书籍和纸张，但丝毫没有梳子和发卡的影子。

"我不需要梳子。"

"哈！你太自以为是了。你的头发已经长长了很多，脏脏地缠绕在一起，让人恶心。你需要好好护理和梳理一下它。"

阿奈德把手放在头上，分开手指试图梳开打结的头发，却没有成功。卡伦给她配制的特殊洗发水已经用完了，头发现在变成了扫帚，最好剪掉，避免麻烦。

"我们保留着，把头发的事放在另一天。露克蕾西娅正在等着我呢。"

说到做到，阿奈德开始处理混乱的现场。她把书、纸张塞进包里，这么做可比把它们倒在地上令人开心得多。当她半分心半专注地忙于手头的事时，一张纸飘到她的手里，阿奈德凭第六感抓住了它。突然，她意识到这张纸非常重要，以前在其他场合见到它的时候没太在意，而这次她却理解了。那张纸被烧过，散发出刺鼻的气味，她厌恶地闻了闻。这是妈妈电脑上的一封电邮，页脚上记录着它是在妈妈失踪后一天被打印出来的。手上这封电邮的收件日期是妈妈失踪前一周，文字如下。

亲爱的塞勒涅：

　　你在之前写给我的信中提议，我们最好在今年夏天见面相识并共处一段时间。我热切地渴望我们能够提早会面，但我会克制住自己的好奇心和不耐烦。那么，今年夏天，我们相识吧。

　　你不要为你的经历后悔。在我身边，你可以随心所欲，没有什么也没有任何人能反对你的渴望。如果你愿意，你可以享受永恒的假期。

　　　　　　　　　　　　　　　　　　　你永远的 S

阿奈德没法将视线离开那个弯弯曲曲而令人捉摸不透的"S"。

蛇的"S"。

萨尔玛的"S"。

她之前怎么对这封信视而不见呢?

欧姆的预言

她将看到冰冷的地狱之光，
斯处海天一色，
她将长于大地之脊，
彼间山峰与苍穹相连。

她将吸食母熊的力量，
在海豹温暖的襁褓之中长大，
她将掌握母狼的智慧，
并最终得益于母狐的狡猾。

天命使者， 大地之女， 生于大地，
受大地之情， 受大地之庇护。
被温存俘虏， 不闻不问世间事，
暗黑之母抚育
耳浸甜蜜谎言。

二十七　权杖

　　暗黑世界的洞穴深处，是连时间和色彩都不屑装饰的地方，伯爵夫人的声音震耳欲聋："这是真的吗，塞勒涅？"

　　塞勒涅挑衅地抬起头："是的，我有一个女儿，萨尔玛知道。"

　　萨尔玛抗议说："塞勒涅骗了我，告诉我她是养女，说她没有女巫的力量，只是一个普通人。"

　　"阿奈德确实没有女巫的力量，我没骗你。"

　　萨尔玛向伯爵夫人出示她缺了一根手指的手："那个女孩很厉害，她会蛇的格斗术，还不屈服于恐惧。塞勒涅向我们隐瞒了一些事情。"

　　伯爵夫人将触角伸向塞勒涅的意识，碰到她铁壳般坚硬的决心时吃了一惊："你抗拒我的目光？"

　　"告诉我你想知道什么，我就回答你。"塞勒涅为自己辩护道。

　　伯爵夫人重复道："你为什么不开启她？"

　　塞勒涅坚持道："我已经说过一千遍了，阿奈德不具备开启的资质，又笨又不可靠。"

"这不是真的。"

"这个话题让我很累，我们来这儿是为了更有趣的事情。"

但是伯爵夫人没有准备改变话题："也许吧，但我对阿奈德很感兴趣，对萨尔玛的伤口也同样感兴趣。"

萨尔玛坚持道："我想要她，她是我一个人的，你们不要干涉。"

伯爵夫人制止了她，转而问塞勒涅："你可听到萨尔玛说的了，你怎么讲，塞勒涅？"

塞勒涅沉默了一会儿，然后用疏远而轻蔑的口气对伯爵夫人说："萨尔玛吸取了太多血，她的力量威胁到了你的权威。"

萨尔玛不安起来："你是在指责我？"

"是的，我控告你背叛，如果伯爵夫人细心点儿，就会发现你隐藏了更多的东西。"

伯爵夫人在角落中动了动："塞勒涅，你一直在学习，进步太快。你爱财，你冷漠，你爱权力和鲜血。你焕发了青春，也可能成为我完成统一大业的威胁。"

塞勒涅笑了："我对此表示怀疑，伯爵夫人。没有我，你们注定要消失。"

"这不是真的。"萨尔玛大喊，"都是谎话，塞勒涅试图让我们相信她不可或缺，她了解我们的秘密，从而成为掌控我们命运的主人。我们不需要她。"

"你确定吗，萨尔玛？你有没有问过自己，如果没有天命使者，你们欧迪斯将如何战胜欧玛尔？"塞勒涅回复道。

伯爵夫人认真地听着她的话："怎么样，塞勒涅？"

塞勒涅指着萨尔玛说："你很清楚，萨尔玛，天命使者将用自己的权杖摧毁敌人。被权杖废除的女巫的能量和魔法将供给你们养分。"

萨尔玛拒绝回应："我不相信预言。"

伯爵夫人反驳道："所有迹象都表明相合即将临近。"

萨尔玛面色苍白："我们要解决掉塞勒涅。如果相合尚未发生，预言就不会应验。"

"预言正在应验！"塞勒涅底气十足，指着萨尔玛喊道，"权杖在你那儿吧，萨尔玛。"

"没错，正在应验。"伯爵夫人重复道，她同意塞勒涅并起身站在萨尔玛面前，"把它给我，萨尔玛。"

萨尔玛沉默了，而伯爵夫人的影子逐渐变大，变大，变大，直到变成一片黑暗而具有威胁性的云朵："把权杖给我。"

萨尔玛抵抗着："这是我的，是它来到了我的身边。"

伯爵夫人的阴影包围了萨尔玛，将她覆盖进一片黑暗之中："它不属于你，萨尔玛，把它给我。"

这场斗争在一个没有时间概念的地方持续了一段荒谬的时间，直到权杖滚到塞勒涅的脚边。塞勒涅弯下腰，把它捡了起来："它来找我了，它是属于我的。"

伯爵夫人在黑暗处好奇地观看着："你现在知道了自己的任务，塞勒涅，你必须摧毁欧玛尔。"

精疲力竭的萨尔玛被伯爵夫人打败，气喘吁吁地趴在地上："她不会那么做的，她想用它来达到自己的目的。"

"闭嘴，萨尔玛。"伯爵夫人命令道。

塞勒涅抚摸着金色的权杖，阅读上面装饰的铭文。它是欧的权杖，是权力之杖。她的手无意识地颤抖，她当然感觉到了它的力量，一股巨大的力量。

"现在还不是时候，塞勒涅。"

"什么时候？"

"相合发生的时候。只要相合没有发生，权杖就不会执掌大权。因此，你必须完成第一个考验。"

塞勒涅感到很奇怪："考验？你们的考验还不够多吗?"

"我们是考验过你的身份，但还需要了解你的忠诚度。去消灭阿奈德和格丽塞尔达吧。"

塞勒涅皱起了眉头："为什么是她们呢?"

"她们找你是为了摧毁你。"

塞勒涅向后退了几步："不是这样的。"

"是这样的，塞勒涅，如果你不毁灭她们，她们就会毁灭你。特斯诺乌里斯血统一旦被消灭，你就会成为一头远离族群的孤独的狼。"

塞勒涅沉默了片刻，她时而抚摸着权杖，时而在头上挥舞权杖，时而对着它哈气，时而在薄薄的衣服上摩擦它。

"它真美。"她评论道。

"非常美，现在把它给我。"

"不!"塞勒涅大喊，死死抱着权杖不放。

"不要逼我像对待萨尔玛一样把它抢走。"伯爵夫人咆哮道。

然而塞勒涅随即转身，手持权杖离开了洞穴："我不是萨尔玛，我是天命使者!"

她消失在了暗黑世界的森林里。

二十八　长跑者的孤独

　　露克蕾西娅原谅了阿奈德的逃课。这个女孩已经算得上是一个既认真又尊重和感激她的学生了。或许她工作过于艰辛，忽视了年轻人都有享受生活乐趣的权利。漫长的岁月让她忘掉了很多事情，女孩的笑声将她带入了回忆。

　　她高兴地看到阿奈德和克洛蒂娅成了好朋友。漫长的恢复期间，两人终于变得亲密无间。在这位年轻海豚的身旁，阿奈德散发着自己的光芒，蓬勃成长，变得比露克蕾西娅一个月前认识的她更加美丽动人。克洛蒂娅和她一起分享秘密、早餐和零食，她们的谈话一直持续到后半夜。露克蕾西娅清楚，得到一个好朋友，对一个孤独的女巫而言，是最好的礼物。

　　当阿奈德出现在露克蕾西娅面前，准备完成冶金术的课程时，她看上去既伤心又垂头丧气。露克蕾西娅没太在意，觉得年轻人经历点儿情绪波动是正常的。归根结底，前方等待她的是不确定和危险，而阿奈德已经觉察，那么自然会感到恐惧并怀疑自己的实力。露克蕾西娅认为此时最好不要打扰她，让她自己舔舐伤口。一个刚被开启的女巫拥有自己部落的支持，也与其他部落紧密相连，但还必须学会在最艰难的时刻独自一人克服困难。

露克蕾西娅面向她的小弟子，坐在深邃的山洞地面上。她轻轻一推，便完成了任务，一百一十岁高龄的她应该永远地歇息了。她将双刃匕首递给了小弟子。

"好了，阿奈德，你选择了月亮陨石，而它也选择了你。首先，将你的护身符刻在上面。你还不知道自己现在所掌控的秘密。月亮可以用来测量时间、潮汐、收成和血液，但并不能赐予女巫行动的力量，它的光冰冷而间接。而滋养大地和生命的火焰英明而灼热。现在，你终于掌控了火的力量，知道如何让它服从于你。你拥有的是我们蛇前所未有的强大匕首，是你雕刻成泪珠形状的月亮陨石和地球岩浆相熔合的结果。对它说话，它属于你，就是你自己，是你的手，是你的力量的延续。匕首与魔杖是欧玛尔女巫最宝贵的财富。"

阿奈德盯着匕首抛光的刀片，这是毅力的杰作和精准的选择。她为自己的杰作感到自豪，但这并不能消解半分内心的悲伤。

老师站起来，向她发出最后的命令："和你的匕首团结起来吧。"

露克蕾西娅拖着疲倦的步伐离开回廊，留下阿奈德一人沉浸在悲伤之中。

阿奈德的眼睛紧紧地盯着她那亮黑色的宝藏。

进行冥想以及在火与烟的地狱中撤离是学习的一部分。她可以长时间在黑暗中保持沉默。虽然不怕深渊和孤独，但此时她更愿意点燃一根蜡烛，更好地照亮她的艺术品。

在火苗摇曳的光亮中，她发现自己并不孤单。一个闯入者，一个年轻的闯入者，怪异地披着长衫，化着妆，带着和她一样的好奇心观赏着她的匕首。阿奈德对这种意外相遇已经颇有经验："你好。"

显然，闯入者对她的问候装聋作哑。

"我向你问好，披着长衫、化着妆的那位。"

"我？你在和我说话吗？"

"当然，难道还有别人？"

"我只是一个注定为犯下的罪行四处游荡的可怜幽灵。"

阿奈德无可奈何地叹了口气，带着一股诗人的傲慢："我是阿奈德·特斯诺乌里斯。"

"马科·图略，为您效劳，用我卑微的技艺让您度过愉快的夜晚。"

"什么技艺？"

"表演喜剧的技艺。"

"你是演员？"

"喜剧演员。"

"哎呀，早知道，你就可以陪伴我了。你的不幸是什么，马科·图略？"

"我必须回忆吗？"

"如果你不想的话……"

"我在剧场演出时，忘记了普劳图斯的喜剧《凶宅》的台词。"

"天哪，你的死亡是因为耻辱吗？"

"我躲藏在这些洞穴里，就是为了避免公众动用私刑拷打我。"

"是他们杀的你吗？"

"我滑倒之后，掉进深渊里摔死了。他们的咒骂仍然压迫着身败名裂的我。"

"可怜的马科·图略。"

"是我的错，头一天晚上，我败在了坎帕尼亚葡萄酒美味的香气中。多美好的夜晚啊，在陶尔米纳蓝狮子的酒馆里！"

"酒馆已经不在了。"

"我猜也是，过了这么久……"

"你后悔吗？"

"后悔，非常后悔。没有比站在渴望笑料的观众面前，却完全陷入遗忘更可怕的事情了。痛苦，可怕，难以形容。"

"我可以帮你。"阿奈德突然说。

"帮我回忆那些台词？我尝试了两千年，却没能做到。"

"不，是帮你忘记它们，让你脱离这该死的幽灵状态。"

"你会挽救我的荣誉？"

"我让你安息。"

"用什么交换？"喜剧演员小心地问道。

"我真的可以通过废旧采石坑找到塞勒涅吗？"

"塞勒涅？那头母狼？"

阿奈德点了点头。幽灵想了片刻道："废旧采石坑可以将两个世界沟通，但要找到塞勒涅，你必须回到她消失的地方，追随太阳的轨迹。"

"这是什么意思？"

"你能解放我还是不能？"

"当然能。"阿奈德撒了谎。

"你是欧迪斯吗？"

"如果不是，那我怎么能看到你？"

"所有人都以为你是一个欧玛尔，她们现在都在谈论你。"

"谁？"

"女酋长们。"

"你能听到她们吗？"

喜剧演员把耳朵贴到一个凹陷处："到这里来。你听到了吗？"

阿奈德竖起耳朵，但很难理解听到的话。马科·图略在这方面应该更有经验。

"她们说的什么？"

"格丽塞尔达拒绝对塞勒涅使用匕首，认为匕首不是用来伤害或杀死另一个欧玛尔的。她要求她们给她准备一种致命的药汁。"

阿奈德感觉很不舒服，非常糟糕："这是不可能的，你错了。"

"你自己听。"

阿奈德脸色如蜡烛一样煞白，集中注意力去听那些消失在岩石秘道中的说话声。

"阿奈德应该不知道，也不会怀疑。"格丽塞尔达此时坚持说道。

"没有她，我们就无法靠近塞勒涅。"瓦莱里娅补充道。

"塞勒涅不是她们其中一员的可能性越来越小，但我们不能预先判决她。"露克蕾西娅反驳道。

"我已经发誓会杀死塞勒涅，而且我会做到。不过相合临近，我们必须抓紧时间。阿奈德现在已经康复，我们明天就可以开始寻找。"格丽塞尔达肯定地说。

阿奈德忍无可忍。

她成了可怕的欺骗的受害者。预言她开启神谕的背叛已经完成。母狼、母蛇、角鸮、海豚和母鹿护送她去找塞勒涅，就是为了让格丽塞尔达消灭妈妈。

她倒在地上，用手捂住了头。

格丽塞尔达也是一样吗？

还能相信谁呢？

她不得不选择自卫？

而最糟糕、最可怕的是，她也开始怀疑塞勒涅的正直。

幽灵喜剧演员变得有些不耐烦："那你的承诺呢？"

"我会解放你。你是说我应该回到塞勒涅消失的地方，然后追随太阳的轨迹？"

"是的。"

阿奈德克服了悲痛，取出白桦木的魔杖，在空中划出咒语的符号。

"马科·图略，我以开启仪式赋予我的力量以及母狼的记忆，要求你打破诅咒，永远安息在死者当中，直到永恒。"

马科·图略感激地笑了笑，然后幻化成众多颗粒。

"向我外婆德梅特尔问声好。"阿奈德向他道别。

马科·图略试图放慢消失的速度："你为什么不早告诉我？幽灵可以召唤死者。"他在完全消失之前喊道。

等阿奈德完全明白了他的话，却为时已晚："等等，等等，不要走！"

但马科·图略已经不复存在。

幽灵可以召唤死者，那么，这意味着她可以与德梅特尔沟通交流。

她需要外婆，极度需要外婆的平静和智慧，也需要亡者所给予的洞察力。活着的人，那些围绕在她身边的活人，不能辨别欺骗的真相。她也不能。

什么是真的？

什么是谎言？

阿奈德提高嗓门："这里有幽灵吗？"

只听到她声音的回声像噩梦一样徘徊。

她很孤独，比以往任何时候都要孤独。

角鸮部落的酋长科尔内莉亚一脸悲伤。她喜欢在黄昏的田野漫无目的地游荡，问候成群地飞在麦田上空、长着闪亮羽毛的黑色角鸮。有时她独自一人前往悬崖，瞭望死去的女儿胡丽雅所深爱的大海。

这天下午，阿奈德发现她在观赏来去匆忙的鹤、戴胜鸟、燕子和白鹳，这些飞禽预示着秋天即将到来，它们向南方迁徙，飞向非洲的土地。科尔内莉亚热情地接待了阿奈德，看到她总会想起自己的孩子。或许因为她眼神中那令人不安的严肃，同样也充满了恐惧——那从开启之日就笼罩着她的对未来的恐惧。

科尔内莉亚很少有机会与女孩聊天。年轻女孩因为她外表严肃而躲避她。女儿死后，她就穿着一身黑，就像自己的祖先和部落的鸟类一样。科尔内莉亚本想逃避这种悼念的传统，因为这样她的痛苦将永远持续下去。但生活在这片土地上的女人和母亲都这么做，她也只好如此。

"告诉我，我怎么帮你呢？"

阿奈德知道科尔内莉亚不会拒绝："我想知道鸟类飞翔的秘诀。"

科尔内莉亚嗅到一丝欺骗，因为女孩在提出请求时有些难为情。

"格丽塞尔达知道吗？"

"是的，当然。"

"这是有风险的。"

"我不在乎。"

"要在这项秘诀上开启你，我需要女酋长们的同意，你应该先和格丽塞尔达说。"

阿奈德随即抓住她的手，用哀求的目光紧紧盯着黑皮肤的科尔内莉亚深色的眼睛："我已经等不及了，必须是现在，而且是在私下。"

科尔内莉亚感觉到阿奈德的手上热血沸腾。她很年轻，充满生

259

机，肩负着巨大的责任。

"帮帮我吧，谢谢。我需要你，我知道，你也知道。"

科尔内莉亚确实知道，但竭力躲避命运："不要冒这个险，宝贝。"

但是阿奈德带着勇敢者的信念，深入她的直觉："告诉我，科尔内莉亚，你为什么来这里？你为什么观看候鸟飞越岛屿？"

科尔内莉亚不愿意想答案："你呢？"

阿奈德亮出了底牌，她要全力以赴："我问自己应该怎么办，我的脚步把我带到这里。当看到你在观看鸟类时，我就明白了，你是我期待的信号。你会教我飞，像它们一样飞着去找妈妈。这就是办法。"

科尔内莉亚叹了口气。命运已经来寻找她了，并要将她卷入预言当中。她无法逃脱命运："你准备好了吗？"

阿奈德准备好了，她从来没有如此充分地准备。

科尔内莉亚像优雅的黑天鹅一般挥了挥黝黑的手臂，阿奈德随即模仿她。

"你观察一只鸟，最喜欢的一只，感受它翅膀的振动和身体的轻盈。"

阿奈德将目光停留在湖里一只快速振翅的漂亮鱼鹰身上，只见它翅膀张开，用爪子抓住了一条白斑狗鱼。

科尔内莉亚跟随着阿奈德的目光，突然不寒而栗。阿奈德选择了鹰，那是湖中最强大的猛禽。

"跟我重复飞行的咒语。"

两人一起振动着臂膀，齐声唱诵鸟类美妙的歌曲。她们的身体变得轻如羽毛，而手臂变成了翅膀，一起起飞升空。

阿奈德的长发在风中飘荡，泪水掠过面颊。她一次又一次飞越湖面，跟随她的新老师，享受着掌控空气的学习过程。

日落时分，她冒险掠地飞行，任由气流摇动，在空中庄严地飞翔。

她告别科尔内莉亚，发出老鹰的叫声，沿着与迁徙路线相反的路径向北飞去。

她不在乎自己不是一只鸟，她是一个长着翅膀的女巫。

科尔内莉亚看到她离开，祝她好运，突然第一次意识到，死在女儿之后的命运有它存在的理由。

在阿奈德的指引下，她进入了传奇的领域。

二十九　太阳之路

　　阿奈德筋疲力尽。她已经连续飞了几天几夜，中途只停下来喝了几口水。轻飘飘的身体又消瘦了许多，衣服破烂而潮湿，头发乱蓬蓬的，皮肤也被风吹裂了。

　　当飞越乌尔特钟楼上空的时候，思念之情油然而生，她本以为自己再也不会听到那低沉的钟声了。

　　已近午夜，自己家中房门紧锁，而她此时需要食物和援助。她的翅膀将她带到了埃莱娜房子的窗边，那里厨房中总有美味的食物，也会有一张多余的床。她用力敲打窗户，渴望赶快休息，渴望躺在床垫上品尝热汤，但一阵婴儿的啼哭声让她停止了敲击。

　　她疯了吗?

　　她不能以这副长着翅膀的女巫模样飞到埃莱娜的窗户前。

　　埃莱娜有七个孩子和一个丈夫，或许，八个孩子。

　　阿奈德轻轻地下降，落在庭院中，看到谷仓的门半开着。她的腿支撑不住了，于是赶忙来到母马边的干草堆上，瘫软地倒了下来。慢慢地，慢慢地，翅膀又重新变回了胳膊，身体也逐渐恢复了重量，但疲劳让她昏睡了几个小时。

梦里，一个黑头发的男孩抚摸着她的脸，用一块湿布擦拭她的嘴唇。

"洛克！"阿奈德惊讶地睁开了眼睛。

洛克觉察到自己暴露了，一跃而起："你认识我吗？"

阿奈德放声大笑："我们小时候在同一个泳池里裸泳几百次了。"

洛克有些激动。阿奈德看到他方寸大乱，自己痛快地乐了一阵。奇怪的是，她居然一点儿也不害羞。

"你和我？不，我不记得了……"

"看着我。"

阿奈德移开脸上的头发，洛克认出了她的蓝眼睛，大为吃惊："阿奈德！你发生了什么？"

阿奈德本想回答，但还是克制住了自己："我走了很长的路，需要食物和衣服。你妈妈在吗？"

洛克点了点头，然后匆匆离开了。

"等一下！"男孩停下来，她用询问的目光看着他，"我睡觉时是你给我喂的水？"

洛克点了点头，低垂着目光。不过阿奈德没敢多说话，因为可能会让他难为情。

"谢谢。"

洛克笑了。他有一双糖蜜色的眼睛，黑色卷发，很英俊帅气。

当他离开后，阿奈德颤抖了一下。他没认出她是谁？自己变化这么大吗？

埃莱娜证实了她的疑虑："阿奈德？你是阿奈德？"

一个胖乎乎、皮肤饱满红润的小婴儿在埃莱娜怀里贪婪地吮吸着奶水。

"又生了一个孩子？"

"是不是很漂亮？他是多么漂亮，看起来像一个女孩，我想叫他罗萨里奥。"

阿奈德开始笑起来："你可别这样做，他会埋怨你的。"

"那如果叫他罗斯……"

孩子愉快地喝着奶，什么都不知道。

阿奈德叹了口气："又回到家了。"

"我漂亮的孩子，你变化这么大……比我还高呢！看那腿，快让我看看，比塞勒涅的还长。而你的头发真乱！我应该给你洗洗。"

阿奈德同意了："我都有一周没好好吃饭了。"

埃莱娜吓坏了："你怎么不早说？洛克！端一盘炖菜过来！快！"

埃莱娜做的美味肉汤，足以让一头冬眠后的熊恢复体力。阿奈德一边思考，一边品尝着五花肉、小白菜、鹰嘴豆和热汤。她的胃容纳下所有食物，感到幸福满满。

阿奈德吃了睡，睡了吃，然后才答应洗澡，但是……她没有衣服穿。埃莱娜的衣服对她而言太大了。

洛克看了一下她的身形，暗自说："和玛丽安的一样。"

不一会儿，他便带着一套当下最时髦的衣服回来了："我骗了她，说这是为一场惊喜宴会准备的服装。她很高兴。"

阿奈德把头发洗得干干净净，穿上玛丽安的紧身牛仔裤和背心。

洛克吹了一声口哨，表示赞赏："最好不要让玛丽安看到你，你穿上更好看。"

阿奈德本想照一下镜子，但她没有时间可以浪费，埃莱娜正在图书馆等着她。

埃莱娜心烦意乱地堆积着一摞一摞的书籍。阿奈德透过门觉察到了她的不快。一看到阿奈德进来，她便避开了视线。这就更糟了。

阿奈德立刻明白她在隐瞒着什么。

到目前为止，一切都非常顺利，这也是令人担忧的。越简单容易的路径越会具有欺骗性。于是，身经百战的阿奈德决定继续埃莱娜的游戏，假装自己很愚蠢。

"等我一会儿，马上就好。"埃莱娜头也不抬地盯着书签看。

阿奈德坐在脱了皮的木头椅子上，她小时候经常坐在上面看好几个下午的书。埃莱娜合上本子，抬起头，突然用手捂住嘴发出了一声尖叫。

阿奈德随即惊恐地看着她："怎么了？"

埃莱娜把手放在胸前，急促地呼吸着，表现得非常奇怪："没什么，没什么，对不起，你母亲出事之后，我变化很大，而现在，一看到你……"

"难道我吓到你了？"阿奈德说着，重新看了看自己的衣服。

"是的……一看到你……我好像看到了，就好像……就像塞勒涅……你有没有照镜子？"

阿奈德没照过镜子，她没有这个习惯，或许已经一个月没在任何地方照过镜子了。

在一种私密的氛围中，埃莱娜低声说道："我今晚召集了一次女巫聚会。加娅和卡伦渴望听到你的故事。"

阿奈德点了点头，看了看表，借故推辞道："我得回趟家，看看是否还有塞勒涅的药膏。还需要什么东西吗？这将是我在部落的第一次正式聚会。"

"你的匕首、陶碗和魔杖。"

阿奈德将它们记在手背上，然后匆忙起身。埃莱娜挽留了一下："阿奈德，回来吃饭，我们等你。然后，我们一起飞向森林的空地。"

"我会的。"阿奈德撒了谎。

然后，她离开了，谢天谢地，埃莱娜读不出她的想法。在此次会面之前，她回避了所有关于她回到乌尔特的正面问题。她支支吾吾地应答着，担心埃莱娜给格丽塞尔达打过电话。

但事情还是发生了。

仅过了一天，埃莱娜就得知了她出逃的消息，想必已经下了抓捕令，直到格丽塞尔达到来，或者让另一个欧玛尔陪她一同担负起消灭塞勒涅的艰巨任务。埃莱娜自己去吗？是亲爱的朋友卡伦，还是可恨的敌人加娅？阿奈德一想起这些，胃里就翻江倒海。

她愣在了自己家门前。该死，钥匙留在陶尔米纳了。见鬼，到底在哪儿能找到她家的另一把钥匙？阿奈德仔细研究了门窗，但从任何一处进去都不太可能。她现在才注意到，自己一直住在一个名副其实的堡垒中。阿奈德坐在入口的门廊处，感叹自己运气不佳。

格丽塞尔达从来没说过，当她凌晨三点钟穿着睡衣离开家时，是谁锁上了门。

一个小时后，卡伦捧着一束美丽的花出现在她面前。是埃莱娜让她来的。阿奈德被这一小细节感动，任凭她亲吻、拥抱和赞美，却对她的一连串问题回答得滴水不漏。卡伦也以一种奇怪的方式看着阿奈德，坚持一同进屋，打开灯，展示着房间。

"是我锁上的门，并一直负责保持房子的卫生。我知道你们会回来的。"

"谁？"

"你和格丽塞尔达……还有塞勒涅，当然。"

"谢谢你，卡伦，我妈妈一直把你当作她最好的朋友。"

阿奈德斜着眼看她，证实了这番话在卡伦身上引起了反应："阿奈德，我……我很喜欢塞勒涅。"

"我也是。"

"但是……有时候我们最爱的人会改变，或者……不是我们所想象的。"

阿奈德开始紧张起来："是啊，我已经发现了。"

但卡伦等不及了，她搂住阿奈德的肩，坦诚地说："阿奈德，你妈妈一直在阻止你获得能量，阻止你成长。"

"什么？"

不知何故，此时阿奈德突然感到卡伦说的是真话。

"那种药，那种她让你服用的药，是阻止你获得能量和成长的抑制剂。我是决不会给你开那种药的。"

阿奈德有些慌乱。她不能被任何东西、任何人搅扰，她禁止自己这样做，但卡伦的话还是让她惊慌失措："你弄错了。"

"不，阿奈德，我没弄错。我们不知道她为什么要这样做，但她做了。"

阿奈德挣扎着不哭，挣扎着不在卡伦的怀里寻求庇护，可不能软弱。她愤怒地咬着嘴唇，直到嘴唇流出血来。

妈妈折磨她这么多年，让她觉得自己的不健全是自然原因造成的？妈妈剥夺她的法力，因为一开始就知道她拥有法力？

不，她不想再想了，一想这些就陷入困境。她需要有准备的、开放的、没有怨恨的精神状态，需要对母亲深深的爱，以此为支撑到达母亲的身边。如果她不再信任天命使者，谁又能解救妈妈？

"而且，你还需要知道，你不在的时候，有人已经取消了房屋的抵押贷款。有很多钱，阿奈德，很多。"卡伦很紧张，内疚地揉搓着双手，把担子转移给阿奈德对她而言是一种摆脱痛苦的方式，"对不起，阿奈德，但我不得不告诉你。"

然而，卡伦低垂着头走出房子，看上去似乎并没有减轻多少负担。现在，她又引起了阿奈德的痛苦。

阿奈德独自咽下眼泪，冲进妈妈的房间。她需要紧紧抓住某些东西，她需要感受母亲的爱。她打开抽屉，急切地清空衣橱，寻找爱的证明。

她发现了一个旧鞋盒，上面是妈妈写的字：阿奈德，我的女儿。

一个珍珠小盒里保存着她的乳牙，几双小小的漆皮皮鞋，阿奈德猜测是她儿时第一次穿的，还有一个挂着银链条的小圆珍宝盒。

阿奈德紧张地用颤抖的手寻找打开盒子的机关。成功了！她入神地查看着，不安也烟消云散了。

盒子里的一侧，有一张她儿时的照片；另一侧，是妈妈的一缕红头发。她关上盒子，她的形象和妈妈的头发融合在了一起，紧紧地联系在了一起。

阿奈德满意地呼吸着，将小盒子挂在脖子上，和装有匕首与魔杖的皮包放在一起，紧紧地贴着心脏。

她看了看手表。她不能等到晚上，她需要在天黑之前与幽灵沟通。

房间里一片黑暗，她呼唤着，恳求他们出现。一切都是徒劳，直到一声沙哑的回应响起，骑士和贵妇向她道歉，没能出现在她面前。克莉丝汀·奥拉夫判处他们失去了面孔。阿奈德很不愉快，解除了魔咒。

"我命令你们带着音容笑貌返回被诅咒的幽灵世界。"她挥舞着白桦木魔杖，低声念道。

贵妇和骑士不知所措又一脸狐疑地出现在她面前，两人着实吃了一惊。

"哦，美丽的小姐，真的是你吗？"

"是你的力量消除了欧迪斯的法术？"

但阿奈德没有时间听这些幽灵一贯的谄媚话。

"我是来履行诺言的，赐予你们向我请求的安息。但在这之前，我需要你们召唤德梅特尔。"

贵妇和骑士相视一笑，一起消失了。阿奈德焦急地等待他们回来。

"德梅特尔黄昏时会在洞穴等候你，在最后一缕阳光从森林消失前。"

阿奈德有些不高兴："我以为她会和你们一起出现。"

"美丽的年轻人，死者都是自己选择他们的约会，而非相反。"

"和他们约定并不容易。"

"有的会拒绝，他们不想回来。"

阿奈德示意他们闭嘴："好了，一旦我与德梅特尔对上话，就会成全你们的愿望。"

"可是美丽的小姐……这不公平。"

"漂亮的年轻人，请现在就成全我们吧……"

阿奈德无动于衷，觉得他们应当反省一下他们最近一次的背叛。

"啊，是吗？那是谁向克莉丝汀·奥拉夫报告了我的行踪？"

随即，她从房间里消失了，让他们陷入了沉思。

阿奈德按照德梅特尔指定的时间到达洞穴，紧张地看着各个角落，被煤气灯的灯光投射的影子惊吓得颤抖起来。在每个钟乳石和石笋的怪诞投射中，她仿佛都能看到外婆的身影。

然而，德梅特尔却以意料之外的面貌出现了。

一头母狼，一头长着灰色皮毛和智慧双眼的大母狼，从洞穴深处出现，嚎叫着向她打招呼。

阿奈德认出了她，想拥抱她，但母狼却撤退到一边，用狼的语言说道："她们在等你，阿奈德，没有时间可以浪费了。我会保护你不受到她们的伤害。"

"她们是谁？"

"无关紧要，她们知道你会尝试，但你不要回头，我会在后方掩护。你确定想试试吗？"

"是的。"

"你今晚必须追随太阳的轨迹，骑上黄昏最后一缕亮光进入暗黑世界。不要害怕，我会告诉你如何去做。"

阿奈德痛苦地揉搓着双手："我想知道妈妈是否背叛了我们。"

然而母狼并没有回答她的问题："你将与塞勒涅一起，或者单独一人，骑上黎明的第一缕曙光回来。你一定要记清楚，因为如果不这么做，你将永远被困在黑暗之中。"

"我如何才能知道妈妈是我们的人？"

"在冒险之前，永远不要期待得到确信。你应该去做决定，而且决策的困难与否取决于你，只取决于你。现在你跟着我，记住，不要回头看。"

阿奈德站起身，奔跑在母狼身后。母狼深入森林，熟练地选择了最快的捷径。阿奈德隐约感觉到了身后和周围的威胁，一双双锋利的目光穿透栎树叶灼烧着她，一声声欺骗的窃窃私语在耳边喃喃着，让她停下来。她有一种强烈的要转身的冲动，但并没有这么做。当最后一缕阳光带着鼾声告别时，她们赶上了光亮。

"就现在！骑上它！"母狼下令。

雷鸣般的轰鸣声回荡在身后。阿奈德停下脚步，母狼咆哮着战斗，嚎叫着对抗一个试图抓住她的人。阿奈德犹豫了一下，想帮助外婆，无畏地直面危险，但她想起了外婆的警告和灵魂的状态，最终没有屈服于好奇心。

“赶快！”德梅特尔大喊道。

阿奈德听从母狼的命令，跳上破开大地的日光，长发在阳光下闪闪发亮。她骑上最后一缕亮光，消失在黑暗之中。

多尔斯笔记

通过这本笔记，我们希望阐述天命使者属于母狼部落的可能性。

我们的传统，在集体的无意识中潜藏，丰富地诠释了狼所谓的邪恶性和攻击性，尤其是母狼。它经常被视为"黑暗的生物"，甚至与魔鬼相连。

一点儿也不奇怪，像狼一样的掠夺者，只能在包围我们的大自然中对抗我们，并且有组织有效率地行动，唤醒被捕的原始恐惧。然而，在人与狼之间的古老斗争中，相对我们的攻击，狼的攻击是微不足道的。证据就是当前该物种所处的情形。

罗慕洛和雷莫或加尔格丽斯和哈比斯的神话也有类似的情况，其中人类的孩童被母狼喂养。美洲印第安人将狼看作值得赞扬的竞争对手，尊重和敬佩它们。中国代表狼的表意汉字的字面意思是"杰出的狗"，或许因为它们长着细长的眼睛。

狼成为古伊比利亚典礼仪式上杯子、罐子和盘子的动物装饰图案，往往反映这种动物极可怕的特点（略微细长的眼睛，尖尖的耳朵，龇牙咧嘴，露出锋利的牙齿）。狼与阴间的关联已经在整个地中海地区得到证明。在古罗马以前的西班牙某些地区，狼被作为硬币的图腾动物，后来被罗马母狼所取代。同样，变狼狂的神话一直以来是我们文化遗产的一部分。狼人代表着许多说法和传说，名目繁多，特别是在半岛的西部地区。

有了这样的先例，我们找到了可能的地理区域。根据欧姆所说，天命使者和她的部落在那里成长和学习知识。从这几张纸来看，我排除阿尔卑斯山脉和亚平宁山脉，而支持卫里瓦理论中关于比利牛斯山脉的说法。同时，我将证明天命使者属于母狼部落具有最大可能性，而非母熊部落或狐狸部落的假说。

三十 暗黑世界

阿奈德没有发现什么差别，以为自己还在离开时的那个地方。

她在一处森林的空地上，周围生长着栎树。在树冠的远端，耸立着那些熟悉的山峰侧影。

然而，光线是不一样的。

起初，她将原因归结为夜幕降临，但不一会儿就开始感觉到了差异。光并没有改变，它总是相同的：暗淡、微弱而缺乏对照。很难分清颜色。没有颜色。阿奈德揉了揉眼睛。她是在一个平行的世界吗？这里就是妈妈居住的地方？她并不觉得这里是特别险恶的地方。这让她想起秋日暴风雨的午后，云朵过滤阳光制造出了神秘的光。

阿奈德突然听到一阵笑声，片刻后又是一阵，然后又一阵。周围突然发出成千上万的笑声，一大片孩子们的笑声，威胁的、傲慢的笑声。

阿奈德紧张地站起身，是谁在笑？

"有没有人在那里？"她镇定地问道。

"我在这里。你呢?"

"我也在。"

"你在哪里?"

"我在那里。"

"我不知道我在哪里。"

又是一阵嘲弄的笑声,不过阿奈德并没有被吓到。每个声音后面必定隐藏着一个人,所以要弄清楚那个人是谁。她走进丛林寻找着,睁大眼睛,拾起地上的枯枝落叶,翻动着栎树的树根,抬起石头。他们无处不在,数百,数千,像蚂蚁一样。他们是森林中的精灵,厚颜无耻,身形微小——不到几厘米,时不时蹦出来骚扰她。

不过,她不会让他们招惹到自己:"我知道你们是谁,不要躲藏了。"

"多聪明的女孩。"

"不是一般的聪明,是非常聪明。"

"你聪明吗?"

"小心点儿,我可不信任聪明人。"

阿奈德不耐烦地跺着脚,如果每句话都能激起这样一连串的议论,她宁愿沉默不语。她做了最后一次尝试,把握十足。她迅速弯下腰,正巧抓住一个淘气的小男人,她把他放在空空的手心中。她合上手心,感觉到他在拳打脚踢,甚至暴虐地咬她。最后,他终于平静下来。阿奈德轻轻地低声说:"我在寻找塞勒涅。"

而她的话,尽管是非常私密地说出口,却立即以光的速度散布于整个森林。

"她在找塞勒涅。"

"美丽的姑娘在找塞勒涅。"

"年轻女孩多聪明,想要找到塞勒涅。"

"她借着阳光来，想找塞勒涅。"

"塞勒涅在哪儿？"

"在湖边。"

"在茅屋。"

"在洞穴。"

阿奈德深吸了几口气，愤怒地喊出声："够了！"

没人听她，却永无止境地重复着关于塞勒涅下落的愚蠢议论，直到一只知更鸟从枝头飞下，提醒她："小心伯爵夫人，美丽的女孩。"

"伯爵夫人？谁是伯爵夫人？"阿奈德问道。

这话又引起周围无数愚蠢的议论。

"女孩不知道伯爵夫人是谁。"

"如果伯爵夫人找到女孩，她就知道谁是伯爵夫人了。"

"塞勒涅是认识伯爵夫人的。"

"伯爵夫人在睡觉吗？"

"哦，如果女孩叫醒了伯爵夫人！"

……

阿奈德有些泄气，她不能就这样被一群嘲弄自己的精灵们包围着。于是，她开始朝另一个方向走去。没错，她果然处在一个与现实世界平行的世界。于是，她踏着回家的老路出发。被困的精灵狂怒地踢着脚，但阿奈德也很愤怒，丝毫没有理会他。

最终，经过一段漫长的跋涉，她意识到自己猜错了。

这条道路突然结束，她的面前是一堵怪石嶙峋的墙壁。那里一定是暗黑世界结束、文明迹象开始的地方。

"好吧，"她对自己说，"我重新回到森林空地，然后朝湖的方向走去。"

她转过身，却彻底迷路了。原本对森林了如指掌的阿奈德，这次却发现河水随意改变了流向。她意识到自己从同一个地方经过了三次，真令人绝望。她在原地转圈，因为尽管她是直线行走，可河水也在走，不断交错地出现在她面前。

　　她这才明白了这里与现实世界的区别。这里没有什么是可以预见的，甚至没有天空。头上悬浮的是灰色的阴影，没有星星，没有月亮，没有太阳，也没有任何星体。

　　她再也找不到妈妈了。

　　她再也没法回到自己的世界里了。

　　她坐在一块石头上，伤心地哭泣。痛苦的眼泪如泉涌般顺着脸颊滚落，打湿了地面。在绝望之中，她打开手，打算放走小精灵，但小精灵一动不动，愤怒地瞪着阿奈德咸咸的眼泪掉落的地方。那里突然出现了一条没有鳞片的鱼，它在那里埋了很长时间，在打湿的地面上翻滚着。

　　"哦，就这样，太好了！哭吧，再哭一会儿。你的泪水真咸、真美味！现在是时候了，自从海水消退以后，我一直在等待这一刻。"

　　这番话激怒了小精灵："回到地下去吧，丑陋的动物。"

　　"我可不愿意。"

　　小精灵转向阿奈德："别哭了，聪明的女孩。"

　　阿奈德觉得一切都无所谓，所以继续哭泣。

　　"好了，我带你去找塞勒涅。"精灵嘀咕道。

　　阿奈德突然停止了哭泣："真的吗？"

　　奇怪的鱼抗议道："你要相信他吗？塞勒涅死了。你永远也找不到她了。"

　　阿奈德突然又想大哭，但她意识到这条奇怪而邪恶的鱼喜欢她的眼泪，它是想激怒她。

"谎话。我们走吧。"

她抓起小精灵，向鱼吐了吐舌头："哎，你应该知道你错了！"

阿奈德感觉好多了，哭泣帮她平静了下来。尽管如此，她还是一点儿也不信任那个小精灵。

"我们去哪里？"

"去湖边，但如果我是你，就不会去。"

"为什么呢？"

"你发誓不会哭？"

"告诉我吧。"

"塞勒涅希望让你消失。"

"我不信！"她朝小精灵大喊，假装没听见它说话，并试图分辨方向。

北？南？东？

喵喵。

阿奈德停了下来，它似乎是……

喵喵。

毫无疑问，是阿波罗，她的小阿波罗，她心爱的小猫。

"阿波罗，我是阿奈德。"她大声叫它，无视那些由叫声引起的嘲弄的模仿。

小猫出现在她面前，和当初跌进深渊时一模一样，似乎连一分钟都没有度过。阿波罗靠近阿奈德，亲热地舔她。阿奈德拥抱着它，一起在地上翻滚。等团圆的兴奋平息过去以后，阿奈德用喵喵的叫声告诉它塞勒涅的名字，阿波罗便邀请她跟它走。

终于……

阿奈德跟着它，但她先看了看手表。真奇怪，她无法估测在这个奇怪的世界度过的时间。手表显示夜里十二点，可是……她是五个小时前从森林里消失的吗？她不困、不饿、不渴，也不觉得疲乏。这确实是一个奇怪的世界。只要她找到塞勒涅，两人就立即从这里逃离。太阳光大概是早上七点出现，她应该在那个时候出现在森林的空地上。

阿波罗，小阿波罗，淘气地走在她前面，直到在一处河湾停了下来，它被拦住脚的一块鹅卵石吸引了注意力。一个卖弄风骚的女人的声音向它求助："阿波罗，去吧，好狗狗，把鹅卵石捡起来给我。"

另一个声音纠正道："它不是一只狗，而是一只猫。"

"这里没有狗，但我喜欢狗，阿波罗可以把鹅卵石含在嘴里给我。是不是啊，漂亮的阿波罗？"

听到这样的声音，阿奈德并不觉得意外。她走了几步，看到几个长头发女孩在河里洗澡。

"阿奈德！"

"你好，阿奈德。"

"你是在寻找塞勒涅吗？"

"塞勒涅在等你吗？"

阿奈德惊呆了，她们怎么知道她的名字？

"你们怎么知道这么多事情？"她问她们。

"我们听到了森林里的传闻。"

"我们总是倾听发生的一切。"

"他们谈论着你和塞勒涅。"

"你认识塞勒涅？"

仙女们窃窃私语着。

"我不认识。"其中一个说。

"她是你的朋友还是你的敌人？"另一个一脸幼稚地问道。

阿奈德终于回应道："她是我妈妈。"

一阵沉默和笑声。仙女们相互交谈着，就好像阿奈德没有在场。

"我告诉过你。"

"她很老。"

"她自认为美丽。"

突然，一个仙女倦怠地倾斜着脖子，露出诱惑的笑容："阿奈德，看着我。我漂亮吗？"

另一个晃动着长发，也是为了吸引阿奈德的注意力："她的皮肤有皱纹，别理她，看着我。"

阿奈德轮流看着她们。她们很年轻，身材苗条，穿着半透明的薄纱，长长的头发用花朵装饰着。

"你们两个都非常漂亮。"

"比塞勒涅漂亮？"

"你们是不同的，她不像你们……"

"我说过了，她不是仙女，你呢？你是仙女吗？"

"我是一个女巫。"

两个仙女立刻陷入了沉默，惊恐地看着她的眼睛，潜入了河中。

"你们等等。我是欧玛尔，不是欧迪斯，我不会伤害你们。"

但仙女们已经不见了。

阿奈德继续跟着阿波罗，顺着河道缓慢上升，进入宽阔的冰川峡谷。

阿波罗喵喵地叫着，向她展示那山峰环抱着湖水的美丽风光。尽管昏黄的光线让阿奈德有些悲伤，却使她的胸怀更加宽广。这是她的湖泊。

就在这个时候，在这个没有时间、没有对照的世界，一个新人的出现又在森林里兴奋的绿色小精灵中产生了骚动。

"你也找塞勒涅吗？"

"你聪明吗？"

"你像阿奈德一样聪明吗？"

"你没有乘着阳光而来。"

"你怎么到达这里的？"

一个干巴巴的声音让他们沉默了："给我闭嘴！她是我的客人，叫格丽塞尔达，是我带她来到这里的。我不想再听你们说一句话……听懂了吗？"

小精灵们立即安静了下来。他们怕她，盲目地服从于她。她是萨尔玛。

格丽塞尔达小心翼翼地环顾四周，又看了看手表："好了吗？塞勒涅在哪里？"

萨尔玛懒散地向她展示了周围的环境："暗黑世界是不可预知的。她会来找我们。"

格丽塞尔达却坐立不安："我们不能等待了，塞勒涅对阿奈德来说太危险了，而阿奈德正在找她。"

"你想赶在阿奈德前面吗？她能保护好自己，看看我的手。"

格丽塞尔达瞥了一眼萨尔玛的手，仍然顽固地坚持道："那是我们的协定。我负责塞勒涅，但你忘掉阿奈德吧。"

萨尔玛沉默了，她的沉默似乎承认了协定，但她又补充说："还有别的东西。"

格丽塞尔达叹了口气："我猜到了。你来找我，肯定并非利他主义。你想要什么，萨尔玛？"

"权杖是我的。"

格丽塞尔达两手掐腰："真荒唐。权杖只让天命使者使用。"

萨尔玛搓着手："我不完全相信预言，但是我能感觉到权杖的力量。"

格丽塞尔达不愿屈服："交易很清楚，一切都要像现在一样。如果天命使者在星体相合发生之前死去，无论是你们还是我们，都不会被摧毁。"

萨尔玛赶紧点头赞成："那是当然。"

格丽塞尔达说道："在这种情况下，权杖应该消失。"

萨尔玛突然示意格丽塞尔达不要吭声。

伯爵夫人的声音在洞穴的缝隙中回响："萨尔玛，我知道你和一个欧玛尔在这里。你是带她来见我的吗？她是年轻人吗？"

萨尔玛让格丽塞尔达别吭声。她掏出匕首，用力挥舞着："我以暗黑世界黑暗的力量向你祈求，伯爵夫人，保持休眠状态，直到母亲欧的权杖将你从睡梦中唤醒，遗忘一切吧。"

萨尔玛用尽所吸鲜血的力量念诵着圣歌。百年栎树的树干倾斜，树枝沙沙作响，狂风大作，差点儿就卷走圆滚滚的格丽塞尔达。她竭尽全力抓住树根，闭上眼睛，期待萨尔玛强大的法术和她的背叛不要将自己也害死。

前方还有更困难的事情等待着她。

三十一　天命使者

湖畔两侧的仙女梳着头发，欣赏着自己在水中的倒影。

阿奈德感觉到心脏就要停止跳动了。某种直觉告诉她，她们中的一个人就是塞勒涅。

但是是哪一个呢？阿奈德辨别不出她深红色的头发。光线很强，让人难以分辨颜色。阿奈德开始缓慢地寻找，同时低语着："塞勒涅？你见过塞勒涅吗？"

仙女们不停地抱怨塞勒涅的不友善，却没有一个人伸出援手。她们用模糊的表情示意她，然后继续永无休止的沐浴……直到阿奈德转弯越过一棵柳树，看到了妈妈。

妈妈跪在岸边，带着迷茫的眼神，一边梳理长长的深红色头发，一边唱着歌。或许她在哼唱一首老歌，一首阿奈德儿时便记住了的歌。是她，是塞勒涅。

"妈妈！"阿奈德大喊着扑向她。

但塞勒涅并没有张开怀抱，恰恰相反，她收缩胳膊抱着自己，惊恐地蜷缩成一团。

"是我，妈妈，我是阿奈德，看看我。"她坚持着，恳求母亲辨认她。

塞勒涅的眼神像疯子一样，那双迷茫的眼睛似乎在世界游荡了许久却不知归途，目光仔细地盯着湖底："它从我身上掉下去了，它掉下去了，我捡不起来。没有人帮助我，我希望有人来帮助我。"

阿奈德跟随母亲的目光，辨认出湖底有一根金色的条状物，在芦苇和泥潭中半隐半现。湖水又深又冷，即使敢于潜水的人也无法忍耐如此低的温度。不，几乎不可能找回妈妈呼唤的东西。

"我是来找你的，我们必须离开这里。"阿奈德抓着她的手悄声说道。

"放开我，没有我的权杖，我是不会离开的。"塞勒涅用力拒绝道。

随即，她又背对着阿奈德俯身看着湖水。仙女们笑了。

"塞勒涅要她的权杖，想成为最美丽的人。"

"想成为最强大的人。"

"来终结特斯诺乌里斯家族。"

"你们闭嘴！"塞勒涅憎恶地大吼。

阿奈德打了一个寒战。母亲的声音和记忆中的有所不同，没有一点儿温柔感，就像钱包中金属硬币碰击的叮当声。

"妈妈。"阿奈德咬着音节费力地叫出了声。

她不能这样放弃妈妈。

"你想要什么？"

"我爱你，我爱你，妈妈。"

塞勒涅迅速转身，像蛇发起攻击一样，她的脸距离阿奈德的脸只有一毫米。

"如果你爱我，如果你真的爱我，就把我的权杖还给我。"

阿奈德看着紫色湖水的底部，慢慢脱掉衣服，放在岸边。

"别这样做，傻丫头，这会毁了你的。"

"不要把权杖还给她，这是她唯一想要的。"

但是这一次，阿奈德却命令她们闭嘴："安静！"

然后，她看着塞勒涅问道："如果我得到你的权杖，你会跟我来吗？"

塞勒涅看着她，却又好似没有看到她，像疯子一样点头同意。

阿奈德深吸一口气，从岩石上干净利落地潜入水中。湖水变得浑浊起来，吞噬了女孩的身体。

突然，塞勒涅向水面伸开双臂。她看不到湖底，看不到那个封存心愿的金色枝条。

"阿奈德，阿奈德，回来！阿奈德，阿奈德……"

恐惧的光在她的瞳孔中闪烁，惧怕一点点侵袭她的意识。

仙女们冷漠地嘲笑着她的苦恼。

"湖水吞噬了阿奈德。"

"湖水捕获了它的猎物。"

"湖水不会再退回它的受害者了。"

"她成了灯芯草的俘虏，头发被枝条缠绕。"

"她永远无法从冰冷的湖水中返回。"

塞勒涅慢慢恢复了记忆。她无法估测时间，但是阿奈德没有从水里出来，阿奈德没有返回水面。塞勒涅触摸着孩子留在岸边的衣服，把脸颊贴上去闻了闻，像每头狼所做的一样，并发出一声痛苦的嚎叫。突然，水面上的气泡分散了她的注意力。一条长着聪明眼睛的巨大母鳟鱼出现了，它的嘴里含着权杖。塞勒涅将信将疑地伸出手握住了它。而那条母鳟鱼，用力一跃，跳出湖面，落在她的怀里，垂死般抽搐着。她窒息了，而塞勒涅不知道该如何帮助她。她是阿奈德。

"我的孩子，我的宝贝，我的小阿奈德，快回来，我的小可爱，妈妈会给你唱歌，把你抱在怀里。"

塞勒涅抚摸着她，摇晃着她，并低声唱着歌。这时母鳟鱼停止痉挛，鳍变成了长长的腿和瘦瘦的手臂，鳞片覆盖着阿奈德白得发蓝的皮肤。

"阿奈德?"

"是我。"

女孩筋疲力尽地小声说道。

塞勒涅温柔地抱着她，渐渐地恢复了对另一种生活的模糊记忆："阿奈德，我的女儿。"

"妈妈。"阿奈德打着寒战回应，蜷缩进妈妈温暖的怀抱。

拥抱一下子溶解了塞勒涅长期癫狂冷漠的状态。

"你在这里做什么? 你是怎么来的?"

阿奈德看了看表，没有时间可以浪费了。

"我是骑着最后一缕阳光来的，我们必须借助第一缕阳光返回。快走吧。"

但是塞勒涅没有听从她，目光停留于掉落在鹅卵石上的权杖上。她捡起它，用衣服擦干净，然后一边摇动着权杖一边说："预言。"

阿奈德没有听明白。

"预言正在实现。"塞勒涅再次嘀咕道。

她摸到女儿的皮包，取出她的月亮陨石匕首，宣布道："身骑朝晖，舞动月华。"

阿奈德慢慢地领会了，非常慢。塞勒涅打开阿奈德脖子上的小圆珍宝盒，看到阿奈德儿时的照片后笑了："我的小宝贝，我甚至不想让你的照片来到这个地方，但我多么想和你在一起……"

阿奈德颤抖着："你是自愿来这里的吗？"

"是的。"

"你没有和欧迪斯打斗吗？"

"没有，我只想让她们远离你。"

阿奈德要接收如此多的信息，一时无法全部消化："为什么？"

"为了分散她们的注意力。我让她们相信，我是受到引诱，这样她们就会把注意力放在我身上，而远离真正的天命使者。"

"所以，你不是天命使者？"

塞勒涅带着坚定的信念看着她："你还是没有注意到吗？"

阿奈德又冷又怕地颤抖着。

"天命使者是你，亲爱的。"

"不，这不可能。"阿奈德一脸严肃地否认着，恐惧笼罩了她。

而塞勒涅用悦耳的声音朗诵着欧的预言：

> 未来某日，
> 欧姆后裔、天选骄女
> 终将降临。
> 秀发似火，
> 双肩披翼，
> 肌肤生鳞，
> 喉咙发嚎，
> 目带杀气。
>
> 身骑朝晖，
> 舞动月华。

阿奈德静静地聆听着。不可能，塞勒涅一定搞错了。

"阿奈德，你可以看到死者的灵魂，可以理解动物并讲它们的语言，你才是天命使者。在你很小的时候，我就知道了，一颗彗星预示了你的出生。"

但是阿奈德并没有接受，她的头发上没有火焰，除非……一个疑虑迅速掠过她的脑海。塞勒涅知道她在想什么，向她展示了那个小圆珍宝盒里的一小绺红色头发。

"这绺红发是你的，阿奈德。在你还是孩子的时候，我剪下来的。"

"这不是真的！你在撒谎！"阿奈德抗拒道。

但塞勒涅却坚持道："我总是把你我的头发染色，颜色对换。现在，你的发根应该又变成红色的了。"

阿奈德渐渐明白了，突然想起了埃莱娜看到她洗净头发时的惊诧。

"那么，那么你……故意骗了她们。"

"你外婆和我决定保护你，迷惑她们，让她们以为我是天命使者。欧迪斯监测到的彗星十五年前出现过，在你出生的时候。"

阿奈德心情很糟："你为了我，就让她们抓你？"

塞勒涅感觉阿奈德就要崩溃，于是转移了话题："阿奈德，看看你的手表。这里没有时间的流逝，你必须返回，我会保护你逃走。穿好衣服。"

阿奈德一件件穿上衣服，依然继续坚持着，她不想放弃妈妈："我是来找你的，我们两个应该一起逃走。"

塞勒涅很伤心："我不能走，阿奈德。没有一个欧玛尔能离开。我们永远被囚禁在湖边，失去了记忆和幻想。这一次，为了不再受苦，我让她们抓我，本以为你不会来到这里。她们想让我消灭你。"

"消灭我?"

"伯爵夫人怀疑了，所以我带走了权杖，把它扔进了湖里。但是萨尔玛非常危险，不肯原谅你的割指之仇。"

"我?"

"逃走吧，阿奈德，隐藏起来，直到你做好准备，用权杖统治天下。星体相合还没有发生，你还有时间。"

权杖闪闪发亮，阿奈德正要握住，但塞勒涅警告道："别碰它!"

"发生了什么?"

"我不知道，这是欧的权杖，强大到让萨尔玛反抗伯爵夫人，而我发了疯。"

"好吧，我不碰它，但你必须跟我来。有人得拿着它，你拿着吧。"

"不，阿奈德，我就留在这里，可以永远保持美丽。当你伤心了，就来湖边看我。我将在水下，面带微笑。"

"如果你不跟着，我也留在水下。我会梳理头发，对着男人笑，带着疯子般的眼神。"阿奈德一点儿也不妥协。

塞勒涅有些绝望："不能这样。你一个人走了这么长的路，我从来没想过你会到达这个悲伤的世界。但我知道的是，你不应该留下来，而应该在现实世界中，与欧玛尔在一起。你是天命使者，阿奈德，总有一天，你将实现预言，听见了吗?"

"我是来找你的。"阿奈德固执地坚持着，"我不会离开你自己走的。"

塞勒涅知道阿奈德和她一样固执，所以，她站了起来："好吧，我跟你一起走。"

阿奈德看了看手表。此时是四点半，太阳七点就会出来。她们能准时到达吗?

有塞勒涅的陪伴，返程一切顺利。塞勒涅带领阿奈德前往森林中的空地，熟练地躲着仙女们的挑衅和蛮横精灵的呼喊。塞勒涅只是这个奇特荒诞世界的居住者，却理智平和。阿奈德对于妈妈背叛的怀疑得到了合理的解释，所以稍感安慰。

与从来不会遗弃自己族群的母狼不同，塞勒涅表现得像一只狡黠的狐狸，狡猾地用呼声引开那些欲捕获她孩子的猎人。塞勒涅背叛了母狼部落的精神，迷惑了欧迪斯。所有人，欧迪斯和欧玛尔都以为她就是天命使者。塞勒涅精湛地演绎了自己的角色，让所有目光都落在她的身上。在她红发挑逗的闪光形象背后，隐藏着丑陋的阿奈德，小阿奈德，一个没有能量、不值得开启的女巫。

但她还没来得及准备好计划，还没把阿奈德安全地交给瓦莱里娅，欧迪斯就劫持了她，所以她还以为自己和母亲德梅特尔长期准备的计划最终失败了。

然而，在她消失以后，阿奈德的命运正在一点点实现，毫不留情、铿锵有力，几乎非常非常精确地实现着。

途中，阿奈德的信念让塞勒涅充满了希望。她曾经前途未卜，甚至不相信自己的生活，而女儿让她回忆与微笑、痛苦与恐惧。因此，当她们临近森林中的空地时，不安再次袭来。

"她们知道你在这里。她们在等候我们，试图阻止你前行。"塞勒涅低声说道。

阿奈德也能感觉到危险。此时六点钟，她们只有一个小时的时间了。在一个没有时间的空间里，一个小时是多长时间呢？仅仅是手表上显示的时间。

"阿奈德，小美人，我就知道你会来。"

阿奈德和塞勒涅有些猝不及防，停下了脚步。在她们面前，亲切迷人的克莉丝汀·奥拉夫堵住了她们的去路。

"你不知道我看到你这般安然无恙，和我想象中的一样美丽，是多么幸福。塞勒涅，冒名顶替者，我从没想到你会隐藏她，但事实确实如此。阿奈德，你比你母亲更苗条、更年轻、更漂亮，而且你有天命使者的权力。"

塞勒涅面色苍白，捂住阿奈德的耳朵："不要听她的，不要相信她说的任何一句话。"

克莉丝汀清脆的笑声在森林中回响："你没向她解释什么吗，塞勒涅？你知道我爱她，和你一样爱她。我不希望她受到任何伤害。你没告诉她真相吗？"

塞勒涅隔在两人之间："如果你是真的爱她，就让我们过去。"

"哦，不，阿奈德既是你的，也是我的，塞勒涅。你骗了我一次，但我决不会再让你骗我了。"

塞勒涅像一头母狮一样站起来，朝奥拉夫夫人走去。她怒气冲冲，甚至连阿奈德都怜悯起这位美丽而脆弱的北方小姐了。

"你走开。"塞勒涅大吼。

但奥拉夫夫人只是表面上脆弱，虽声音甜美，却带有钢铁般的坚定，隐藏着一种远远强于塞勒涅的无限力量，一种沉积千年永垂不朽的力量："不，亲爱的，我不会离开，也不会放你们走。你和我共享，像一个家庭一样。阿奈德，你回想一下，我没有在怀里安慰你吗？我让你快乐了，不是吗？我把你当成女儿对待。难道我伤害到你了？在陶尔米纳，我保护着你，守护着你，让你远离萨尔玛。我变形成猫，钻进你的衣柜里。你告诉塞勒涅，她不相信我。"

阿奈德被奥拉夫夫人搞糊涂了。她说的是事实，而且她和塞勒涅似乎打过交道。她们互相认识吗？克莉丝汀·奥拉夫要求得到什么权利？

塞勒涅推了她一下："别听她的，阿奈德，她在撒谎。快逃吧，阿奈德，阳光马上出现。你快点儿离开这里，离开这个陷阱。"

阿奈德有些举棋不定，她非常自信地看着奥拉夫夫人的眼睛："我相信你，但是让我们俩离开这里。"

奥拉夫夫人眨了眨眼。阿奈德看到了她的眼泪，从瞳孔中流下的一颗微小的眼泪。这可能吗？她嘴唇颤抖，这是某种情感的生成物。

"你相信我？"

塞勒涅拉着她的手说："够了，阿奈德，不要看她的眼睛，不要……"

但阿奈德没有听从妈妈的劝告，仍然继续向克莉丝汀·奥拉夫伸出手去："让我们走吧。"

"这就是你想要的，阿奈德？"

"是的。"

"好吧，你们走吧。"

"我们俩？"阿奈德想确认一下。

"如果这就是你想要的……"

阿奈德凭着一股冲动抱住了克莉丝汀·奥拉夫，让美丽夫人的纤细手臂环绕着自己。阿奈德感觉到了她的温暖和情谊，并在离开前亲吻了她的脸颊。

随即，在她们惊讶的目光下，奥拉夫夫人变成一只优雅的白猫消失了。

距七点还差几分钟，阿奈德和塞勒涅到达了森林中的空地，但那里不仅仅只有她们。

格丽塞尔达和萨尔玛正在恭候她们的到来。

四个人陷入了沉默。萨尔玛面带微笑地迎接她们："欢迎，我们以为你们永远也不会到了。"

格丽塞尔达？与萨尔玛一起的格丽塞尔达？这意味着什么？发生了什么事？

阿奈德和塞勒涅对视了一眼，试图辨别谁更危险、更难以预测。

"完成你神圣的使命，老欧玛尔。"

格丽塞尔达取出匕首，看着塞勒涅，然后看了看阿奈德："我不会在这孩子面前行动。我想让她离开。一旦她回到现实世界，我就会完成我的任务。"

阿奈德拒绝道："不，我不会丢下妈妈一个人走。"

萨尔玛向她展示了那只缺了食指的手："女孩我来负责，我和她还有未清的债。你负责天命使者。星体相合尚未发生，你可以杀了她，她对于你们和我们都没有用处。她让一个婴儿起死回生，我相信她在吸食血液。"

格丽塞尔达专注地观察着空地上透进来的光线，向阿奈德和塞勒涅投去恳求的目光。

"快跟随阳光逃走吧！"她尖叫道。

她出乎意料地以惊人的力量和敏捷的身手，握着匕首扑向萨尔玛。

塞勒涅尖叫一声，阿奈德还没有明白发生了什么事。格丽塞尔达的奇怪反应让她迷惑不解。格丽塞尔达没有履行誓言杀死塞勒涅，反倒攻击了萨尔玛。她想帮助格丽塞尔达，拔出了那把在母蛇部落的熔炉中锻造的匕首，但为时已晚。

格丽塞尔达被萨尔玛击中倒下了，不知是死了还是失去了意识。

萨尔玛吃惊地看着她："我永远无法理解欧玛尔，她们总能荒唐而又愚蠢地为另一些人牺牲自己的性命。"

"有很多事情你都无法理解，萨尔玛。"塞勒涅故意刺激她，"或许最愚蠢的人是你。我有权杖，你自己离开或者我来消灭你。"

阿奈德看到从昏暗的天空中透出了第一缕阳光。塞勒涅也看到了。

"骑上它，快。"塞勒涅命令她。

萨尔玛伸出魔杖靠向塞勒涅，如果不是阿奈德快速介入，变身成好几个幻影，然后将自己的月亮陨石匕首刺出去，她会像伤害格丽塞尔达一样伤害到塞勒涅。阿奈德在大地深处锻造的无敌武器把萨尔玛的毁灭之咒折射了回去，强有力地撞伤了她的肩部，萨尔玛尖叫着扔掉了魔杖。

萨尔玛的疼痛引起了风暴。闪电让阿奈德和塞勒涅头晕目眩，一片阴影包围了她们。萨尔玛的力量全面爆发，魔掌压迫着她们的心脏，塞勒涅和阿奈德几乎要窒息了。塞勒涅为了保护阿奈德，紧紧地抱着她。阿奈德突然感到权杖像磁铁一样吸引着她的双手。她毫不犹豫地夺过妈妈手中的权杖，用力在头上挥舞，来对付萨尔玛。

"哦，权杖！摧毁这永生者，让她回到过去的时代！"

就这样，阿奈德那困惑和混乱的记忆消失了：可怕的爆炸；塞勒涅用强壮的手臂把她拉向阳光，并强迫她独自一人骑上去；格丽塞尔达叫喊着驱赶塞勒涅和阿波罗一同离开；塞勒涅和阿奈德拥抱着乘上破晓时分的第一缕阳光，从没有对照、没有时间的世界启程，奔向光明的地方。

阿波罗刚一落地，便朝着新一天的朝阳喵喵直叫。

三十二　预言的分量

阿奈德搂住塞勒涅，她又变成了孩子，一个在母亲怀抱中的小女孩。

"我真的已经消灭了她吗？"

"是的，亲爱的。萨尔玛已经分解了。"

"那么……"

塞勒涅颤抖着向她展示天空。

"行星的相合已经发生，真令人惊奇。你看到它们了吗？它们排着队一个接一个。水星、金星、火星、木星、土星，和我们在一起的还有地球、月亮和太阳……你现在可以统治一切了。"

阿奈德屏住呼吸，观察天象。真是奇特而不寻常，有种毫无保留的美。

她将视线从天空移开："格丽塞尔达会怎么样？"

塞勒涅抚摸着她的头发，笑了："你最近有没有照镜子？"

阿奈德擦干眼泪，摇头否认。一缕阳光倾泻到她的头上。

"火焰般的头发。"塞勒涅激动地低声说。

"真的吗？我的头发是红色的？"

"你最后一次使用你的洗发水是什么时候？"

"一个半月前，或许是两个月前。"

"我们必须立即给你的头发染色。"

阿奈德意识到了自己的责任："埃莱娜看到我的时候发现了，我想卡伦也是，所以她们告诉了格丽塞尔达，而格丽塞尔达同意继续向萨尔玛演戏。"

"有可能。"

阿奈德产生了怀疑："为什么萨尔玛想让格丽塞尔达来消灭你？"

塞勒涅没有犹豫："为了在伯爵夫人面前自保。伯爵夫人决不允许萨尔玛毁灭天命使者。她的能量正在消耗殆尽，她需要靠天命使者生存，只有天命使者握着永生不死的钥匙。"

"什么？"

"终结欧玛尔的权杖。"

阿奈德非常害怕，看着手中闪闪发亮的权杖。

"我都不知道是怎么做到的，我只是替权杖下达了命令。"

塞勒涅思考着："德梅特尔和我努力保守着真正天命使者的秘密。没有人知道真相，或许瓦莱里娅感觉到了。"

阿奈德否认道："不，她确信你是。事实上所有人都认为你是天命使者，除了加娅。"

塞勒涅发出了邪恶的笑声，然后站起身："加娅，如果她知道自己说对了，该有多高兴啊！"

阿奈德也站起身："我还没准备好。"

"我知道，阿奈德，所以我们应该继续保守秘密，隐藏起来，等待时机。"

"你小时候头发颜色就这么深吗？"

"是的。"

"那你是如何做到混淆格丽塞尔达和其他人的视听的?"

"当你出生时,你外婆和我来到比利牛斯山居住,那里没人认识我们。德梅特尔散布假消息说我隐藏起来了,说从小就给我染头发,但现在已经不重要了,因为那些欧迪斯找到了我。"

阿奈德叹了口气,让肺部充满清晨清新凉爽的空气,欣赏着秋天五彩缤纷的景致。眼前拂过赭石色、黄色、铜色,与红色、橙色和紫色交相呼应。世界多么美秒!饥饿的感觉多么神奇!口渴的感觉多么平静!疲惫的感觉多么美好!

"可怜的格丽塞尔达。"

"我活了下来,她也可以幸存下来。"

"但你很坚强。"

塞勒涅目瞪口呆地看着她:"你真的这么认为?"

阿奈德深信不疑:"格丽塞尔达是一场灾难,一次可怕的事件,都不知道……"

塞勒涅发自内心地纵声大笑:"她没有告诉你吗?"

"告诉我什么?"

"她是德梅特尔的继承人。她维持各部落的团结,还一直关注和保护着你。"

阿奈德很是惊讶:"但看上去……"

"你不要相信表面。欧玛尔本身和表现出来的不一样。"

"欧迪斯也是。"阿奈德心里想着奥拉夫夫人,低声说道。

塞勒涅突然快速地跑起来:"一,二,三!落后的人做早餐!"

"等一下!"阿奈德喊道,"你该给我解释一下关于麦克斯的事!"

百货商场人山人海。阿奈德从来没有像那个下午与妈妈一起购物那么快乐过。两人已经决定要买光新品专区的货物。

"我真的可以买这件运动衫吗？我们怎么会有这么多钱？"

塞勒涅谨慎地看了看周围："这是众所周知的秘密，我曾经是一个欧迪斯，这是我的工资。"

"但是如果一下子用光它，我们又会变成穷光蛋。"

"我是个爱挥霍的人，阿奈德，所以我很容易说服她们，让她们相信我受到了诱惑。我喜欢钻戒、鱼子酱和香槟。"

"你不害怕吗？"

"非常害怕。"

"你最糟糕的时候是什么？"

"让萨尔玛相信我给一个婴儿放血。"

"太恐怖了！"

"尽管我必须承认有一些酬金。我们永远不会挨饿了，我向你保证！"

她们满载而归，差点儿提不动购物袋。在出口处，她们遇到了玛丽安。阿奈德最先认出了她："玛丽安！"

玛丽安没有立刻迎上去："阿奈德？"

阿奈德自然地亲吻她，就像她们是老朋友："谢谢你留给我的衣服，很合身。"

玛丽安有些窘迫："不客气，我……你真的要走了吗？"

"嗯，是的。我们要远走了。"

"去哪里？"

"去北方。"阿奈德不太确定地回答。

"不，是去南方。"塞勒涅纠正道。

阿奈德耸了耸肩："我们还没有达成一致。"

塞勒涅笑了起来，向玛丽安展示了一下衣服："以防万一，我们已经买下了所有东西。"

"啊，真开心。"玛丽安慌张地说。

阿奈德让她安静下来："是，是这样，我们很开心。"

玛丽安一个出乎意料的提议延长了她们交谈的时间："你想这周六和我们一起出去吗？"

阿奈德想了一会儿："我很想去，但我已经有约了。不管怎样，我都会在离开前开一个大派对。"

"派对？"塞勒涅有些惊奇。

"是的，一个生日派对，我的生日派对。你被邀请参加了，玛丽安。"

"哦，谢谢，我……很遗憾你没能来参加我的……"

"别担心，我的派对将会邀请所有人，而且我会介绍你认识我最好的朋友。她叫克洛蒂娅。"

"克洛蒂娅，真棒。"

"她人更棒，人们都喜欢看她迅速割断脖子的样子，令人赞叹。"

玛丽安脸色煞白。

阿奈德亲吻着她告别："不要害怕，我说的是兔子。"

玛丽安不好意思地笑了，转过身去。塞勒涅追赶上阿奈德，低声地评论说："你可真行，说了三个谎。"

"一个也没有。"

"怎么会一个也没有？"

"这周六我在湖边和格丽塞尔达有个约会。我想开生日派对，荣幸地邀请到我最好的朋友克洛蒂娅，而且还要看她割断兔子的脖颈。"

塞勒涅感到很惊讶："好了好了，看来我是错过了很多事情。"

阿奈德肯定地说："非常多。"

蕾托的回忆

　　我在生命的道路上来来往往。 我停在喷泉前，喝一口清凉的水，休息片刻。 与其他的步行者聊天，渴求他们的回答。

　　他们的话是指引我前行的唯一灯塔。

　　当我得知天命使者同样也要历经很长一段路途，一段充满疼痛和鲜血、遗弃、孤独和悔恨的道路时，我并不感到欣慰。 她会像我一样遭受漫天的扬尘、残酷的寒冷和太阳的炙烤。 但是这些不会让她后退。

　　我多想让她不去遭受失望的痛苦，但我不能。

　　天命使者将开启自己的旅行，为她放置的鹅卵石将弄伤她的双脚。

　　我不能帮她思考痛苦的未来，也不能让她尚未溢出的泪水变得香甜。

　　这属于她。

　　是她的命运。

三十三　前途未卜

冰冷的湖水在风中轻轻摇动。阿奈德不知疲惫地沿岸行走，视线片刻都未离开湖底。她的形象，湖水倒映出的形象，让她感到不舒服而又充满自豪。她以为在这个长发飘飘的苗条女孩身上看到了塞勒涅，但她却希望看到另一张面孔——格丽塞尔达的面孔，亲爱的格丽塞尔达正被魔法囚禁着。

她终于找到了。

"那里，在那里。"阿奈德兴奋地指着。

塞勒涅跪在她身边，两个人在岸边看着格丽塞尔达梳理着她又长又美的头发。她看上去越发年轻、越发冷静和出神。

"她能看到我们吗?"阿奈德问。

塞勒涅肯定地表示："她知道我们都在看她呢，你看。"

格丽塞尔达平静地甜甜一笑。

"她幸福吗?"

塞勒涅抱住了她："你是天命使者，你还活着。这就够了。"

"我不再是个小女孩了。"

"这个她不知道，但能感觉到。看着她，用眼睛告诉她。"

这次阿奈德朝着格丽塞尔达微笑，笑容蕴含着回归的承诺。她永远不会忘记格丽塞尔达。

阿奈德叹了口气："我很害怕。"

塞勒涅安慰着她："这是自然的，权力会让人眩晕。"

"你不会离开我，对吗？"

"是你离开了我。"

"我？"

"这是生命法则，阿奈德。"

"你也同样经历了吗？"

"当然。"

"就是那时，你认识了克莉丝汀·奥拉夫？"

塞勒涅脸色苍白："这是一个很长的故事。"

阿奈德早已知道："某一天你讲给我听？"

塞勒涅沉默了一会儿，她在思考："某一天。"

阿奈德突然用双手捂住头："见鬼！"

塞勒涅被吓坏了："发生了什么？"

阿奈德开始往回走："我已经完全忘记了要履行一个誓言。"

"一个誓言？"

"我向背信弃义的贵妇和懦弱的骑士发誓，要将他们从诅咒中解放出来。"

"什么？"

"就是你所听到的。"

"但是……"

"这是一个很长的故事了。"阿奈德打断了她。

塞勒涅明白了，向她挤了挤眼睛："某一天你讲给我听？"

阿奈德也沉默了一会儿，假装思考："某一天。"